EN LA TOSCANA TE ESPERO

Diseño cubierta/Fotomontaje: Eva Olaya
Fotografías cubierta @Shutterstock

En la Toscana te espero
Primera edición en México, junio 2015

D.R. © Olivia Ardey, 2014
D.R. © 2015, Ediciones B México, S. A. de C. V.

Bradley 52, Anzures df-11590, México
www.edicionesb.mx
editorial@edicionesb.com

ISBN 978-607-480-831-5

Impreso en México | Printed in Mexico

La presente obra ha sido licenciada para América Latina en español
por el propietario de los derechos mundiales de la obra, Editorial Versátil S.L.
a través de Oh!Books Agencia Literaria.

OLIVIA ARDEY
EN LA TOSCANA TE ESPERO

A Celeste Serra Mateo, por su gran corazón y su valiosa amistad

Hay sólo dos herencias duraderas que podemos legar
a nuestros hijos: nuestras raíces y las alas para volar.
Henry W. Beecher

ÍNDICE

Atrévete a soñar

Cuando abrió los ojos y miró hacia el lado derecho de la cama, tuvo la sensación de que acababa de despertar al lado de un ángel.

Massimo salió de entre las sábanas con cuidado de no despertarla. Años de entrenamiento militar le habían preparado para moverse con sigilo. Sin hacer el más mínimo ruido, fue recogiendo su ropa y se vistió con premura antes de que ella notara su ausencia. Se sentó en una butaca, frente a la cama, y se calzó sin dejar de mirarla. Era preciosa. Sobre el almohadón blanco, su pelo era luz. Tenía ese brillo de hoguera que cobra el horizonte con la caída del sol. Unas horas antes, la chica sin nombre lo había llevado al éxtasis; entregada, solícita y a ratos, dominadora. Mimosa y exigente a la vez. Pero en ese momento, agotada tras una noche sin límites, dormía con la melena desordenada y la paz de una criatura celestial.

Esos rizos pelirrojos tuvieron la culpa. Massimo cayó bajo el hechizo a las once de la noche, cuando ella giró la cabeza en la recepción del hotel, haciendo bailar su pelo para mostrarle su sonrisa de niña buena que, por una vez, no piensa portarse bien. Él contestó con un guiño afirmativo a la propuesta que ella le lanzó con una mirada juguetona.

Massimo entendió el mensaje cuando la chica dijo, alto y claro para que él lo oyera, el número de su habitación, con el ruego al recepcionista de que la despertaran por la mañana. A las nueve en punto, eso también lo oyó. La observó marchar camino del ascensor y miró el reloj: cinco minutos de tregua, le otorgó. Para arrepentirse o para esperarlo con impaciencia, la decisión la dejaba en manos de ella.

Subió hasta la quinta planta y buscó el número quinientos dos. La chica traviesa le había dejado la puerta entreabierta; sonrió satisfecho y entró. La luz estaba apagada, sólo la noche romana se colaba en el dormitorio por las cortinas entreabiertas. Massimo aún no había acostumbrado los ojos al gris y negro, cuando ella le cogió la mano desde atrás. Ansioso por verle la cara, tiró de ella y con un giro fácil la pegó a su cuerpo. Ella lo miró a los ojos y Massimo leyó en los suyos que ambos querían lo mismo. Eran dos jugadores entregados al azar de una sola noche, un encuentro secreto que no se repetiría jamás.

La chica misteriosa enlazó las manos en su nuca.

—Nada de nombres —exigió pegada a su boca.

Y Massimo aceptó la invitación. Casi a ciegas, enredó la mano en sus rizos y le besó los labios muchas veces, a conciencia, recreándose en la calidez de sus besos. La llevó hacia la cama y se dejó caer de espaldas, arrastrándola con él. Rodaron mientras se desnudaban el uno al otro y lanzaban la ropa de cualquier manera. Las manos de ella lo recorrían con descaro. Las de Massimo tentaban sus pechos, apretaban la suave redondez de sus nalgas. Deslizó la mano entre sus piernas y la acarició disfrutando del roce sedoso, que no podía ver, e imaginaba del color del cobre, como su melena.

La oyó gemir cerca del oído y obedeció a su ruego silencioso. Se tumbó de espaldas y dejó que la diosa de manos generosas y labios ávidos de besos lo montara con brío hasta que estalló de placer y se dejó caer sobre él. Massimo le acarició la espalda, giró con ella en brazos y la penetró cada vez más rápido en busca de su propio orgasmo hasta desplomarse rendido, tembloroso y resollando con los ojos cerrados.

Compartieron sexo del bueno dos veces más. Sin preguntas, sin palabras ni reproches, con la promesa tácita de no exigir nombres ni explicaciones que agriaran la dulce aventura cuando todo acabara con la salida del sol. Con el primer bostezo, ella se le arrimó como un cachorrito en busca de calor y él la abrazó. No era la primera vez que Massimo Tizzi disfrutaba del sexo esporádico con una mujer. En realidad, no buscaba una relación que durara más que unas horas desde hacía dos años. Desde que Ada Marini le cambió la vida para bien y para mal.

Pero esa noche, en lugar de vestirse a toda prisa, marcharse y olvidar, como solía hacer, se concedió a sí mismo el capricho de dormir un par de horas con la pelirroja entre los brazos. Fue una sensación tan tierna y tan única que le dejó con ganas de repetir.

Pero las horas de magia se esfumaron. Ya había amanecido hacía rato. Eran las ocho pasadas y ella seguía durmiendo. Massimo se abrochó el cinturón sin quitarle la vista de encima. Se veía deliciosa con los párpados cerrados y una sonrisa inocente de media luna en los labios. Massimo Tizzi supo que le costaría olvidar aquella noche. Y mucho más le costaría olvidar a esa mujer y el sonido de su voz. Los nombres desaparecen de la cabeza, pero los sentidos tienen una memoria muy larga. Con él se llevaba de recuerdo sus caricias, el tacto de su piel grabado en la palma de las manos, el sabor de sus besos y su forma de gemir.

Massimo sacó el contenido de los bolsillos para comprobar que no se dejaba nada olvidado. Depositó sobre la esquina de la cama el teléfono móvil, la cartera y el llavero. Sonrió al ver el color violeta nacarado en las uñas de los pies. No recordaba que llevara pintadas las de las manos. Paseó la mirada por la curva de su cadera hasta la almohada y comprobó que estaba en lo cierto: uñas cortas y pulidas. Parecía muy joven, demasiado, para un hombre con una existencia tan complicada como la que él arrastraba. Le habría gustado que aquella chica se hubiera cruzado en su vida dos años atrás. Ojalá se hubieran conocido despacio, con ese ritmo pausado que marca el camino hacia el amor.

Lamentó no ser el hombre adecuado para ella. Él sólo le complicaría la existencia con su particular infierno de problemas con Ada. No era justo cargarla también con la misma condena. Aquella chica merecía un tipo que la conquistara con un primer beso de despedida en el portal. Una pena que las cosas no fueran más sencillas y que aquella bella desconocida no tuviera cabida en su vida. Le habría gustado verla reír, o su cara de enfado; descubrir todas esas ilusiones que le harían brillar los ojos. Saber el alcance de su genio y su malicia cuando tuviera ganas de bromear.

En las ocasiones en las que compartía placer y nada más, Massimo se marchaba sin despedidas. Pero esa vez no pudo evitar inclinarse sobre ella. Le dio un beso en la cabeza sin apenas rozarla y le estiró un rizo que al soltarlo volvió a encogerse como un muelle.

—Duerme, preciosa —susurró.

Y lo era. A Massimo le recordaba a «la bella Simonetta» que Botticelli consagró como diosa del amor. Cuánto le habría gustado saber su nombre. Quizás un día no muy lejano escuchara su voz a la espalda, girara la cabeza y la encontrara de nuevo. Pura fantasía. Era absurdo pensar que en una urbe como Roma pudieran volver a coincidir. Se alojaba en un hotel, por tanto, no era de allí. Tal vez una turista que no buscaba otra cosa que una noche de diversión. Como él, ni más ni menos.

Massimo recogió sus cosas y, antes de guardar la cartera, buscó la tarjeta—llave de su cuarto. Entre los papelorios que extrajo, apareció un solitario condón. El último de cuatro, que no llegaron a usar. Lástima, se dijo.

El teléfono comenzó a sonarle en la mano y la chica se removió en la cama. Él colgó deprisa; la llamada era de Enzo Carpentiere. Debía de estar esperándolo ya. Massimo recogió sus cosas de encima de la cama y, con todo en las manos, abandonó la habitación antes de que el móvil volviera a sonar.

Con las prisas, no llegó a ver los dos billetes plegados que se le habían resbalado de la cartera.

Martina abrió los párpados, como si la soledad de la cama la hubiera despertado. Aguzó el oído, pero no se escuchaba ruido alguno en el cuarto de baño. Dio un vistazo rápido a la habitación; no había ni rastro de él.

Estiró los brazos y se desperezó, estirándose como una gata recordando la noche pasada. Seducir a un desconocido era la locura más excitante que había cometido en su vida. Y estaba contenta de haberlo hecho. No albergaba remordimiento alguno. Después de tanto tiempo de tristeza y soledad, era hora de pensar en sí misma. Y pasar la noche con un hombre sexy a rabiar era el mejor regalo que podía hacerse. Con la vista fija en el techo, sonrió al recordar el placer que habían compartido. Horas y horas entregados a la pasión. La había hecho gozar de mil maneras y ella no se quedó atrás. Se había dejado llevar, dando rienda suelta al apetito que la consumía, deseosa por satisfacerlo y ávida por complacer su propio deseo.

Recordó su rostro, aquella sonrisa que la hizo desearlo desde el momento en que cruzaron la mirada en el vestíbulo del hotel. Martina se preguntó a qué dedicaría su vida. Un visitante de paso en la ciudad, al que probablemente no volvería a ver. Una noche nada más con un hombre desconocido, esa diablura morbosa y excitante sería su secreto. Nadie tenía por qué saberlo, sólo él. Se mostró tan apasionado, generoso y pendiente de procurarle placer que la hizo, por primera vez, sentirse única. Hacía mucho que no se sabía deseada. Dos brevísimas relaciones en los últimos seis años, anodinas y decepcionantes, por culpa de un hombre que le destrozó el alma y el cuerpo.

Martina cerró los ojos y atesoró como recuerdo las caricias del desconocido de la sonrisa bonita, todos sus besos y el calor reconfortante de su abrazo aquella noche irrepetible. El juego había acabado y era hora de regresar a casa. Una casa a la que no tenía ganas de volver. Era suya pero no era su hogar. Se consoló pensando que la tía Vivi no estaría allí. Tres días atrás le había dejado sobre la mesa una nota y un sobre con el dinero. Iban a fumigar el palacete, dichosas hormigas que se colaban por el jardín y habían invadido la cocina y parte de la planta baja. Durante unos días tendría que buscar un lugar donde dormir. Decía también en la nota que ella salía de viaje y, como despedida, le aconsejó que buscara un buen hotel y se diera un capricho. En resumen: «querida sobrina, me marcho y apáñatelas como puedas». Ese era todo el afecto que podía esperar de tía Vivi. Martina no sintió remordimientos; el bolsillo de su tía costeó la sesión de masaje, el spa, la peluquería y el tratamiento de belleza completo. Y también esa habitación en la que disfrutó de una merecida noche de erotismo, gracias al destino que le sirvió en bandeja el hombre más atractivo que una mujer podía desear.

Miró su reloj de pulsera que descansaba sobre la mesilla, aún no eran las nueve. La llamada de recepción no debía tardar. Era hora de retornar a esa vida que no le gustaba. Martina se repitió que su tía pagaba sus estudios. Un año, sólo doce meses más y abandonaría esa existencia incómoda que la hacía tan infeliz. En cuanto obtuviese su licenciatura y aprobara el examen de capacitación, se marcharía de allí. Estaba empeñada en obtener unas calificaciones brillantes que le posibilitaran encontrar un empleo como Asistente social. A partir de entonces, sería dueña de su vida y de escoger su futuro lejos de la dependencia económica disfrazada de protección de la tía Vivi.

Sólo tenía que aguantar hasta acabar la carrera. Y para obtener buenas notas, lo más sensato, aunque sonara egoísta, era aprovechar que su tía le costeaba los gastos para poder dedicarse en cuerpo y alma a las asignaturas sin necesidad de buscar un empleo que le restara tiempo de estudio.

Unos meses más y sería libre. Libre como se había sentido en brazos del desconocido que sonreía al abrazarla. La miraba con tanta ternura en sus ojos azules que le hizo creer que la necesitaba. ¡A ella!, que parecía sobrar en el Universo. Ni para sus propios padres fue imprescindible mientas vivieron. Mucho menos para tía Vivi, que la consideraba un estorbo soportable con ciertos beneficios. Ni siquiera para el abuelo Giuseppe, que tanto la quería, pero era feliz en Sicilia, viviendo lejos de su única nieta huérfana.

Aquella locura secreta le había devuelto la ilusión, el desconocido irresistible fue por unas horas ese príncipe que la hizo querer cerrar los brazos para amarrar los sueños con fuerza. Qué lástima que siempre acabaran escapando, como la bruma, y que sólo parecieran reales mientas duran las horas de magia.

Martina se incorporó de la cama y los ojos se le llenaron de tristeza y de rabia. Hay días que la acariciadora luz de la mañana se torna cruel, como un fogonazo de linterna en plena cara. Y a ella, la realidad acababa de espabilarla con un bofetón al ver dinero junto a sus pies, en una esquina de la cama. Doscientos euros. El desconocido de ensueño, cuyos ojos azules Martina intuyó tan faltos de afecto, la había confundido con una puta.

—Ya le he dicho que es muy importante —insistió, Martina.

Lo había intentado con toda clase de argumentos pero la recepcionista del hotel, de turno ese día, seguía sin dejarse convencer.

—Y yo le repito —reiteró la mujer con una amabilidad de acero— que puede dejar en un sobre eso tan importante que desea entregar al caballero que ocupaba la setecientos siete y nosotros, con mucho gusto, se lo haremos llegar. Bajo ningún concepto nos está permitido revelar la identidad de un huésped. Esos son datos a los que sólo tiene acceso la policía.

Martina ya había pagado su cuenta. Con cara de enfado, murmuró una despedida fría, agarró su maletín de viaje y fue directa a la salida. El portero la despidió con un movimiento de cabeza, mientras ella miraba dudosa qué dirección tomar. No sabía si coger un taxi e ir a casa. O bien, ya que estaba tan cerca, aprovechar para pasar por la residencia de estudiantes y dejar algunas de las cosas que llevaba en el bolso en su habitación. El día anterior le habían confirmado cuál era el dormitorio compartido que ocuparía durante el próximo curso.

El portero puede que fuera un romántico, porque se apiadó de ella.

—No hay riña de enamorados que dure toda la vida —dejó caer, mirándola con lástima.

Martina se felicitó en silencio. El hombre había escuchado parte de la sarta de mentiras que usó para convencer a la recepcionista, sin resultado; y le indicó con un gesto discreto el único vehículo que ocupaba el aparcamiento reservado. Uno de los taxis concertados para prestar servicio a los clientes del hotel.

Tuvo suerte y el taxista escuchó su ruego con interés. Aquel era el mismo taxi en el que, media hora antes, había montado el hombre con el que había pasado la noche. Como le pagaban por cada carrera, se dejó convencer por la historia de una pelea de novios que Martina inventó sobre la marcha. El hombre no tardó en claudicar al ver sus ojos dolidos y su carita de enamorada arrepentida, porque le abrió el capó para que dejara el maletín. Un minuto después, Martina viajaba en el asiento trasero hacia el corazón de Roma.

No sabía qué iba a decirle a aquel gilipollas que la había tomado por una prostituta, como si una mujer no tuviera derecho a una aventura de una noche. Debía de ser un machista redomado de los que creían que esa decisión era patrimonio exclusivo de los hombres. ¿O acaso no era eso lo que él buscaba cuando fue a su habitación? Debía de ser un tipejo de los que piensan que sólo ellos pueden elegir cuándo, cómo y con quién. ¡Estúpido! La primera vez, tras un año sin permitir que un hombre la tocara; la primera vez que se permitía recordar lo que es el placer, y se había sentido más insultada que en toda su vida.

Qué sabía él de ella, ¡nada absolutamente! Nunca sería capaz de entender que escogió un hombre anónimo porque no quería ninguno en su horizonte, ni mucho menos una relación, ni citas, ni obligaciones cuando necesitaba dedicarse por completo a sus estudios. Sólo quería una noche que le recordara que estaba viva, y de todo el género masculino, fue a elegir el peor.

El taxi se detuvo en un semáforo y, cuando la luz estuvo en verde, se arrimó junto a la acera de via Concilliazione, entre los autobuses de turistas que iban al Vaticano.

—Es ese de ahí, ¿no? —indicó, señalándole a uno de los dos hombres que desayunaban en una terraza en la acera de enfrente.

—Sí, es él.

—No sea demasiado dura con su novio —recomendó, sonriendo al ver la expresión furiosa de Martina.

Ella no apartó la mirada de los ocupantes de la mesa, en concreto del que se sentaba a la derecha. A tientas, sacó los dos billetes del bolso y, cuando los tuvo en la mano, cerró el puño como una garra.

—Espéreme, por favor —rogó—. No tardaré ni un minuto.

Bajó del taxi, miró a derecha e izquierda y cruzó con paso ágil. A golpe de tacón, se plantó frente al de los ojos azules que, enfrascado en la conversación, no se percató de su llegada hasta que la tuvo prácticamente encima.

Se quedó mirándola con cara de sorpresa. Martina no le dio tiempo a abrir la boca. Lo acribilló con ojos resentidos y metió los dos billetes de cien euros en su capuchino con tanto ímpetu que derramó la mitad. Mientras los dos hombres contemplaban perplejos el dinero empapado que sobresalía de la taza, ella dio media vuelta y se marchó echando chispas.

Martina oyó que la llamaba pero no se detuvo. Notó que corría tras ella, hasta que el tráfico le obligó a parar. Ella ya había montado en el taxi cuando, por el rabillo del ojo, le vio cruzar la calzada a la carrera.

—Arranque, rápido —pidió.

El taxista salió hacia el Lungotevere con un acelerón y Martina ni siquiera volvió la cabeza para darle una última mirada. No era más que un desconocido al que no merecía la pena conocer.

¿Quién es esa chica?

—¿Qué le has hecho a esa pelirroja para tenerla tan enfadada? —le preguntó Vincenzo con cara de diversión al verlo venir.

Massimo terminó de teclear el número de la matrícula del taxi y la guardó en la memoria de su teléfono. Se encogió de hombros y alzó las manos con impotencia.

—¿Puedes creerte que no lo sé? —reconoció, sentándose de nuevo—. No tengo la menor idea.

—No sabía que tenías pareja. Y digo tenías, porque es obvio que para ella se ha acabado.

—No sé ni cómo se llama —aclaró Massimo, sacando el dinero de la taza.

Mientras se entretenía en secar los billetes con varias servilletas de papel, Enzo pidió a un camarero que trajeran un nuevo capuchino y otro par de de *cornetti* para los dos.

—Creía que se te habían quitado las ganas de aventuras —comentó.

Massimo no contestó. Eran amigos desde hacía años y ambos sabían el porqué del comentario. Fue a Enzo Carpentiere a quien había recurrido cuando los problemas con Ada se agudizaron hasta el punto de obligarlo a buscar asesoramiento legal.

Enzo y él se conocieron en Roma cuando Massimo concluyó su etapa de formación en Apulia como piloto de aviones de caza y, desde la escuela aérea de Lecce-Galatina, fue destinado a la base militar de Pratica di Mare. Por aquel entonces Enzo acababa de licenciarse en Derecho, eran muy jóvenes y disponían de un sueldo en exclusiva para divertirse sin pensar en el futuro, puesto que carecían de obligaciones salvo consigo mismos. Años después, se unió a la pandilla Ada Marini, a la que conocieron una noche de fiesta. Y empezaron las preocupaciones para Massimo. Ada se quedó embarazada. Con el maravilloso regalo de la paternidad, su vida se transformó en un purgatorio.

Su hijita Iris era la luz de sus ojos y estaba dispuesto a aguantar cuanto fuera por tal de no perderla, pero las exigencias de Ada eran cada vez mayores y más absurdas, fruto del rencor hacia él que aceptó asumir su responsabilidad paterna con la niña, pero se negó a casarse. Ada Marini nunca le perdonaría que no la amara.

Desde el nacimiento de Iris, Ada utilizaba a la niña como arma contra él, para hacerlo bailar en la palma de la mano. Por eso tenía que recurrir continuamente a Enzo y de ahí el comentario de su amigo, que estaba al tanto de los detalles de su mala relación con la madre de su hija. Por aquel escarceo irresponsable y sin futuro, Massimo estaba pagando las consecuencias a un precio muy alto.

—Anoche necesitaba un respiro —le explicó.

Ada se volvía loca al pensar que una mujer que no fuera ella apareciera en la vida de su hija, y, por culpa de esa presión, Massimo no podía rehacer su vida sentimental. Sus relaciones eran escasas y esporádicas, como la compartida con la chica del pelo de fuego y las piernas largas. Una noche para disfrutar y olvidar.

—En cuanto al dinero, te juro que no entiendo nada —añadió sacando la cartera; al comprobar su contenido, lo entendió todo—. Se me debió caer cuando saqué la llave.

Enzo terminó de masticar el *cornetto* y dio un sorbo de café.

—Con lo inteligente que eres para unas cosas, y en cambio para otras… —opinó—. Vamos a ver, conoces a una chica, te metes en su cama, ¿fue así?

—Sí.

—Y desapareces cuando se hace de día. Ella despierta sola y encuentra doscientos euros —presumió—. ¿Qué quieres que piense? Tienes suerte de que no te haya matado.

Al entender por donde iba la conjetura de Enzo, Massimo se quedó petrificado.

—Tú la has visto —dijo señalando el lugar donde rato antes estaba aparcado el taxi—. Nadie, por muy idiota que fuera, la tendría por una furcia. Ni aun de las caras.

—Pues está claro que ella ha llegado a esa conclusión.

—Tengo la matrícula del taxi —añadió indicando con la barbilla su móvil sobre la mesa—. Haré lo que sea por localizarlo a ver si sabe decirme dónde vive e iré a aclarar las cosas con ella.

—Difícil tarea en una ciudad como esta.

—Difícil fue regresar vivo de Libia hace tres años.

Enzo aceptó que su amigo estaba adiestrado para luchar y ganar. Dar por perdida la batalla de antemano no lo llevaría a ningún sitio.

—Tienes razón. Si ella te ha encontrado, ¿por qué no intentarlo? —aprobó Enzo.

—Pienso hacerlo. No quiero que se quede con una idea equivocada.

Enzo se cruzó de brazos e, intrigado, miró a su amigo.

—Voy a hacerte una pregunta, puedes responderme o no.

—Adelante, hazla —lo invitó.

—¿Por qué te interesa tanto lo que pueda pensar de ti?

Massimo se pasó la mano por el pelo, como si le costase reconocer lo que estaba a punto de decir.

—Ha hecho lo imposible por encontrarme y lo ha conseguido, a pesar de que no sabe ni quién soy, ni dónde vivo ni cómo carajo me llamo. Y sólo para tirarme a la cara doscientos euros.

—Otra se habría quedado con el disgusto y con el dinero —alegó Enzo.

—Exacto. Tanto esfuerzo significa que se ha sentido muy ofendida —concluyó Massimo, disgustado con la situación—. No volveré a verla nunca, pero me gustaría pedirle disculpas y aclarar las cosas sólo por una razón: yo guardo un buen recuerdo de ella y no quiero que ella guarde un mal recuerdo de mí. Conque Ada me deteste, ya tengo suficiente ración de odio femenino.

—La chica es preciosa.

Massimo desechó la idea con la mano.

—No tengo intención de iniciar nada con ella ni con otra mujer.

—¿Ada sigue dándote problemas?

—Como siempre, hoy más, mañana menos. Depende de cómo amanezca el día.

—Nunca cedas a sus chantajes —aconsejó—. Si lo haces, te tendrá toda la vida cogido por las pelotas y nunca te soltará.

—Lo peor es el chantaje emocional.

—A ese me refiero. El otro se soluciona en el tribunal de familia.

Para Enzo era fácil decirlo. Él no tenía hijos, desconocía el alcance del miedo. La cabeza de una niña es muy manipulable y Massimo temía perder el cariño de Iris.

Al verlo masticar en silencio, su amigo miró la hora y cambió de tema.

—Dijiste que no era Ada de quien querías hablarme. Tengo que regresar al trabajo, así que mejor me cuentas qué puedo hacer por ti.

Massimo asintió, como disculpa. Con el lío de la pelirroja se le había ido el santo al cielo.

—Ya te comenté por teléfono que hace un par de semanas aparecieron por casa unos inspectores de Hacienda —se refería a la explotación ganadera de raza Chianina de sus padres—. Por lo que mi padre me contó, tiene un jaleo de papeles impresionante. Desde que murió mi tío Gigio...

—Tu tío era muy poco hablador, pero un buen hombre —lo interrumpió Enzo.

Él había estado en el pasado varios fines de semana en Villa Tizzi, invitado por Massimo. Y recordaba al fallecido tanto como a los padres de su amigo.

—¿Qué es de la pequeña Rita? —se interesó al acordarse de la jovencita silenciosa que apenas se dejaba ver cuando Massimo y sus amigos aparecían por allí.

—Creció. Ahora tiene veintiséis años.

—Siete menos que nosotros —calculó recordando los ojos tristes de la rubita.

Massimo cambió de tema y fue directo a lo que le preocupaba.

—En fin, que mi tío era quien se ocupaba de las cuentas, de los pagos de los impuestos, y mi padre lo ha ido dejando. El caso es que desde que tío Gigio no está, el negocio funciona muy bien pero en el despacho todo está manga por hombro.

—¿Quieres que le eche un vistazo?

Massimo esperó a que un camión dejara de tocar el claxon y llamó al camarero para que le trajera la cuenta.

—Mi propuesta va más allá —aclaró—. ¿Podrías compaginar el trabajo en el banco con llevar los temas burocráticos de mis padres? Sin horarios y a tu aire. Mira a ver si puedes hacerte cargo porque mi padre no mira ni lo que firma. A su lado quiero a alguien de absoluta confianza.

Enzo resopló y tableteó con los dedos sobre la mesa.

—Mi consejo legal lo tienes, por descontado. En cuanto a lo de responsabilizarme de la gestión, no te aseguro nada. Antes tengo que ver cómo están las cuentas de la hacienda.

—Me parece bien —agradeció dejando sobre el platillo con la cuenta el importe del desayuno—. Podrías quedarte en casa un fin de semana.

—Dame un par de meses —resopló—. Ahora mismo tengo un cúmulo de trabajo que me satura.

Enzo estaba cansado de su empleo como asesor legal, con alta responsabilidad en el departamento de inversiones de una importante entidad bancaria.

—Cuándo tú decidas —aceptó—. Por dos meses, no creo que las cosas empeoren más de lo que están.

—Que no te asusten los inspectores de Hacienda, hombre —rio—. Les pagan para eso.

—No sé qué decirte. Aquel día, a mi padre lo asustaron de verdad.

—Papá tiene razón, Rita —convino Massimo—. No puedes ser la eterna estudiante. Tienes veintiséis años y ya es hora de que acabes la carrera.

Su hermano la había llevado en coche hasta Roma y, antes de dejarla en su nuevo alojamiento, una residencia universitaria cerca de La Sapienza, se había encargado de recordarle algo que ella ya sabía. Aún le resonaba en los oídos el ultimátum de su padre cuando los despidió a la puerta de Villa Tizzi en Civitella.

—Sí, todos tenéis razón —reconoció—. No puedo seguir perdiendo el tiempo, pero me he dado cuenta de que no tengo vocación para ser Asistente social. No soy como tú, Massimo, no creas que no me habría gustado saber desde pequeña a qué quería dedicarme cuando fuera mayor.

Massimo entendía a su hermana, pero no era excusa para postergar su licenciatura indefinidamente. Ya había perdido varios cursos, entre los que había repetido por suspender los exámenes, el año que pasó en Inglaterra con la excusa de aprender inglés y otro sabático cuyo pretexto fue la informática.

—Está bien, la carrera que has elegido no te gusta, pero eso no te da derecho a tirar la toalla en el último curso —la reconvino Massimo—. Papá y mamá no son millonarios, piensa en el esfuerzo que les supone a unos granjeros del valle de Chiana el coste de nuestros estudios. Y llevan bastante invertido, con los dos. Pero en tu caso, no ven resultados y, no es que te lo eche en cara, pero es hora de que pienses en ellos.

—Papá cree que pierdo el tiempo en Roma.

Su padre le había advertido que la *dolce vita romana* era sólo una película, del mismo modo que le anunció su decisión: o estudiaba con ganas y se licenciaba, o cerraba el grifo del dinero y volvía a arrimar el hombro en la hacienda familiar, le gustara o no trabajar con el ganado.

—Es que lo pierdes, aprovecha y obtén tu licenciatura. Después, ya decidirás a qué te dedicas.

—Yo no soy la hija modelo, como tú.

Massimo le dio una palmadita en la cabeza para que dejara de decir tonterías.

—Yo quería ser piloto y luché por ello con todas mis ganas. Ganas: grábate esa palabra en la cabeza.

Ella hizo una mueca.

—¿Para qué? Acabaré muriéndome de asco en la hacienda.

—Rita, no me gusta que hables con desprecio de una ganadería que mamá heredó de sus padres, y el abuelo de los suyos y podríamos remontarnos hasta hace dos siglos.

Ella negó con los ojos cerrados, arrepentida, y cogió la mano de su hermano. Massimo había aparcado mal enfrente del edificio de la residencia, señal de que tenía prisa. No iba a verla con frecuencia, debido sobre todo a sus obligaciones como capitán de la Fuerza Aérea Italiana, y no quería despedirse de él con caras largas.

—Sabes que adoro nuestra casa, las vacas, las gallinas, la tierra y que admiro a papá porque ama su trabajo. Es en Civitella donde no quiero acabar.

Massimo la entendía. Durante años sufrió en el colegio las burlas de los otros niños. «Rita la gordita», fue el sambenito que tuvo que escuchar a todas horas. Y en el instituto, con los mismos compañeros, no le fue mucho mejor. Nunca tuvo amigos en el pueblo y cada vez que pisaba Civitella, toda la familia sabía que lo hacía con angustia porque a cada paso se encontraba con alguno de los que le amargaron la vida en la escuela.

—No hace falta que te explique por qué escogí estudiar Trabajo social.

Massimo eso también lo sabía. Porque tendría más salidas laborales en una ciudad grande, como Roma sin ir más lejos, y eso le daba la oportunidad y la excusa perfecta para no vivir en aquel rincón de la Toscana donde no tenía amistades y era tan infeliz.

—Estudia, Rita. Aunque el año que viene decidas dedicarte a otra cosa.

—Voy a haceros caso a todos —aceptó—. Y voy a conseguir que estéis todos orgullosos de mí, sobre todo papá que siempre dice que el dinero, las tierras y las fortunas se pueden perder, pero nadie podrá quitarme lo aprendido ni mis títulos.

—Escucha a papá, que tienen mucha razón.

—Es un sabio a su manera.

—Ya quisieran muchos su sentido común y su experiencia.

Los dos, tanto Massimo como Rita, respetaban y admiraban mucho a sus padres. Etore Tizzi era un hombre sin estudios universitarios, que acabó el bachillerato de milagro y que, hijo de emigrantes del sur, desde muy joven se dedicó a trabajar la tierra y a criar ganado en la hacienda de su suegro. A pocas personas admiraban tanto los dos hermanos como a él.

—Bueno, es hora de que nos despidamos —dijo Rita algo apenada—. Ahora a ver qué compañera de cuarto me toca, una cría, ya verás.

—No esperes a una «abuelita» como tú. Es lo que tiene repetir varios cursos y tomarse los estudios a cachondeo —la regañó con una sonrisa de hermano mayor.

—Déjalo ya, ¿vale? —protestó—. Te he dicho que este año pienso hincar los codos en serio.

—Eso espero. Por ti, sobre todo.

—Al menos me queda el consuelo de tenerte un poco más cerca. Aunque no creo que nos veamos mucho, ¿o sí?

Massimo fue hacia el coche y ella lo acompañó para recoger su maleta y el ordenador portátil del maletero.

—Te llamaré en cuanto tenga una tarde libre —aseguró, sacando el enorme *trolley* del portaequipajes—. Y espero tener suerte y, ahora que tengo casa propia en Roma, Ada se avenga decida a dejarme a Iris alguna tarde.

—Me alegro de que hayas alquilado el piso —comentó colgándose al hombro el maletín del portátil—. Cuando te instales, tienes que enseñármelo.

—Claro que sí.

Para animarlo, Rita le comentó que justo dos calles detrás de donde se encontraban, estaba el parque de Villa Mercedes, y que podrían llevar allí a la niña si Ada accedía a dejarle ver a su hija más tiempo del que marcaba el acuerdo judicial.

Massimo dejó que su hermana hablara con ilusión, aunque prefería no albergar falsas esperanzas al respecto.

Cuando el coche de Massimo se perdió de vista por via Tiburtina, Rita tiró del mango de la maleta y la arrastró hasta la residencia.

Sí, todos tenían razón. Ella también era consciente. Pero tanto consejo y tanto discurso sobre su futuro la hacían sentirse una ruina. En realidad, lo era. Un fracaso andante. Aún se mordía las uñas como una cría, de pura desazón. Rita se riñó a sí misma por dejar que los pensamientos derrotistas la asaltaran de nuevo. En su mano tenía la posibilidad de cambiar las cosas y la opinión que todos tenían de ella, por su propio bien. Aunque para ello tuviera que bregar durante un semestre entero con unas asignaturas que se le habían atragantado hasta el punto de provocarle arcadas.

Lo primero que hizo fue acercarse a las oficinas para averiguar qué dormitorio le habían asignado. Observó a los chicos y chicas que iban por los pasillos hasta las salas de estudio o las zonas de recreo. Para colmo, tenía que vivir allí encerrada, en una especie de internado lleno de estudiantes más jóvenes que ella. Entre todos ellos, parecía la hermana mayor. Y todo porque su padre se negó en redondo a pagar su estancia en un apartamento compartido, idea que él asociaba con descontrol, sexo salvaje y fiestas sin fin.

Una vez le comunicaron que se alojaba en la segunda planta, subió en el ascensor con los dedos cruzados. A ver si tenía suerte y al menos su compañera de cuarto era una chica simpática. Y poco ruidosa. Y buena estudiante, que le contagiara sus buenos hábitos. Y no muy charlatana. Y ordenada. Y limpia. Y...

El ascensor se detuvo y ella recorrió el pasillo hasta la penúltima puerta. Estaba entreabierta y Rita ojeó a través de la rendija. Tocó suavemente con los nudillos, pero nadie contestó. Abrió con cuidado y sobre la cama del fondo, vio a una chica con la espalda en la pared y con un ordenador portátil sobre las piernas. No oyó su llegada, porque llevaba los cascos puestos. Rita se fijó en su chándal de terciopelo gris y en las pequitas que le adornaban el puente de la nariz. Le calculó unos veintidós o veintitrés años; seguramente alumna del último curso, como ella. A primera vista, transmitía un aire agradable.

La chica se percató de su presencia, se apresuró a quitarse los cascos y a dejar el portátil sobre la cama. A Rita le fascinó su pelo anaranjado, enroscado en un moño sujeto con un lápiz. Sintió envidia de aquellas espirales de un tono tan llamativo que escapaban en todas direcciones; cuando lo llevara suelto, debía de lucir una melena preciosa.

La pelirroja bajó de la cama, fue a recibirla con una sonrisa y se ofreció a ayudarla cogiéndole el pesado maletín del ordenador.

—Tú debes ser mi compañera de cuarto —adivinó con franca simpatía—. Cuánto me alegro de que seas de mi edad. Ya empezaba a sentirme como un bicho raro.

A Rita le extrañó, porque el pelo y las pequitas le daban un aspecto muy juvenil.

—No te preocupes que yo tengo veintiséis, me parece que soy la abuelita de la residencia.

La chica pelirroja se llevó la mano al pecho con aire de sorpresa.

—¡Yo también!

—Las chicas del 87 somos la mejor cosecha —afirmó Rita.

Ambas eran más mayores que el resto de estudiantes e imaginó que debían de haberlas acomodado juntas por ese motivo.

La pelirroja sonrió contenta.

—Bienvenida. Me llamo Martina, ¿y tú?

Amigas para siempre

Rita y Martina congeniaron enseguida. Para Rita, su responsable compañera de cuarto era el empujón que le hacía falta para dedicarse con ahínco al estudio. Y para Martina, su rubia compañera fue ese soplo de alegría que tanto necesitaba.

Mediado octubre, ambas se hallaban inmersas en la primera tanda de exámenes del semestre. Esa tarde, como acostumbraban al salir de la última clase, hicieron una pausa para un refresco en la pizzería La Casetta, que por estar muy cerca de la universidad de la Sapienza, era punto de encuentro de muchos estudiantes.

—Yo me alegro mucho de que estés en la residencia. Pero reconoce que resulta extraño —comentó Rita, dejando sobre la mesa los dos refrescos de naranja que acababa de recoger de la barra.

—Es mi casa porque la heredé de mis padres —explicó Martina—. Pero es mi tía quien decide. Mientras viva, es como si le perteneciera.

—¿Has hablado con algún abogado?

—¿Para qué? No me apetece lo más mínimo estar allí. Y si ella se encuentra, todavía menos.

Rita ya lo sabía porque le había contado la mala relación con su tía, que disfrutaba de la propiedad en usufructo. Un derecho vitalicio que anulaba cualquier decisión por parte de Martina sobre su propia casa.

—Martina, dime que me calle si te parezco indiscreta —dudó; aunque ganó su curiosidad—. Tus padres eran cooperantes, ¿no?

—Sí, eran enfermeros los dos. Se conocieron cuando estudiaban.

—No es que fueran millonarios.

Martina sonrió ante la idea.

—No, desde luego que no.

—Entonces, ¿cómo pudieron comprar un palacete en Roma? Debe de valer una fortuna.

—Con la herencia que recibió mi madre de sus padres y porque les tocó la lotería.

—¿La lotería? ¡Qué suerte!

—Tener una casa preciosa era su ilusión y gracias al azar lograron su sueño —reveló; y la sonrisa se le borró de golpe—. Y luego qué poca suerte tuvieron. Ya ves cómo se las gasta la vida.

Martina se quedó callada. Rita al verla tan seria y meditativa, adivinó que su tía Vivi no era el único motivo por el que detestaba vivir en el palacete.

—Ese hombre sabe dónde encontrarte, ¿verdad?

Martina dio un sorbo a su lata de refresco, asediada por los malos recuerdos. Le había contado a Rita que, en el pasado, mantuvo una relación con un hombre casado, que la abandonó a su suerte cuando se quedó embarazada.

—Ya sabes que conocí a Rocco en una fiesta que dio mi tía en casa. Era amigo suyo.

Martina se había enterado de que este y su esposa residían en Holanda; se habían mudado porque Rocco Torelli trabajaba en el negocio de los diamantes. Pero no quería volver a verlo ni por casualidad. Incluso dos años después de lo ocurrido, tenía que seguir evitando sus llamadas; hasta el punto de tener que cambiar su número de móvil. Dos años tardó en dejar de asediarla por teléfono y asumir que no quería saber nada de él. Y como Rita había adivinado, Martina temía que en cualquier momento se presentara en su casa.

—No pienses en él, ese cerdo no merece que pierdas ni un minuto de tu tiempo.

Sin conocerlo, Rita odiaba a aquel tipo. Martina era buena y dulce, no merecía haber pasado por una situación tan terrible. Encinta, con veinte años, y abandonada como un perro en una cuneta; un embarazo que se malogró durante el primer mes, tan complicado que a punto estuvo de morir. Y ese era un trauma que Martina no había superado.

—Arriba ese ánimo que no merece la pena —insistió Rita—. Mírame a mí, dos novios y los dos me pusieron unos cuernos más grandes que los de las vacas que cría mi padre.

Martina agradeció que bromeara con sus desengaños para hacerla sonreír. La vio levantarse e ir a la barra de nuevo. Rita era única y se alegraba de tenerla como amiga. Al momento estaba de vuelta con dos paquetes de patatas fritas y ganchitos.

—Por si nos entra hambre esta noche en la habitación.

Dejó las bolsas de aperitivos sobre la mesa y dio un trago largo de refresco. Martina se acodó en la mesa y apoyó la barbilla en las manos.

—No tenemos suerte con los chicos. Qué pena, con lo monas y simpáticas que somos —dijo, recordando aquel maravilloso polvo de una noche con un hombre que resultó ser un estúpido integral al tomarla por lo que no era.

—A veces pienso que tengo el karma más idiota de toda la galaxia —lamentó Rita, enfadada con su mala suerte—. Aldo me la pegó. Vale, yo era una cría y estaba cegada de amor —reflexionó chasqueando la lengua—. Pero Salvatore, ¡¡tres años estuvo con otra mientras a mí me juraba que me quería!! Y yo sin enterarme de la película.

No es que fuera divertido el funesto historial amoroso de Rita, pero hablaba de ello con tanto humor que Martina envidiaba su fortaleza para no hacer de ello un drama.

—Los tíos tenían que venir con una lista de ingredientes —comentó Martina señalando con la cabeza las bolsas de aperitivos—. Como las patatas fritas.

—A mí que me pongan uno que no mienta.

—Cariñoso. —Añadió Martina.

—Leal.

—Atento.

—Que no le importe ver pelis de llorar conmigo en el sofá.

Martina se echó a reír y se levantó mirando el reloj.

—¿Vamos un rato a la sala de estudio?

Cogieron sus bolsos y libros, y juntas salieron de la pizzería sin dejar de fantasear con las cualidades del hombre perfecto.

—Muy importante: que sea atractivo —añadió Martina.

—Mmm... Sí. Con una bonita sonrisa y un cuerpazo. ¿Te das cuenta que no hemos mencionado el dinero?

—¿Qué más da que sea rico si te trata como a una piltrafa? —cuestionó cargada de razón—. No, prefiero uno pobre que me trate como a una princesa.

—De acuerdo, nos conformaremos con una coronita de plástico.

—Que sea divertido.

—Eso es fundamental —opinó Rita.

—Tierno, pero que me susurre guarrerías al oído.

—Una fiera en la cama.

—Y que sepa besar —añadió Martina relamiéndose los labios.

—Que alguna noche me sorprenda con un polvo rápido y perverso en un parque público, por ejemplo.

—¡Sí! —aplaudió Martina—. O con una noche de champán, placer y ojos vendados.

—Y que esté bien dotado. Imagínate que reúne todas las cualidades para ser el hombre de tu vida y descubres que tiene una minipolla.

Martina se echó a reír y sacudió las bolsas de aperitivos ante los ojos de Rita.

—Ese es el riesgo. Los hombres son como las bolsas de papas con premio —afirmó convencida—. La sorpresa siempre está en el interior del paquete.

—Sí, sí, sí…¡Sí!

Martina levantó la vista del portátil al ver entrar a Rita en el dormitorio que compartían dando saltos de alegría y balanceando una hoja de libreta. Hacía un momento había marchado a la facultad a ver si ya habían colgado en el tablón del departamento de Didáctica la última nota que le faltaba. Y por su alegría era fácil suponer que también había aprobado.

—Mira, Martina, ¡otro cinco!

Ella cogió la cuartilla donde llevaba apuntando sus calificaciones desde el día anterior. Una colección de aprobados, arañados por los pelos, pero Rita estaba más que feliz y Martina se alegraba por ella.

—Está genial —la felicitó; con todo, no pudo evitar aconsejarla—. Pero sabes que con un poquitín más de esfuerzo tus resultados serían muchísimo mejores.

—Sí, lo sé, al lado de tus notas son una birria. Pero ¡es que las he aprobado todas! —recordó para justificar su entusiasmo—. Antes me suspendían hasta el recreo.

—No son una birria, son el fruto de tu trabajo y yo me alegro muchísimo —aceptó, dándole un abrazo.

Martina sabía que el único objetivo de Rita era obtener la licenciatura como meta personal y sin intención de ejercer, no como ella que sí quería trabajar como asistente social y por ello pretendía sacar el máximo provecho de la enseñanza, no conformándose sólo con las calificaciones a pesar de que las suyas eran brillantes.

—Ya verás mañana cuando se enteren mis padres —comentó Rita con ilusión, con la cuartilla apretada contra su pecho.

—¿Te marchas a casa?

—Ahora que han acabado los exámenes, ¡por supuesto! —afirmó contenta, ya que hacía tres semanas que no viajaba a la Toscana por no perder tiempo de estudio.

—Yo creo que me quedaré en la residencia.

Rita observó preocupada su gesto de resignación. Sabía que Martina se sentía una mantenida, una auténtica extraña en su propia casa de la que su tía se había adueñado.

—No te apetece nada volver a tu casa.

—No, la verdad.

—Estamos de acuerdo en eso, las dos odiamos nuestra bochornosa vida de adultas protegidas —aceptó Rita—. Pero eso es algo temporal, que estamos dispuestas a cambiar y lo vamos a conseguir —dijo agitando la cuartilla con sus notas—. Y para celebrar nuestro exitoso futuro que nos llenará de satisfacción personal, se me ocurre una idea.

—¿Pizza en La Casetta?

—Buena idea —convino, aunque no era esa su propuesta—. Y mañana te vienes conmigo a Civitella. Será un fin de semana estupendo. Además, mis padres están deseando conocerte de tanto que les hablo de ti.

Ella también tenía ganas de conocerlos. Rita le había hablado de su familia, de sus padres, su tío fallecido hacía unos meses, y de su hermano mayor. Martina sentía curiosidad por él, era el único del que no había visto fotografías en la web corporativa de la hacienda familiar que la misma Rita había diseñado. Ni de él ni de su hijita. Sabía que el hermano de su compañera de cuarto era piloto de la Fuerza Aérea, pero ni siquiera tenía perfil en las redes sociales. Rita le había contado que decidió eliminarlas el día que la madre de la pequeña lo amenazó con una demanda por difundir una fotografía en una fiesta familiar en la que aparecía la niña, puesto que era menor de edad.

—Y conocerás también a Massimo —añadió Rita, refiriéndose precisamente al hombre en el que Martina estaba pensando—. Es una lástima que Iris no esté este fin de semana, hasta el próximo viernes viene no le toca tenerla.

A Martina la intrigaba el hermano de Rita. Pese a vivir en Roma también, lo veía en contadas ocasiones por culpa de las obligaciones de este por su condición de militar. Ella misma le contó la mala relación que mantenía con la madre de la niña, con la que no quiso casarse. Martina entendía su postura; no se puede obligar a amar, y admiraba su decisión de ser libre. Qué paradoja que esa libertad fuera su sometimiento a una mujer llena de rencor. Tiranía que el aguantaba por amor a su hija. Martina recordaba con cariño, e inevitable pesar, que sus propios padres fueron un par de espíritus libres, pero a ella la mantuvieron siempre al margen de sus planes de pareja.

—¿Decidido? ¿Me llevarás en tu coche? —preguntó Rita sacándola de sus pensamientos.

—Decidido —concedió sonriente.

Nada le apetecía más que un fin de semana en el campo, como cuando era pequeña y vivía feliz en Sicilia con los abuelos.

¿Existe alguna mujer en el mundo que no sueñe con viajar algún día a la Toscana? Con esa pregunta optimista en la cabeza conducía Martina por la autopista A1. Y con la animosa curiosidad también por conocer una tierra de la que tanto había oído hablar y que, pese a no distar mucho de Roma, nunca había tenido ocasión de visitar. De tanto en tanto fantaseaba con conocer otras culturas, viajar por esos países lejanos que juntos y felices recorrieron sus padres. En cambio, ese día, mientras sujetaba el volante de su Fiat Punto y grabada en su retina el hermoso panorama que tenía al alcance de la vista, reconoció que existen lugares paradisíacos en la propia tierra. Tan cerca y, quizá por ello, tan desconocidos. Al menos, para Martina, la región que se extendía entre el Tíber y el Arno lo era, pero ese era un desacierto al que estaba a punto de poner remedio.

Y así se lo dijo a Rita, que viajaba a su lado más pendiente de los mensajes del teléfono que de la inolvidable mezcla de colores que se divisaba a través del parabrisas.

—Entonces, te gusta la Toscana.

—Lo que veo, me fascina —confesó, contenta—. No me extraña que sea tierra de artistas.

Se refería a Miguel Ángel, Leonardo y tantos y tantos genios que habían nacido en aquellos parajes.

—Aquí hay de todo y para todos los gustos. Un día tenemos que ir a las playas de Rosignano, son blancas como las del Caribe.

Con cada dato nuevo que Rita le descubría, Martina se iba enamorando un poco más de aquel territorio que hasta entonces había ignorado. Y ante la contemplación de aquellos trigales inmensos de suave amarillo, entre laderas de viñedos que ascendían hacia las lomas hasta convertir el horizonte en un sube y baja que parecía dibujado por la mano de un niño, comprendió por qué muchos viajeros de paso por aquel edén para la vista, Siena, Arezzo o Asís, se sentían enfermos de belleza al llegar a Florencia.

—Está mal que yo lo diga, pero lo mejor te espera en mi casa. —Anunció Rita.

—¿Es que existe algo mejor? —cuestionó sonriente—. Yo tengo la impresión de que estoy atravesando el cielo.

Rita propuso desviarse un trecho para que Martina viera mucho más de lo que ofrecía la ruta surcada por la autopista. Tomaron la salida de Montepulciano y en Pienza Rita bajó a comprar un par de bocadillos en un bar y dos latas de Coca Cola. Fue un improvisado cambio de planes que se encargó de comunicar a su madre por teléfono para que no las esperaran a comer. Al llegar a la capilla de Vitaleta, salieron a estirar las piernas. Comieron a la sombra de uno de los cipreses que escoltaban el pequeño santuario. Martina agradeció la decisión de su amiga. Contemplando el prado salpicado de amapolas pensó que nunca había admirado un paisaje como aquel. Pero lo mejor era el silencio, allí se respiraba paz.

—¿Qué te parece ahora la Toscana?

—Que me has traído a la tierra de la felicidad.

Rita se echó a reír y se dedicó a coger unas cuantas piedrecitas con las que escribió su nombre en el suelo.

—En eso te doy la razón, aunque para mí no lo sea.

Martina lamentó que asociara su Civitella con los malos recuerdos. A ella también le sucedía, en Roma no era dichosa. La ciudad eterna, símbolo de amor para muchos, sólo significaba para ella angustia y malestar. En cambio, todo a su alrededor era de una armonía increíblemente acogedora. Tanto le había hablado Rita de su familia que la envidiaba por tenerlos. A Martina le habría gustado ir cada mañana a revisar el ganado con el señor Etore, como un peón más, y aprender también de la señora Beatrice a hacer la pasta fresca, el punto justo de la salsa de tomate, a recoger los huevos del gallinero y todas esas cosas que se aprenden al lado de una madre. Todo aquello que ella no llegó a hacer con la abuela, en la casa de campo de Trapani, porque era muy niña cuando murió y los dejo solos al abuelo Giuseppe y a ella. Sencillos tesoros que nos acompañan durante la vida a los que Rita no daba importancia porque no le faltaban.

—No juzgues al mundo por la insidia de unos pocos —aconsejó a Rita, y a sí misma—. Leí una vez en Twitter que una casa se convierte en hogar cuando en ella habitan las personas que amas.

Rita reflexionó sobre el contenido romántico de lo que Martina acababa de decirle y se puso de pie con una mueca incrédula. Si el hombre de su vida tenía que ser alguno de sus antiguos compañeros de escuela, que se burlaban de su cuerpecito rechoncho, se haría vieja durante la espera.

—Difícil lo veo, pero quién sabe —dudó.

Martina se sacudió las manos y recogió los restos del almuerzo campestre en la bolsa de plástico de los bocadillos. Había entendido a Rita, y su respuesta nada tenía que ver con el amor familiar al que ella se refería. Pero tuvo que reconocer que la interpretación de su amiga que aludía en exclusiva a los hombres encerraba también una gran verdad.

—Nada es imposible —dijo extendiendo el brazo para que la ayudara a levantarse del suelo.

Bajo el sol de la Toscana

Los padres de Rita las recibieron con los brazos abiertos. Felices de ver a su hija tras tres semanas de ausencia; y encantados también de que trajera a una amiga a casa. Martina intuía que su compañera de cuarto no era mujer de muchas amistades, a causa de sus problemas para relacionarse que arrastraba desde la adolescencia.

El señor Etore Tizzi abrazó a su hija cuando ella le informó de los buenos resultados de sus exámenes y regresó enseguida al trabajo de revisar las placas solares que alimentaban el pastor eléctrico de los vallados. Rita se empeñó en ayudar a su madre a doblar la colada y, cuando Martina se ofreció a echar una mano, la señora Beatrice se negó en redondo diciéndole que el tiempo que pasara en la hacienda debía dedicarlo a descansar y disfrutar, puesto que era su invitada. Martina intuyó que madre e hija necesitaban también charlar a solas, después de tres semanas sin verse. Así que obedeció el consejo y se dedicó a pasear por los alrededores. La enorme casona de campo triplicaba el tamaño de la entrañable casa con el tejado a dos aguas del abuelo Giuseppe en la que ella creció. Villa Tizzi era una construcción originaria del siglo XVIII a la que se habían ido anexando estancias en épocas posteriores, como era costumbre. Martina pensó que las necesidades de una ganadería, en la que antaño acostumbraban a vivir amos y empleados, eran mucho mayores que las de una pequeña finca de viña y olivos como la que su abuelo tenía en Sicilia. Aunque ya sólo conservaba la casa y el huerto como entretenimiento. El abuelo Giuseppe vendió las tierras al jubilarse; su trabajo no iba a tener continuidad al haber fallecido su único hijo y Martina no tenía intención de vivir en la isla ni de ocuparse de ellas.

No muy lejos, se veía otra construcción rectangular, de idéntica piedra tosca, pero más moderna, a juzgar por el brillo de las tejas. Martina caminó por el sendero y, en vista del enorme portón, supuso que era una cuadra. Al llegar allí descubrió que su suposición era errónea, ya que se trataba de un garaje. El polvo en suspensión se veía brillar en los haces de luz que entraban por las ventanas que daban al Este. El espacio era enorme, el techo muy alto con las vigas a la vista y olía a gasoil. Martina observó varios huecos vacíos que debían de ocupar habitualmente los vehículos de la hacienda, supuso por las manchas de aceite recientes en el suelo. Un ruido metálico despertó su curiosidad, e inclinó la cabeza, pero una camioneta preparada para transporte de ganado le impedía ver de dónde provenía. Entró en el garaje y caminó hacia la pared del fondo.

—Perdón —dijo a unas piernas que sobresalían debajo de un Seiscientos de los antiguos—. No sabía que había alguien trabajando.

—Un segundo y salgo de aquí abajo —se excusó—. Ahora mismo no puedo soltar los cables de freno o tendré que volver a empezar.

Los vaqueros y las Superga evidenciaban que se trataba de un hombre joven. Por ese motivo Martina decidió tutearlo.

—No te preocupes por mí y sigue con lo que estés haciendo —dijo, cohibida por haberlo interrumpido.

—No, no te marches —pidió desde debajo del coche—. Esto ya casi está... —Gimió con esfuerzo—. Tú debes de ser la amiga de Rita. Mi madre me comentó que vendrías con mi hermana.

A Martina le ardieron las mejillas, y dio gracias por que el hermano de Rita no pudiera verla colorada como un tomate, ya que al ver sus vaqueros manchados de grasa lo había confundido con un mecánico.

—Entonces, tú eres Massimo.

—Sí, yo soy Massimo. Perdona, pero me has pillado empeñado en hacer funcionar este cacharro y... ¿Seguro que no has venido antes por aquí? Me suena tu voz.

Martina rio, negando con la cabeza.

—Nunca. De hecho es la primera vez que vengo a la Toscana. Bueno, en Florencia sí estuve una vez, pero hasta hoy sólo conocía la región a través de la ventanilla de un tren.

Cruzada de brazos, dio un repaso visual al viejo Seiscientos color crema. Tenía sus años pero por fuera estaba en muy buen estado. Después miró a conciencia las largas piernas del hermano de Rita, fijándose mucho en los muslos tensos bajo la tela de los vaqueros, ya que él no podía verla.

—Yo creo que eres demasiado grande para un coche tan pequeño.

—Yo también. —Martina lo oyó reír—. Pero resulta que este fue el primer coche que tuvo mi padre y yo aprendí a conducir con él. Lo estoy arreglando con idea de que algún día mi hija lo conduzca.

Martina sonrió, ya que Rita le había contado que su sobrinita aún no había cumplido un año.

—Una especie de tradición —dedujo.

—Más o menos —masculló como si estuviera haciendo un gran esfuerzo; después se oyó un chirrido y una palmada sobre metal—. Bueno, creo que ya está —dijo, e inmediatamente Martina lo vio reptar para salir de debajo del coche—. Creo que no podré darte la mano, porque...

Ocurrió en una décima de segundo. El hermano de Rita levantó la cabeza y la miró como si tuviera delante a una aparición.

—Joder, pelirroja, esto sí que es una sorpresa...

A Martina se le atascaron las palabras en la garganta, incapaz de casar conceptos tales como «hermano de Rita» con «aquella noche», «padre entregado» con «ojos azules» y «valiente militar» con «el cerdo de los doscientos euros».

—¿Tú? ¿Qué coño haces aquí? —barbotó.

Él alzó una ceja porque la respuesta a esa pregunta sobraba.

—Entonces... —continuó cada vez más encendida—. ¿Tú eres Massimo? ¡¿Tú?! ¿Tú eres el hermano mayor de Rita? ¿El piloto de la Fuerza Aérea? ¿El padre de su sobrina Iris?

—Ese mismo —aceptó poniéndose de pie.

Oyeron pasos y los dos miraron hacia la puerta.

—Llevo un buen rato buscándote —dijo Rita, apareciendo detrás de la camioneta. Martina agradeció su llegada, que evitó la inminente discusión—. Pero bueno, ¿otra vez liado con el minicoche? —comentó mirando a Massimo con los brazos en jarras.

—¿Ese es todo el saludo que me merezco?

Rita se apresuró a darle dos besos y él la abrazó, con cuidado de no mancharla con las manos grasientas. Agarrada a la cintura de Massimo, se dirigió a su amiga que contemplaba la escena sin intervenir.

—Martina, este es mi hermano Massimo. ¿A que es guapo?

Él la sacudió en broma para que cerrara la boca.

—Acabamos de conocernos —mintió Martina.

De ninguna manera quería que Rita supiera que ellos dos se conocieron dos meses atrás y en otras circunstancias, debido a que el mundo es mucho más pequeño de lo que solemos suponer.

Después de las innecesarias presentaciones, Rita regresó a ayudar a su madre y los dejó solos.

Martina se limitó a mirarlo con hostilidad. Muy enojada, salió también por la puerta. Él agarró un trapo de encima del capó y la siguió limpiándose las manos.

—Espera, por favor —rogó al verla tan poco dispuesta a dialogar—. Al menos escúchame.

—No hay nada de qué hablar. Y no te preocupes que no voy a montarte ninguna escena —aclaró alzando la mano con gesto tajante—. Voy a quedarme a pasar la tarde por no hacerles un feo a tus padres y a tu hermana, pero antes de que se haga de noche, me inventaré cualquier pretexto para regresar a Roma y tú y yo no nos volveremos a ver.

Massimo tiró el trapo a un lado y le puso las manos sobre los hombros.

—No tienes por qué marcharte —dijo suplicándole con los ojos que fuera razonable—. Es más, no quiero que te marches.

—Y yo no quiero pasar dos días disimulando delante de todos, incómoda y a disgusto.

A pesar del mal recuerdo que llevaba dentro desde la mañana en que encontró aquel dinero sobre la cama, algo le decía a Martina que el hermano bondadoso, leal e íntegro del que tanto le había hablado Rita era imposible que se hubiera comportado con ella como un auténtico impresentable.

—En cuanto aclaremos este malentendido, no habrá necesidad de fingir y tendremos el agradable fin de semana de relax que hemos venido buscando los dos —alegó Massimo sin permitir que lo interrumpiera—. Busqué al taxista; en cuanto comprendí que habías sacado conclusiones equivocadas por culpa de esos malditos doscientos euros que se me resbalaron de la cartera sin querer, removí Roma entera hasta dar con el taxi en el que saliste corriendo. Y créeme que me costó una odisea localizarlo.

Esa confesión sorprendió a Martina tanto como para seguir escuchando sus explicaciones.

—Por desgracia, tuve menos suerte que tú —continuó con sus disculpas—. El tipo se negó en redondo a decirme dónde te había llevado así que te perdí la pista.

Eso la hizo sonreír. Se notaba que estaba siendo sincero.

—Eso es porque no sabes mirar con ojitos de pena capaces de derretir a un taxista maduro. Ventajas de ser chica.

—Ya me di cuenta de que no tengo éxito con el gremio del taxi. Aquel día tuve que marcharme porque recibí una llamada y no quería que el móvil te despertara. Al coger la cartera con prisas, el dinero se me cayó sin darme cuenta, te lo prometo. Por cierto, gracias por devolvérmelo.

—Hasta hace un minuto creía que me tomaste por una prostituta.

—Eso supuse cuando te marchaste en aquel taxi sin darme tiempo a pedirte disculpas. Si te hubieses quedado un minuto más, no te habrías llevado esa estúpida idea en la cabeza durante estos meses.

—Me dolió, me dolió mucho. Fue muy humillante.

—No sabes cómo lo lamento, porque yo guardo muy buenos recuerdos de esa noche —confesó y su mirada se hizo más íntima—. Tú jamás podrías pasar por una puta, Martina. Las profesionales no besan como tú.

Puede que fuera la sinceridad de su expresión, pero a Martina le gustó que la mirara del mismo modo que aquella noche ya lejana.

—¿Y tú cómo lo sabes?

Massimo estrechó la mirada.

—Un caballero no debe responder a eso. Y una dama no debe hacer esa pregunta.

Rita le había contado que era militar de élite y los países en conflicto a los que había sido destinado. Su evasiva hizo que Martina asociara la soledad, la tensión y el riesgo de muerte con la necesidad de evasión durante las misiones en zonas de guerra; y no quiso pensar más en ello.

—Ahora resulta que somos un caballero y una dama.

—Así lo creo, nunca te he tenido por menos que eso —reiteró.

La honestidad de su voz hizo descartar a Martina la falsa idea que tanto la hirió al creer que la había confundido con una furcia. El hermano mayor de Rita empezaba a resultarle más simpático, e incluso más interesante, que el atractivo desconocido de aquella noche loca.

—No haré más preguntas indiscretas si tú no me dejas con la intriga. Dime cómo beso yo.

—Con ganas. Y con ternura, fue como besar a un ángel.

Martina notó un calorcillo en las mejillas, y le dio rabia ser tan transparente. Disimuló el efecto que Massimo le causaba con una broma.

—Pues, como puedes ver, no llevo alas.

—Qué pena, porque a mí me apasiona volar y te llevaría conmigo. Ya te lo habrá contado mi hermana.

Ella asintió, fijándose en el pelo castaño algo rebelde cuyo tacto recordaba tan bien. Ni se le pasó por la cabeza asociar a Rita con el desconocido de los ojos azules; la chica había heredado los rasgos finos y el tono rubio de la madre. Él tenía la mandíbula cuadrada, los hombros anchos y el cabello castaño del padre.

—Me dijo que eres una especie de pájaro. ¿Naciste con alas y las tienes escondidas?

Massimo le guiñó un ojo.

—Las llevo plegadas y ocultas a la espalda, como el demonio. Pero sólo soy peligroso en contadas ocasiones. —Martina se echó a reír—. ¿Me has perdonado?

—No hay nada que perdonar, fue una desagradable confusión. Dejémoslo estar.

—Muy bien. Aclarado esto, es hora de que empecemos de nuevo. ¿Te parece?

—¿Y cómo haremos para no estar incómodos?

Él entendió que se refería a la intimidad compartida en Roma.

—¿Tú lo estás?

—Un poco —se sinceró—. Me resulta difícil mirarte y no acordarme de todo lo que hicimos.

Massimo sonrió, a él también le era imposible no recordar, cuando su subconsciente se empeñaba en no olvidar ni un solo segundo de aquella noche.

—¿Te arrepientes?

Martina tomó aire antes de responder. Le habría gustado decir que sí, pero era absurdo mentirle a él y mentirse a sí misma.

—No —reconoció—. No me arrepiento en absoluto.

—A pesar de no estar acostumbrada al sexo esporádico.

Ella ladeó la cabeza con gesto curioso.

—No me conoces.

Massimo la miró a los ojos pensando en cómo explicárselo. Él sí sabía lo que era un polvo ocasional; ninguna mujer que sólo busca sexo acababa abrazándose como una gatita perezosa necesitada de caricias.

—Es algo que se nota —afirmó sin más explicación—. Mi propuesta de empezar de nuevo sigue en pie.

Martina se recordó que eran dos adultos consecuentes con sus actos, la incomodidad estaba de más. Sonriente, le tendió la mano.

—Hola, me llamo Martina.

En lugar de estrechársela, él se la llevó a la boca para besarle los nudillos.

—Hola, soy Massimo. Es un placer, Martina, y a partir de hoy espero conocerte de verdad.

Se escuchó el rumor de un motor, mitigado por la distancia. Massimo soltó la mano de Martina e hizo visera para otear a lo lejos, suponiendo que el coche que se acercaba era de la persona que estaba esperando.

—¿Vienes? Así te presento a Vincenzo. Aunque ya lo conoces, era el que estaba conmigo el día aquel que prefiero no recordar.

—¿El chico guapo de las gafas?

—Lo dices de una manera que me hace sentir el más feo de los dos.

Martina no le hizo ni caso. De sobra sabía él que no lo era, y tampoco pensaba alimentarle el ego masculino con halagos.

—Rita no me dijo que teníais invitados este fin de semana —comentó, preocupada por si su presencia en la casa podía resultar una molestia.

Massimo entendió su expresión de reparo y, cogiéndola por los hombros de manera amistosa, la invitó a ir hacia la casa.

—Tenemos habitaciones de sobra y a mi madre no hay cosa que le guste más que cocinar para mucha gente.

Martina observó que un coche se detenía cerca de la entrada y que de él se apeaba el mismo chico que ya vio una vez. En verdad era muy atractivo, de los que obligan a girar la cabeza a su paso. El recién llegado los saludó con la mano desde lejos: Massimo hizo lo mismo.

—¿Es amigo tuyo? —indagó Martina, al ver su sonrisa.

—Un buena amigo —puntualizó—. Le pedí ayuda y aquí está para salvarnos.

Cuando llegaron a la explanada frente a la entrada de la casa, Enzo ya había levantado a Beatrice del suelo con un abrazo de oso y saludado con palmadas en la espalda al señor Etore. El matrimonio recibió al recién llegado con la inmensa alegría de volverlo a ver, puesto que hacía años que no iba de visita por la finca.

El señor Etore comentaba extrañado su vestimenta informal, al verlo con zapatos de sport, vaqueros y la camisa arremangada.

—No pretenderá que venga hoy con el traje de trabajar —se reía Enzo.

—Ahora te has convertido en todo un abogado de la Banca Sanpaolo.

—Cuando lo traía por aquí ya había acabado la carrera —comentó Massimo estrechándole la mano con una amistosa sacudida que Enzo correspondió con una palmada en el hombro.

Massimo les presentó a Martina, y a Rita, que llegaba en ese momento. No le pasó por alto la mirada de interés de su amigo hacia su hermana menor.

La conversación derivó hacia aquellos fines de semana en los que Massimo y sus amigotes se plantaban en la finca y se les hacía de día en Arezzo o desayunaban en cualquier bar de carretera, yendo de fiesta en fiesta.

—Abogado —insistía el señor Etore, orgulloso de lo que había prosperado aquel tarambana simpático.

Al ver que lo miraba de arriba abajo, Enzo bromeó de nuevo sobre la manera de vestir.

—Si tanta ilusión le hace, me pondré la corbata el día que vuelvan los tipos de Hacienda. Y me la pondré negra, para meterles miedo.

—Ni me los nombres —ordenó Etore con tono lúgubre—. ¿Quieres que revisemos la documentación?

—Más tarde, papá —intervino Massimo—. Ahora, mejor nos llevas a dar una vuelta por la finca y así Martina conocerá todo esto también.

—Estupendo, tiempo tendremos para revisar todo ese papeleo. Y no se preocupe —comentó Enzo al señor Etore—, seguro que no es para tanto.

El hombre le respondió con una cara de inquietud, propia de quien teme al fisco más que a la muerte.

La señora Beatrice se excusó porque Patricia, la chica que le echaba una mano, la aguardaba en la cocina y aún les quedaba bastante trabajo.

—¿Quieres que os ayude, mamá? —se ofreció Rita.

—No, cielo, ve con ellos.

El señor Etore abrió camino hacia los vallados de las vacas a punto de parir. Enzo caminaba a su lado mientras Massimo y las chicas los seguían a pocos pasos.

—Ya te habrá contado mi hijo —comentó el hombre—. Mi cuñado, que en gloria esté el pobre, se ocupaba de todo con la rectitud de un contable de los de antes. Y yo soy un desastre para estas cosas, lo voy dejando, y al final no sé ni por dónde empezar.

—Vamos a poner en orden ese despacho antes de lo que imagina.

—Pero los impuestos y la multa... —lamentó, resoplando.

A Enzo no le preocupaba gran cosa, un retraso u omisión por parte de un honrado y modesto ganadero no era un fraude fiscal de los que salían en las primeras planas de los periódicos.

—Piense en los peces gordos que tienen trapos sucios del tamaño de una sábana y no los pescan —aconsejó Enzo.

—Eso es precisamente lo que me preocupa, que Hacienda siempre trinca a los peces pequeños.

—No hay nada que no tenga solución, confíe en mí que estoy cansado de ver fregados más turbios —aseguró—. ¿Esos corrales son nuevos? No los recuerdo.

Desde que no iba por allí, se habían construido nuevos pabellones para las vacas parideras, para los terneros y para cobijar al resto del ganado durante el invierno. El señor Etore los invitó a entrar y Martina casi se cae redonda de la impresión cuando vio el tamaño de aquellas vacas.

—Son la raza más grande del mundo —le explicó Rita—. Los etruscos ya criaban reses chianinas.

—Sabes mucho de ganado, ¿no? —preguntó Enzo.

—Un poco —dijo Rita esquivando su mirada curiosa.

Animado por Massimo, su padre explicó a Enzo y Martina su teoría sobre los efectos benéficos de la música en la vacada. Cuando Rita propuso a sus padres una nueva manera de rentabilizar la hacienda, recibiendo visitas de grupos turísticos, el señor Etore colocó en el alero del tejado un altavoz para amenizar con sonatas de Vivaldi el refrigerio que ofrecían tras el recorrido por las instalaciones. Viendo lo contentos que marchaban los turistas, quiso experimentar si una melodía producía el mismo efecto relajante o estimulante en el ganado, según el ritmo escogido.

—Esto no lo he inventado yo, que existen estudios americanos que lo confirman. He leído mucho sobre el tema en internet.

Rita encogió un hombro.

—Mi padre está convencido de que la música relaja a las vacas antes de someterlas a la inseminación artificial.

—Y los resultados me dan la razón. La música pone tiernas a las hembras y las vuelve más dispuestas.

Bien lo sabía él, reflexionó. Su propia esposa se derretía con las baladas de Massimo Ranieri, desde los tiempos en que forraba la carpeta de la escuela con fotografías suyas. Tal era su atontamiento que le puso su nombre al primogénito. Y él, como amante esposo, consentía esa especie de traición por tres razones: porque era un caprichillo juvenil, porque era algo platónico y porque el odioso Ranieri al menos era de Nápoles.

—¿Baladas para preñarlas? —aventuró Enzo, como si le leyera el pensamiento.

—No, no —rechazó con la mano—. La música melódica las duerme.

El hombre disfrutaba explayándose ante los jóvenes, se notaba que estaba en su elemento. Y a Enzo, escéptico urbanita, le divertía cada vez más aquella teoría.

—Las ponen más cachondas los ritmos latinos. —Supuso con guasa—. Ya sabe, «devórame otra vez, devórame otra vezzzz» —canturreó en español.

El señor Etore chistó para hacerlo callar.

—¿Quieres que les recuerde que van a acabar en el matadero? Para eso las crío, ¡para que las devore la gente! —contradijo bajando la voz como si las vacas fueran a entenderlo—. Para sacarlas a pastar a los prados, Lady Gaga y Rafaella Carrá. Las rubias las animan mucho; hay que ver cómo mueven el rabo. Para parir, Andrea Bocelli, que las relaja como ninguno. Para el celo, Georges Michael, Justin Bieber... —enumeró con los dedos—. Tiziano Ferro nunca falla...

Enzo y Massimo disimularon la sonrisa, mientras Rita los reñía con la mirada porque, en el fondo, estaba convencida de que el experimento melódico de su padre daba óptimos resultados. A Martina, neófita en temas ganaderos, le interesó mucho.

—Es fascinante —opinó.

Massimo la cogió del brazo.

—Ven conmigo y te enseñaré la cuadra del semental. Ya verás el incentivo sexual que usa mi padre con él.

Salieron de las cuadras y la llevó hasta el edificio anexo. El tamaño del toro, más alto que ella, le puso los pelos de punta. Cuando Massimo pulsó el botón del equipo de música, Martina se echó a reír al escuchar Don't stop me now.

—¿No pares, no pares, uh, uh, uh...? —redundó entre risas el estribillo.

Massimo la cogió por la cintura, como algo casual.

—Este no tiene que relajarse, hay que animarlo. Ya sabes, *go, go, go*...

Martina le agarró las manos para que el abrazo no fuera más allá.

—Me parece que Queen empieza a hacerte más efecto a ti que a ese de ahí —dijo señalando con la cabeza al enorme semental.

A Massimo le gustaba verla cómoda. Habían disfrutado como fieras en la cama. Punto. Andarse con tonterías y miradas embarazosas estaba de más. Cogió a Martina por los hombros como gesto amistoso y la invitó a salir de la cuadra. Él estaba acostumbrado, pero a ella no debía olerle precisamente a perfume francés.

—¿Quieres que te enseñe el gallinero?

—De pequeña, cuando vivía en Sicilia, me divertía correr para asustar a las gallinas de mi abuela.

—Así que también eres una chica de campo.

—A medias. Nací en Roma, pero mis padres pasaban largas temporadas en el extranjero. Así que me llevaron a vivir a Trapani con mis abuelos.

—Mmm... ¿Sicilia? Ahora entiendo ese leve acento que aún te queda. Cuéntame todas esas fechorías que hacías de pequeña.

Massimo observó sus ojos traviesos y su sonrisa que invitaba a besarla. Las pequitas le daban un aire adolescente que contrastaba mucho con su actitud madura, propia de los veintiséis años que tenía. Rita le había asegurado que era de su misma edad. La chica de los rizos que lo volvió loco aquella noche empezaba a resultarle mucho más interesante a la luz del día.

Era el típico romano. Eso pensó Rita, esperando a que Enzo la acompañara, ya que se había quedado rezagado hablando con su padre. Ella se había comprometido a explicarle las novedades introducidas por sus padres en el negocio que, a instancias de ella, se explotaba también como visita turística. Una actividad a la que estaban sacando más rendimiento económico del esperado. En parte, gracias a la página web, también diseñada por ella, que para la ganadería Tizzi supuso como abrir una ventana al mundo.

Cruzada de brazos, Rita lo vio despedirse de su padre y caminar hacia ella por el sendero. Romano de pies a cabeza, se repitió; seductor de nacimiento. Rita los conocía bien y el amigo de su hermano no era una excepción, con esos ademanes de irresistible heredero de una ciudad que fue un imperio. Rita lo caló en cuanto lo vio aparcar el pequeño Lancia en el patio. Roma está llena de utilitarios porque un romano no necesita un Ferrari para sentirse importante ni para seducir; las chicas, cuando montan a su lado, no presumen del modelo, sino del hombre que lo conduce. Los hombres de Roma son elegantes, da igual que vistan de Armani con harapos o con sotana de cura. Ninguno sonríe con tanta gracia castigadora, ninguno como ellos muerde con la mirada. Nadie como un romano hace temblar a una mujer cuando le susurra al oído una dulce mentira del estilo «tú eres la más bella del mundo».

Pero ella ya estaba herida y curada de seducción a la romana, se repitió en silencio, no fuera a ser que se le olvidara, cuando el rubio de andares patricios llegó por fin hasta ella.

—Me alegro de que seas tú quien me explique todo lo referente al negocio —dijo con una sonrisa tan acariciadora que la hizo ponerse en guardia.

—Los asuntos ganaderos ya te los explicará mi padre, que es el entendido.

—Sí, ya me he dado cuenta. Pero el que seas tú quien me cuente el resto me da la oportunidad de estar contigo.

Rita lo miró con un escepticismo más que evidente.

—Qué curioso, hace unos años cuando venías por aquí me sentía invisible, porque ni me mirabas.

—Porque tú no te dejabas ver. Te escondías por los rincones como una criatura triste y vergonzosa.

Ella dio un tropezón y él la sujetó para que no cayera.

—Vergonzosa no, triste sí —matizó—. Mucho. Un asqueroso al que llamaba novio acababa de ponerme unos cuernos más grandes que aquellos —explicó, señalando con un gesto vago de la mano hacia las vacas que pacían en la lejanía.

Enzo, que no le había soltado los hombros desde el traspié, le dio un apretón cariñoso.

—Una suerte para ti. Te diste cuenta a tiempo de que te engañaba.

—Eres muy optimista —farfulló molesta—. Después de ese hubo un segundo traidor. Ya ves qué ojo tengo para elegir novio.

Enzo la hizo detenerse y le colocó las manos sobre los hombros.

—Mejor que mejor. Te libraste de ellos a tiempo —reiteró con firmeza—. Esos imbéciles no te merecían.

Rita no dijo nada, se limitó a observarlo. Además de guapo, el abogado de las gafas de empollón era un encanto.

—Pero déjame que te vea —pidió Enzo, deslizando las manos por sus brazos, hasta agarrar las suyas que levantó para contemplarla a gusto; Rita lo dejó hacer—. Estás más...

—¿Delgada? —aventuró con una mirada irónica.

—Más bonita —la corrigió—. Qué manía tenéis las mujeres con la delgadez.

—Si a ti te hubieran llamado durante años «Rita la gordita», quizá serías igual de maniático.

Él respondió con un sube y baja de hombros, sin darle la menor importancia.

—¿Cuánto hace de eso? Porque los años se han portado muy bien contigo —comentó, estudiando con deleite su silueta llena de curvas.

—Muchos —reconoció—. Pero no he olvidado lo mal que lo pasé.

—Pues deberías haberlo enterrado para siempre —aconsejó—. Tonterías de chavales.

Incómoda al recordar unos hechos pasados que aún la mortificaban, miró hacia otra parte.

—Mírame —pidió Enzo, ella lo hizo—. Estás hablando con «Cuatro ojos, capitán de los piojos».

Rita bajó la cabeza, para disimular un tonto ataque de risa, y Enzo la sacudió cogida por las manos como la tenía, para verla reír. Fue entonces cuando se fijó en sus uñas romas y recomidas; síntoma de ansiedad o de lo poco contenta que estaba consigo misma. Acostumbrada a vérselas así toda la vida, Rita creyó que miraba sus dedos tiznados.

—Es que he estado pelando alcachofas —explicó a modo de excusa.

A Enzo, cansado de divas endiosadas, acabó de conquistarle con su sencillez.

—Mmm... ¿Alcachofas para la cena?

—A la Toscana, es una receta tradicional. ¿Te gustan? —preguntó, sonriente.

—Las odio. Pero si las has pelado tú, me las tragaré feliz.

Rita chasqueó la lengua, ante aquella salida de seductor de pacotilla. Trató de soltarse pero él le cogió las manos con más fuerza para impedirlo.

—No sé cuándo entenderéis las tías que a los hombres nos gusta que haya chicha donde agarrarse —dijo para convencerla de lo atractiva que era a ojos de un hombre.

Por su cara, adivinó que Rita era más que consciente. De tonta no tenía un pelo la hermanita de Massimo.

—No me vengas con esas, que os conozco, conquistador de sangre romana.

—¿Conoces a todos los hombres de Roma, niña lista de sangre etrusca? —Rita asintió, aunque no era cierto ni de lejos—. Y no te gustamos, por lo que deduzco. —Ella volvió a asentir—. ¿Cómo te gustan los hombres?

—Divertidos y, por encima de todo, leales.

—Acabas de describirme.

—¡Lo sabía! —ironizó—. Y a ti, ¿cómo son las mujeres que te gustan?

—Divertidas, leales, y a ser posible con un buen culo.

Rita le plantó cara con una sonrisa y un suspiro.

—Qué suerte la mía. Porque heredé el de mi madre... —dijo antes de retomar el camino.

Enzo la dejó caminar unos pasos para contemplarla bien por detrás.

—Un culo magnífico, sí señor.

Y aceleró el paso para alcanzarla.

El señor Etore, que caminaba un trecho por detrás de la pareja, escuchó retazos de la conversación. «Hombres, mujeres, ¿chicha? ¿Culo? ¡Estos jóvenes!», meditó con un hondo suspiro. Rita parecía contenta y el muchacho era buena persona. A lo mejor era eso lo que la niña necesitaba para animarse. Estaban en la edad de pensar en fantasías eróticas y juegos calientes, buena cosa era que disfrutaran cuando aún estaban a tiempo. «Porque luego llegan los años y se enfría el asunto», se dijo apesadumbrado. Entre la muerte de Gigio y las preocupaciones por culpa del lío que tenían con los impuestos, su mujer no le hacía ni caso. «Impuestos del demonio, 1; sexo, 0», maldijo con la boca cerrada, usando un símil futbolístico. No iba a confesar sus desvelos maritales delante de los chicos.

Entre mujeres

Cada semana que pasaba, Massimo tenía más ganas de regresar a la Toscana. La presencia de Martina en la hacienda de viernes a domingo se había convertido en costumbre y él no pensaba en otra cosa que en volver a verla.

Le agradaba su compañía, disfrutaba viéndola dichosa en aquel entorno sencillo y familiar, donde parecía haber encontrado paz. O afecto, tal vez. Con la espalda apoyada en el quicio de la puerta, observaba cómo jugaba con Iris. Martina, sentada en un sillón de ratán, la hacía saltar sobre sus muslos. Daba gusto ver reír a la niña a carcajadas con cada trote del caballito imaginario en el que Martina le cantaba que iba montada.

El día anterior había conocido a su hija y Martina se enamoró de ella al instante. Massimo no esperaba tanta ternura en su mirada y en sus gestos al cogerla en brazos, al besarla o al reír cuando Iris le tiraba del pelo, fascinada con sus rizos brillantes de color calabaza. Le costaba reconocer en aquella mujer que disfrutaba con su hija en el regazo a la diosa del placer de aquella noche romana, lejana ya en el tiempo pero imposible de olvidar. Como las buenas películas, las canciones que emocionan o los libros con historias valiosas, aquellas pocas horas y la mujer que lo mantuvo rabioso de deseo permanecerían para siempre en su memoria. Pero Massimo ya no se conformaba con el recuerdo dulce y amargo de una noche que, como agua pasada, no ha de volver.

Martina se levantó del sillón e hizo que Iris descansara la cabecita sobre su hombro, agotada de tanto reír y cabalgar. Con ella en brazos, fue hasta donde Massimo se encontraba. Él dio un trago largo de cerveza y dejó la botella sobre el alféizar de la ventana más cercana.

—Ahora no te duermas —dijo a su hija, acariciándole el pelo— que mamá está a punto de venir a por ti.

—¿Cómo es que no la llevas contigo a Roma?

—Ada ha aprovechado para pasar el fin de semana con unos amigos en Florencia. Quedamos en que vendría aquí a recogerla.

Por la cara que puso Massimo y el tono con el que lo dijo, Martina intuyó que no era plato de buen gusto para él recibirla en casa de sus padres, pero que transigía con la decisión de la madre de Iris para evitarse enfados, trifulcas y problemas. Se guardó sus impresiones; no había entre ellos confianza suficiente como para expresar su opinión sobre un asunto que no le concernía. Pero sabía que Massimo era muy intuitivo y sabía también que ella era una negada a la hora de disimular. Para evitar que adivinara lo que estaba pensando, rehuyó su mirada y apoyó los labios sobre el pelo de Iris y se dedicó a contemplar el verde tobogán de los prados hasta el horizonte.

Massimo descansó el brazo sobre sus hombros y Martina supo que reclamaba de alguna manera su atención.

—Qué pena que se marche tan pronto —comentó—. Me gustaría disfrutar más tiempo de ella.

—No sabía que te gustaban tanto los niños.

—Son mi debilidad.

A Massimo le habría gustado saber por qué sonreía y al mismo tiempo sus ojos reflejaban una tristeza infinita. Movido por un impulso, la rodeó con los brazos y en el mismo abrazo las envolvió a las dos. Besó la cabeza de su hija y después la de Martina. Fue un gesto de afecto puro. Cerró los ojos y por un momento apartó de su mente un puñado de preguntas para las que no tenía respuesta. Massimo se centró en sentirla cerca. Odiaba aquel dolor enigmático en sus ojos que no alcanzaba a descifrar. Quería ver su sonrisa de niña, como aquella mañana en Roma cuando despertó a su lado. Respiró hondo, el pelo de Iris olía a dulce aroma de bebé; el de ella olía mejor que las flores frescas. Era una pena no poder dormir una y mil noches abrazado a Martina, despertarla cada día contándole las pequitas claras que salpicaban sus hombros y disfrutar de una existencia tan bonita como los sueños que la hacían sonreír dormida.

El ruido del motor lo obligó a abrir los ojos de golpe, alzó el rostro y, al distinguir el vehículo desde lejos, deshizo el abrazo que lo unía a Martina y a su hija.

—Es Ada.

Martina contempló la llegada del Audi por el sendero. Lo conducía un hombre, con gafas de sol, que apoyaba un codo con la camisa arremangada en la ventanilla. Miró sin disimulo a la mujer que viajaba en el asiento del copiloto, también con gafas de sol. Era morena, con el pelo largo y ondulado en las puntas, alta y muy vistosa.

Martina entregó a Iris a su padre para que la cogiera en brazos.

—Voy a ver si puedo echar una mano a tu madre y a Patricia —comentó con una sonrisa que lo decía todo.

Massimo le agradeció con la mirada aquel detalle de discreción, dadas las circunstancias y el mal ambiente que se avecinaba, como siempre que Ada hacía acto de presencia.

—Ya que vas adentro, ¿te importa pedirle a Rita que baje la bolsa con las cosas de Iris?

—Claro que no. Enseguida se lo digo —dijo entrando en la casa.

Rita llegó con la bolsa de los pañales, biberones, ropita y todos los cachivaches que cargaba Massimo por precaución siempre que traía a la niña, con intención de dejársela a su hermano y desaparecer. Pero le fue imposible porque Ada se apeó del coche en ese momento y ella se vio obligada a quedarse para saludarla. Rita odiaba la situación; toda la familia en realidad. Detestaban verse sometidos a esa especie de tiranía no escrita cada vez que Ada aparecía. Siempre preocupados, con sonrisas cautelosas y una amabilidad excesiva, como quien camina por un campo de minas, para no contrariar a la madre de la niña. Massimo en especial porque se sentía en cierto modo culpable. Pero así eran las cosas y los Tizzi se guardaban mucho de hacerla enfadar, por experiencia sabían que una mala mirada, una cara larga o un gesto mal interpretado por Ada podían suponer un disgusto que tendría consecuencias. Sólo por el miedo a que impidiera que vieran a la niña, ponían todos tanto cuidado en no ofenderla.

Ada Marini rodeó el coche y caminó hacia la entrada a la vez que se quitaba las gafas de sol. El hombre al volante del Audi no hizo lo mismo, permaneció donde estaba y saludó a Massimo con un gesto de cabeza por mera educación. Ada, con su afán controlador, estuvo al tanto del mudo intercambio de saludos entre el padre de su hija y su acompañante y giró la cabeza hacia el que aguardaba con la ventanilla abierta.

—Sólo será un minuto, Guido.

Aviso innecesario, ya que antes de detenerse ante la casa ya le había dicho que estarían allí tan poco tiempo que no era preciso que bajara del coche. E inmediatamente se encaró con Massimo con una mirada de desafío que él ya conocía. Pero no le daría el gusto de preguntarle quién era aquel tipo que parecía sacado de un anuncio de Versace. Si eso era lo que Ada deseaba, iba a quedarse esperando.

En vista de que Massimo no despegaba los labios, Ada miró a Rita. Y ella sí se apresuró a responder a su saludo visual.

—Hola, Ada.

—¿Qué tal, Rita? Cuánto tiempo.

—Ya ves, pasando unos días en casa.

—Te veo bien.

—Será el aire del campo y los guisos de mamá —comentó sonriente; se acercó a ella y le tendió la bolsa estampada de ositos que Ada se colgó al hombro, y se inclinó sobre su sobrina—. Adiós, preciosa. Oyyy... —ronroneó besuqueándola en la mejilla varias veces—. Que tengas buen viaje, Ada.

Dicho esto, se metió en la casa con rapidez y los dejó solos.

—¿Qué tal? —dijo Ada, a modo de saludo.

—Bien. Ha comido como una campeona y todas las noches ha dormido del tirón. Supongo que será el silencio del campo, como nos pasa a todos.

—Ven aquí, amor —dijo cogiendo a la niña de brazos de su padre, que se abrazó a ella, loca de alegría de volver a ver a su mamá.

Después de besar y achuchar a su hija, preguntándole cómo lo había pasado sin ella, Ada ojeó hacia la derecha y vio el coche de Enzo aparcado.

—¿Tenéis invitados?

—Sí.

Massimo se abstuvo de decirle que Enzo estaba allí porque Ada lo conocía. Y no quería brindarle la excusa para que se empeñara en saludarlo. Porque entonces Ada demoraría su marcha, su madre por cortesía los invitaría a quedarse a cenar a ella y su acompañante, y la madre de su hija disfrutaría jugando a ser esa familia idílica que no eran.

La parca respuesta de Massimo a ella no le sentó nada bien.

—¿Quién es la chica pelirroja que estaba contigo hace un momento?

—Una amiga de Rita que ha venido a pasar el fin de semana.

—¿De Roma? —señaló el coche de Enzo con la cabeza, a la vista de la matrícula.

—Sí.

Segundo monosílabo que irritó a Ada tanto o más que el primero y Massimo, que lo intuía, no tardó en constatarlo.

—¿Esa chica por qué llevaba a mi hija en brazos?

Massimo le sonrió, con actitud conciliadora.

—Porque le gustan los niños, ¿por qué va a ser? —comentó acercándose para darle a Iris un beso de despedida—. ¿Llevas la silla?

—Qué pregunta —dijo chasqueando la lengua—. Ya sabes que no la quito nunca.

—No lo he dicho para molestarte, Ada —se disculpó sin necesidad—. Pero yendo de viaje, podía ser que la hubieses dejado en Roma para contar con un asiento más y en tal caso te habría dejado la que llevo yo en el coche.

Ella pareció calmarse con la explicación. Y Massimo se alegró de no tener que desmontar la silla de bebé, puesto que costaba un infierno anclarla al asiento y una vez bien asegurada, más valía no tocarla.

—Gracias, pero no hace falta —dijo Ada.

—Buen viaje y cuidado con la carretera.

Ada giró en redondo pero no había andado ni cuatro pasos cuando volvió la cabeza. Massimo puso los ojos en blanco; era bellísima, saltaba a la vista, un monumento de mujer, pero ellos dos ya se tenían muy vistos. No hacía falta que se contoneara ante sus ojos como si caminara por la pasarela de Milán.

—¿Vendrás el miércoles? —preguntó mostrándole su mejor perfil.

—Todavía no sé si tengo la tarde libre. En cuanto lo sepa, te avisaré.

—De acuerdo. Ya me llamas. Si no puedes ese día, ven el jueves —dijo con tono magnánimo—. Cariño, di adiós a papá.

Iris movió la manita y Massimo le lanzó un beso al aire.

El hombre al volante salió del coche para ayudarla. Le cogió la bolsa y mientras Ada sentaba a Iris en su sillita y abrochaba el cinturón de seguridad, él metió las cosas de la niña en el maletero. Después de cerrar el capó, el hombre se despidió de Massimo con la mano y un escueto *ciao*.

Él agitó la mano al aire, pensando en la semana siguiente. Ada se empeñaba en hacerlo ir a su casa para que viera a Iris la tarde establecida por el juez además de los fines de semana alternos. Una manera de demostrar su hegemonía en lo tocante a la niña. Negarse, la mayoría de las veces, a que Massimo la llevara de paseo o donde le apeteciera, sin dar más explicaciones, era un estúpido juego. Un truco más de Ada para incordiarlo. Pero así eran las cosas. Y aunque Enzo le aconsejaba que no se dejara manipular, estar presente en la vida de su hija era su prioridad. El miércoles se tragaría su orgullo. Iría a casa de Ada y jugarían juntos a la absurda fantasía de la pareja feliz con una hijita. Como cada semana hasta que Ada se cansara de jugar.

—Que no te extrañe que te haya mirado mal —le explicó Rita—. Yo creo que a fuerza de tanto perdonar la vida con la mirada ha olvidado lo que significa mirar sin matar. A excepción de Iris, ¡menos mal!

Martina y ella habían salido por la parte trasera y daban un paseo por el camino que conducía al bosque.

—No sé —comentó ella; sacó un paquete de chicles del bolsillo de la sudadera y le ofreció a Rita—. ¿Qué pretende? ¿Espantar a todas las chicas que se acercan a Massimo?

—Ada no es tonta y sabe que mi hermano no va a permanecer toda la vida célibe como un monje. Pero delante de ella, al parecer, intenta evitar que se le acerque ninguna.

—Como si fuera de su propiedad —adivinó.

—Eso es lo que a ella le gustaría. Y me parece que es feliz creyéndose su propia mentira.

—Actuar así es como hacer trampas jugando al solitario. La más perjudicada será ella. Más le valdría asumir la realidad y tirar hacia delante con su vida.

Se metió un chicle en la boca para obligarse a callar. Le era difícil no opinar, aunque la vida de Massimo, de la niña y de la madre de esta no la incumbieran. Y más complicado le resultaba si Rita no dejaba de hablar de ello. A Martina le dio la impresión de que su amiga necesitaba desahogarse. Toda la familia parecía sufrir en silencio el «síndrome Ada», pero callar por prudencia o por miedo aumentaba el peso interior de los problemas. Ella bien lo sabía.

—El funcionamiento de la cabeza de Ada es un misterio. Te lo digo yo. No me interesa en absoluto descifrar el porqué de sus reacciones. Pero yo que la he sufrido... Porque a Ada no se la soporta, se la sufre y con angustia.

—Rita, que nos conocemos y a veces tienes tendencia a exagerar —la recriminó, con el afecto y la confianza de una amiga de las de verdad.

Llegaron a los pastos y Rita se apoyó con ambos brazos en el vallado, invitando a Martina a que la secundara. A esa hora de la tarde, desde allí se divisaba una vista magnífica a punto de esconderse el sol tras la línea del horizonte.

—No te puedes imaginar lo mal que lo pasamos cuando Massimo la trajo a vivir aquí. —Martina la dejó explayarse, era obvio que lo necesitaba—. No debería contarte esto, tendría que ser mi hermano quien lo hiciera, si es que quiere hacerlo.

—No tiene por qué contarme su vida.

Rita le echó una mirada muy significativa.

—Se nota que entre vosotros dos hay mucha química. Pero tranquila —rectificó al escuchar el rebufo de Martina—, no me va el papel de casamentera. Mira, te lo voy a contar y si algún día Massimo te habla de ello, haz ver que no sabes nada y listo.

—Como si no me hubieras dicho nada —aseguró; lo cierto era que cada vez sentía más curiosidad por conocer las circunstancias que rodeaban a Massimo.

—Todo empezó porque ellos dos empezaron a salir, nada serio. Ada siempre aseguró que los anticonceptivos fallaron y mi hermano fue tan tonto que confió en ella. Los hombres a veces son de una ingenuidad que asombra. Se quedó embarazada y creyó que mi hermano correría a ponerle un anillo en el dedo, como se suele hacer.

—Eso se hacía antes, ahora nadie se casa para guardar las apariencias.

—Yo sospecho —confesó mientras soltaba aire—, y mi padre, y mi madre... Y Massimo no habla de ello pero supongo que también. Creemos que Ada se quedó embarazada adrede para cazarlo y la jugada le salió mal. Ella era modelo, aún lo es pero una de las excusas que puso ante el juez a la hora de estipular la manutención fue que se vio obligada a dejar el trabajo para cuidar a la niña. A la hora de hacerse la víctima, no hay quien la supere.

—Por eso me sonaba su cara —comentó Martina, con la imagen en mente de la mujer espectacular que apenas había visto durante medio minuto.

—Ada quería lucir a mi hermano a toda costa. Una belleza como ella necesita una compañía de altura. Se enamoró del uniforme de piloto, más que del hombre que lo lleva puesto, me parece. Entonces debía creerse una princesa...

—...y descubrió que la vida no es una película de Walt Disney —opinó Martina.

—Imagínate el panorama. Mi hermano, que se negaba a encadenarse a una mujer de la que no estaba enamorado. Mis padres aceptando a la fuerza el embarazo sin boda, cuando soñaban con ver a su hijo vestido de novio con el uniforme de gala. La fantasía rosa chicle se les fue al garete —recordó escupiendo a lo lejos el que ella llevaba en la boca.

—No hace falta que me lo cuentes, si te duele recordar todo esto, Rita.

Ella sacudió con la cabeza y le cogió la mano para que no la interrumpiera, dándole a entender que llevaba demasiado tiempo callándoselo y necesitaba soltarlo todo del tirón.

—Ada es huérfana de madre desde que era muy pequeña. Con su padre no se habla desde que se volvió a casar, vive en el extranjero pero no sé ni dónde. Y tiene una hermana con la que apenas mantiene relación —continuó como si todo aquello la fatigara—. La cuestión es que mi madre se compadeció de aquella chica, embarazada, rechazada por el novio, sin madre ni familia, e insistió en cuidarla. Y además, con la barriga, no podía trabajar. Todo un drama. Insistió en que Massimo la trajera a casa, al menos hasta que naciera la niña. Mi hermano aceptó, aún no sé porqué.

—Cargo de conciencia.

—Supongo. El caso es que Ada se instaló aquí y ese día empezó nuestra pesadilla. Massimo le había dejado claro que cumpliría con su responsabilidad como padre pero que, de casarse, nada de nada. Ella aceptó, imagino que creyendo que con el tiempo lo convencería y cambiaría de opinión. Como él entonces ya estaba destinado en Pratica di Mare, sólo venía aquí cuando le daban permiso. Así que Ada, acostumbrada al ambiente de las pasarelas, se vio metida en este campo perdido, cada día más gorda y con la familia del hombre que no quería ser su marido. Para matar el aburrimiento, decidió usarnos a todos como víctimas de su mal humor.

—Rita, no hables así. Entiendo que no debió ser agradable, pero trata de ponerte en su lugar.

—Cómo se nota que tú no conviviste con esa bruja. Se comportaba como si ella fuera la reina y nosotros sus criados. A mí llegó a ordenarme que le pusiera las botas porque estaba embarazada, como si eso fuera excusa para tener lacayos. Nada de lo que hacíamos le parecía bien, si había tallarines para comer, no le apetecían; si había ragú, el olor le daba asco. No te imaginas lo que fue vivir bajo su tiranía. Siempre con el corazón en la garganta por miedo a contrariar a la reina de los mares. Menos mal que mi padre fue nuestro faro en la tormenta. Los hombres del sur tienen el genio muy vivo, pero cuando hay que mostrar serenidad... Gracias a la templanza de mi padre no acabó la cosa peor, se tragó la rabia y, como siempre, fue quien se encargó de poner paz y evitar discusiones. Lo que más me dolió fue ver llorar a escondidas a mi madre, sólo ella sabe las lágrimas que debió derramar por miedo a no conocer a su nieta.

—¿Iris nació aquí? En Arezzo, quiero decir.

—No. Ada no aguantó. Durante el octavo mes, Massimo y ella tuvieron una trifulca terrible porque él le recalcó que dejará de creerse su novia porque no lo era. Y que asumiera de una vez que lo único que tendrían en común el resto de sus vidas era la hija que estaba a punto de nacer. Ada hizo las maletas y se largó. Iris nació en Roma un mes después. Mi hermano quiso enmendar la irresponsabilidad del embarazo no deseado volcándose en su papel de padre y Ada usó esa debilidad suya a su favor. Desde entonces, la niña es su arma de poder sobre él.

—No es justo.

—No, no lo es, porque mi hermano es bueno y honesto con sus sentimientos.

—Yo creo que es mejor que Iris crezca con unos padres que la quieren, aunque no convivan, que en el ambiente hostil de un hogar lleno de discusiones.

—Yo lo siento mucho por él. Lo que daría yo por encontrar un hombre tan noble como mi hermano.

Martina la abrazó, al verle los ojos brillantes por las lágrimas que Rita pugnaba por no derramar.

—Arriba ese ánimo, que te quiero demasiado para verte triste.

—Es una suerte tenerte como amiga, lo digo en serio. ¿Por qué no te casas con Massimo, así seríamos cuñadas?

Cogiéndola por la cintura, Martina le dio una sacudida cariñosa.

—Y decías que no eras casamentera.

—Es broma —dijo, sorbiendo por la nariz—. Pero si llegara a ocurrir, recuérdame que no te regale una cubertería de plata con vuestras iniciales. M y M, ¡qué espanto!

—¿Qué tienes tú contra la M?

—¡Me gastaría una fortuna y todo el mundo creería que te habría tocado en un concurso de M & M's!

A Martina le entró una risa incontrolable.

—Tienes cada cosa, Rita —dijo, recobrándose—. Puedes estar tranquila que no habrá problemas con las iniciales.

—Eso no lo sabes.

Martina bromeó poniéndose muy seria.

—Por supuesto que lo sé. Sólo me casaré con Giuglio Berrutti.

Entonces fue Rita la que se echó a reír, al escucharla mencionar al irresistible «ojitos azules» de la telenovela que volvía locas a todas las mujeres de nueve a noventa y nueve años.

—¡Loba, Giuglio es mío!

—Pues tendrás que compartirlo, avariciosa —bromeó poniendo cara de pelea.

—Mi madre debe haber grabado los capítulos. ¿Te apetece un atracón de Rivombrosa? —Sugirió.

—¡Sí! ¡*Ritorno a Rivombrosa*!

Nada como un buen culebrón para olvidar las preocupaciones. Ni nada que le apeteciera más que sentarse en el sofá en compañía de una buena amiga, ante el hombre más sexy de Italia, para babear juntas delante de la pantalla.

Un rato después, Rita se hallaba con Enzo en el despacho. Se había sentado a su lado en el escritorio para revisar la información que ofrecía la web de la hacienda, diseñada por ella. Valoraba mucho la opinión de Enzo. Y tenía que reconocer que era una gozada compartir ideas y esfuerzos para el negocio de la familia con alguien con quien congeniaba tan bien. Rita trataba de acallar sus propios impulsos, no quería saber nada de castigadores con encanto. De ese plato ya había tomado suficiente ración. No quería entre Enzo y ella más que una relación de compañeros. Él estaba en la hacienda para echarles una mano y ella estaba decidida a brindarle cuanta ayuda precisara. Pero no podía evitar que le gustara mucho la forma en que la miraba.

—Ya sabes que la gente atractiva vende, no tienes más que ver los anuncios de las revistas.

Ella le estaba explicando el origen de algunas fotografías que hizo a un grupo de turistas que fueron de visita, cuando tomaban la última copa de vino. Enzo le había preguntado quiénes eran y si los conocía. A Rita le gustó tanto la imagen que daban, contentos a última hora de la tarde, que les pidió permiso para colocar las fotografías de ese día en la página web.

—¿Te dieron su autorización? —preguntó Enzo, en previsión de posibles reclamaciones legales por derechos de imagen.

—De palabra. Si algún día se quejan, las quitamos y ya está.

—No, las cosas hay que hacerlas bien. Mañana sin falta ponte en contacto con la agencia de viajes que organizó la excursión. Ellos sabrán cómo localizarlos, no está de más pedir su conformidad aunque sea por e-mail.

—Piensas en todo —comentó mirándolo admirada.

—Bella, para eso me paga tu padre —le recordó—. ¿Qué miras?

—Cuando te conocí no llevabas gafas.

Enzo giró para verla de frente.

—Ya se me ha pasado la edad de la tontería. Y las lentillas son una tortura. ¿No te gustan los tíos con gafas?

—Algunos sí.

Enzo miró por encima del hombro de Rita y señaló con la cabeza la ventana del despacho.

—¿Ese de ahí te gusta?

Rita miró hacia donde le indicaba y se echó a reír al ver pasar a Tomassino con una pala al hombro. Era uno de los peones que trabajaba en la hacienda, de la edad de su padre y con sus características gafas de pasta negra y cristales de culo de botella. Rita le tenía un cariño enorme, pero como ideal masculino le congelaba la libido.

—Ese no.

—¿Y yo?

—Tú le gustas a muchas y lo sabes —dijo, volviendo la cabeza para mirarlo—. Y resulta que a mí ya me han roto el corazón dos veces.

—Yo soy de la opinión de que hay que vivir todas las experiencias antes de encontrar a la mujer definitiva. Y yo fui quemando todos los cartuchos hasta que me aburrí.

—Eso dicen todos.

—¿Has hecho una encuesta?

Rita se apartó el pelo de la cara a la vez que chasqueaba la lengua, antes de mirarlo de frente.

—Sé cómo os las gastáis y dudo que exista un hombre joven y guapo capaz de asumir un compromiso.

Enzo se mostró engañosamente impasible antes de lanzarle el dardo.

—¿Tú me hablas de compromiso? ¿Tú que, con tus años, sigues perdiendo el tiempo y viviendo a costa de papá y mamá?

Rita lo acribilló con una mirada agria.

—Eso ha cambiado —aseveró con tono airado—. Estoy estudiando mucho. Me he comprometido a ayudar en el negocio y eso hago, no sé si te has dado cuenta.

—Y lo haces muy bien, por cierto.

—Pues no es necesario que me ataques.

—No te ataco. Aclaro las cosas para establecer los límites, ya que desde que llegué a esta finca no has dejado de mostrarte arisca conmigo y quiero que nos llevemos bien. Mucho más que bien. —Enfatizó.

Las últimas palabras hicieron mella en Rita. Y tuvo que reconocer que Enzo tenía razón.

—Todos podemos cambiar —murmuró.

—Todos —recalcó—. Yo también.

Rita no era de las que se avergonzaban por decir la verdad.

—Después de tantos desengaños, opté por la venganza como disfrute —confesó con la barbilla alta—. Hasta que...

—Hasta que te diste cuenta que el sexo no es suficiente.

Completó Enzo, para hacerle entender que a él le había ocurrido lo mismo—. ¿Me crees si te digo que llevo más de dos años casado con el banco?

En lugar de darle la respuesta que deseaba, Rita se colocó la melena detrás de la oreja y alzó las cejas.

—¿Y ahora mismo que estás haciendo? ¿Un KitKat?

A Enzo le molestó su nuevo ataque de ironía.

—No. Estoy cagándome en los muertos de todos los que te llamaban «Rita la gordita» por convertirte en una escéptica, ya que por su culpa estoy pagando yo las consecuencias.

Rita pestañeó un par de veces, impresionada por su firme carácter.

—¿Sí?

—Con lo maravillosas que sois las mujeres con curvas arriba y abajo —murmuró fijando la vista en sus pechos.

Rita enderezó la espalda, le encantaba sentirse atractiva. Y no es que fuera ignorante: atraía las miradas masculinas. La etapa infantil de la niña rolliza había dado paso a una mujer muy vistosa. Se repetía cada día que sus dos novios no la traicionaron por falta de atractivo sino por su incapacidad para ser fieles a una sola mujer.

—Para mí, Rita rima mejor con bonita —dijo Enzo acercándose poco a poco—. Con conejita —dijo besándola con suavidad.

Rita entreabrió los labios y él profundizó el beso con lenta seducción.

—Esto no estaba previsto —musitó Rita.

—Esto tampoco —ronroneó Enzo acariciándole los labios; y la besó de nuevo con unas ganas infinitas.

Cachitos picantes

En un par de horas debían partir hacia Roma, pero como Rita aún estaba ocupada explicándole a Enzo el funcionamiento de la web y las innovaciones ideadas por ella para rentabilizar la hacienda aprovechando el atractivo turístico de la zona, Martina entretuvo la espera echando una mano en la cocina.

Patricia y la señora Beatrice se dedicaban a llenar frasquitos con Chianti, del que se cosechaba desde hacía decenios para consumo propio. Rita había sugerido obsequiar a las visitas con un cuartillo de vino además de una bolsa de papel ecológico con algunas verduras del huerto. Los turistas marchaban contentísimos con el regalo y a la finca le suponía un gasto mínimo, compensado con creces con la buena publicidad que el detalle les reportaba.

Patricia era una chica jovencita de Civitella que acudía a ayudar a Beatrice cuando era menester. Llevaba el pelo muy corto, tintado de negro azabache, y un símbolo tribal tatuado en la nuca. A Martina le resultó simpática con su desparpajo, sus shorts negros con medias de rejilla y botas militares.

Cuando Martina entró en la cocina, las dos hablaban de libros, o eso le pareció entender.

—Ahora verás como tengo razón —comentó Beatrice—. Esos hombres irresistibles sólo existen en las novelas y, cuando las cierras, se esfuman. ¿Es así o no, Martina?

—Supongo que sí.

—Sí, pero cuando acabas un libro, —intervino Patricia— empiezas otro y listo.

—Y continúas viviendo en un mundo irreal, ¿verdad? —opinó Beatrice sacudiendo la cabeza con escepticismo.

—En la residencia de estudiantes, todas las chicas devoran las historias románticas y me consta que algunos chicos también, aunque no lo confiesan —comentó Martina, y enumeró unas cuantas novelas de autores de moda.

—No sé yo de qué sirve tanta fantasía.

—¡Uy, si yo le contara…!

Martina y Patricia cruzaron una mirada cómplice y se echaron a reír.

—¿Me he perdido algo? —preguntó la señora Beatrice.

Patricia acercó a Martina un rollo de hilo de palomar para que fuera atando etiquetas en el cuello de las botellitas que ella ya había tapado con corchos.

—Una buena novela es el mejor afrodisíaco —dijo la chica, convencida.

—Todo está en la imaginación —confirmó Martina, entendiendo entonces por dónde iba la conversación entre dueña y empleada—. Y hay libros que la estimulan mucho pero mucho, mucho. —Añadió mirando a Patricia a la vez que estiraba las puntas del lacito que acababa de anudar.

A las dos les bastó para entenderse.

—¿Tú también lees novelas calientes para chicas malas? —preguntó Patricia con una sonrisilla traviesa.

—¡Claro!

La señora Beatrice cabeceó con escepticismo, sin levantar la vista del embudo donde iba vertiendo el vino de la garrafa.

—¡Historias calientes! —farfulló con todo el peso de la experiencia—. Cuando era jovencita, que no sabía nada de nada, todavía. Pero ahora... La Binchy, la Carland y la Pilcher no encienden ni una llama de cerilla.

Patricia se sacudió las manos y fue hasta la percha detrás de la puerta donde había colgado su bolso. Sacó un libro negro con un lirio azul en la portada. Martina sonrió con disimulo al verlo y Patricia le guiñó un ojo.

—Menos suspiros y más acción, *signora* Beatrice —dijo la chica dejando el libro sobre la mesa.

La mujer le dio la vuelta y leyó por encima el argumento.

—Probaré a ver. Aunque no creo que me guste.

—Pruebe, pruebe... —La animó Patricia—. Y ya me contará.

No lo probó: lo devoró. La señora Beatrice comenzó la novela esa noche, a modo de somnífero. Su marido, al verla con el libro en la mano, se acostó y, tras el beso de buenas noches, le dio la espalda y dos minutos después roncaba como un bendito. Ella empezó a leer por mera curiosidad. Sobre las doce, se prometió que al acabar ese capítulo lo dejaba. Y una página detrás de otra, le dieron las tantas. El despertador de la mesilla marcaba las cinco de la madrugada cuando cerró el libro con un cosquilleo que la recorría de arriba abajo y con la cabeza embotada de imágenes eróticas y párrafos electrizantes.

Ese día desayunó con la mente en otra parte, contestando con monosílabos a los comentarios de Etore sobre las noticias que daba la radio. Ansiaba la llegada de Patricia, para devolverle el libro y comentar con ella todas las inenarrables perrerías que había leído.

Una hora después, llegaba la chica y por la cara que puso la patrona, adivinó que había pasado la noche en blanco.

—¿Esas ojeras y ese bostezo se deben a lo que me imagino, *signora* Beatrice?

—No pude pegar ojo hasta darle fin —reconoció.

—¿Y qué tal?

—¡Es la leche! —afirmó entusiasmada.

Beatrice le devolvió el libro, se enfrascaron las dos en hacer pasta fresca y no volvieron a hablar de ello. A media mañana, cuando ya habían recogido todos los calabacines y tomates maduros del huerto. La chica regresó a Civitella y Beatrice, después de consultar su reloj, decidió que no era demasiado tarde para hacer una visita a la librería del pueblo. Agarró una camioneta del garaje y partió sin dilación. Un cuarto de hora después, subía la cuesta camino de la plaza.

Fue al entrar en la librería, que también vendía prensa, cuando le entraron los apuros. No veía el modo de explicarle a la librera, que tan bien conocía sus gustos lectores, que deseaba un cambio radical. Se dedicó a ojear las sinopsis de las novedades de un expositor, sin decidirse hasta que el sugerente argumento de uno de aquellos libros la decidió a comprarlo.

Tan enfrascada estaba cotilleando las páginas de la novela, que se sobresaltó del susto al escuchar la voz de otra mujer a su lado.

—Ayayay... Ya verás, ya. No podrás dejar de leer hasta que lo acabes.

Beatrice miró a la mujer que tenía al lado. Era la panadera y se conocían de toda la vida.

—¿Tú crees, Benedetta? —dijo fingiendo desinterés.

—¡Yo me lo he leído tres veces! —afirmó la otra.

—¿Ah, sí?

—La saga entera. ¡Todos los libros de ese estilo! Si quieres consejo, pregunta. No hay novela erótica que llegue a Civitella que no caiga corriendo en mis manos.

Beatrice la miró con curiosidad, no imaginaba en la panadera tal afición por la literatura picante.

—¿Ah, sí? No sabía yo que estos libros tenían tanto éxito.

Los ojos de la otra lucieron un brillo travieso.

—Ay, Beatrice, querida, pasas demasiado tiempo en la hacienda —dijo con un tono condescendiente que la hizo sentirse incómoda—. Tienes que unirte a nosotras.

—¿Vosotras?

La otra asintió.

—Vienen las que pueden, es algo informal. Pero no hay tarde que no seamos, como mínimo, seis. Todos los jueves quedamos a eso de las cinco en el bar de Tonino —explicó señalando con la cabeza hacia la puerta; el local estaba al otro lado de la plaza—. Hablamos de libros, ¡no veas lo bien que lo pasamos y cómo nos reímos! ¿Sabes que se le ocurrió a Roberta Iuri el otro día?

—No quiero ni imaginarlo

La aludida era una conocida común, volcada en la adopción de perros y presidenta del refugio canino del pueblo, famosa por su lengua malévola.

—Que el Ayuntamiento debería conceder una medalla a los Friuli —susurró, señalando con disimulo a la librera, ocupada con otro cliente—. Por su contribución a la mejora de la vida sexual de los habitantes de Civitella.

Beatrice y la panadera rieron con disimulo.

—Tú léelo y el jueves lo destripamos a gusto —insistió la otra dando un toquecito al libro que llevaba Beatrice en la mano—. ¿Vendrás?

Ella releyó el sugerente título de la novela y luego miró a la panadera, cada vez más animada.

—Pues no te digo que no.

Gracias y favores

—Al final Rita nos ha dejado colgados —comentó Martina después de leer el mensaje WhatsApp.

No es que a Massimo le importara, todo lo contrario. Con quien quería hablar era con Martina y su querida hermanita, yéndose de fiesta con sus compañeros de clase, le había hecho el gran favor de dejarlos solos.

Martina guardó el móvil en el bolso y dio un sorbo de vino.

—En realidad esta cena es una excusa —anunció Massimo—. Necesito pedirte un favor.

Martina dio las gracias a la camarera de La Casetta que les trajo la carta de pizzas. Las dejó sobre la mesa, para ojearlas más tarde y apoyó los antebrazos en la mesa, dispuesta a escuchar lo que Massimo tenía que decirle.

—Me marcho una semana a España. Tengo que participar en un curso de repostaje en vuelo, normas de los ejércitos europeos. No voy a aburrirte explicándotelo.

—No tengo ni idea de aviones. Así que ni tú ni yo sabemos si me puede aburrir o no. A lo mejor me gusta.

—Técnica y más técnica —aseguró para quitarle las ganas—. Pero si quieres, un día te vienes a la base conmigo y te daré una explicación exhaustiva sobre aviación militar hasta que te explote la cabeza.

—Cada vez me gusta más —contradijo, con una sonrisa juguetona.

Massimo resopló.

—No me digas que a ti también te vuelven loca los uniformes.

—Tienen mucho morbo. Sueño con verte de uniforme.

—Ya has visto fotos en casa de mis padres —rebatió sin saber muy bien si le estaba tomando el pelo.

—No es lo mismo al natural.

—Soy más que un uniforme.

—No hace falta que me lo recuerdes, yo sé que eres mucho más sin el uniforme. —Lo provocó, en clara referencia a que lo había visto desnudo.

Massimo apoyó los brazos sobre la mesa, igual que ella, y acercó su cara a la de Martina.

—¿Te cuento el favor que quiero pedirte o prefieres seguir jugando a vestirme y desvestirme como al Ken de la Barbie?

Martina se hizo atrás riendo porque sabía que no le disgustaba que una mujer tomara la iniciativa, de eso estaba más que segura. Massimo no disimulaba su enfado al verse deseado por la ropa, sin la ropa, o por cualquier cosa que no fuera él como persona y no como objeto sexual.

—Dime. Y no te enfades que te pones muy feo.

—No me enfado. Y lo segundo tampoco es verdad.

—Eres muy presumido, ¿no?

—Y a ti te va a crecer la nariz como a Pinocho. Vamos a lo importante —decidió por su cuenta—. Como te decía, estaré una semana en España. Yo debía quedarme con Iris porque Ada tiene que viajar esos días, le ha salido una sesión de fotos para una revista y por lo visto pagan muy bien.

—Vaya casualidad.

—Sí, Ada es así.

—¿No puedes llevar a Iris a Civitella?

—Sí podría, pero no voy a hacerlo porque no quiero que su madre se entere de que no puedo hacerme cargo de mi hija. Estoy seguro de que lo utilizaría contra mí en el momento menos esperado.

—Rita puede ir a vivir a tu casa esos días.

—No puede porque casualmente también estará en Civitella.

—Es verdad, no me acordaba —reflexionó haciendo cálculos—. Entonces, te marchas la semana que viene.

—El domingo por la noche.

Martina se llevó la mano a la barbilla, pensando en ello. Era la semana de vacaciones invernales y la residencia aprovechaba para dar un lavado de cara a las zonas comunes y remozar los pasillos con una mano de pintura. Por ese motivo permanecería cerrada. Rita y ella ya habían comentado que marcharían a sus respectivas casas. Pero a Martina no le apetecía lo más mínimo pasar siete días con su tía. Sin saberlo, Massimo le estaba ofreciendo la excusa perfecta para no aparecer por el palacete.

—Ada no debe saber que yo no estaré en Italia, ¿comprendes?

—Comprendo a medias —confesó, elevando un hombro—. Porque la actitud de esa mujer me resulta incomprensible. No entiendo por qué tiene ese afán enfermizo de quitarte a tu hija, o impedir que la veas, no sé muy bien ni pretendo entrometerme.

—No quiere quitármela, de momento al menos. No mientras no encuentre un novio fijo que corra con todos los gastos —explicó, cansado de la situación—. Mientras no tenga pareja, se guardará mucho de impedirme verla. Porque si lo hiciera, sabe que se acabaría el dinero que le paso para la manutención de Iris y para el alquiler. Ada sabe que tiene las de ganar porque los jueces casi siempre dan la razón a la madre. Disfruta teniéndome en vilo, eso es todo.

—¿Puedo preguntar por qué?

—Ada sabe que nunca aceptaré convivir con ella y hace lo imposible por impedir que yo rehaga mi vida. Tan sencillo como triste.

—Mezquino, diría yo.

—O un exceso de posesión, o falta de afecto, o no haber superado nunca la muerte de su madre cuando era pequeña...¡Yo qué sé! No soy psicólogo.

Massimo se calló que Ada había hecho preguntas sobre ella cuando la vio en la Villa Tizzi. No quería que Martina se sintiera envuelta en la misma maraña agobiante que lo acorralaba a él.

—Yo también soy huérfana y no voy amargando la vida a nadie.

—Me lo contó mi hermana.

Ella le respondió con una cara de triste aceptación. Y Massimo sintió que su intuición no le engañaba. Martina sabía escuchar, era el oído amable que necesitaba, además de su tabla de salvación. Apenas la conocía, pero estaba seguro de que podía confiar en ella y por eso fue en la primera persona que pensó para que cuidara de Iris.

—¿Me echarás una mano? Tendrás que venir a vivir a mi casa. De todos modos, para ti será lo más cómodo.

Martina le respondió con una mirada que infundía confianza.

—Cuenta conmigo —aceptó—. Y no te preocupes. Si tu ex llama para controlar, me haré pasar por la canguro —bromeó.

—Aunque no lo creas, me estás salvando la vida.

—Y el favor no te va a salir gratis —avisó, entregándole uno de los folios plastificados que constituían la modesta carta—. Esto te va a costar una pizza, pagas tú.

Massimo sonrió agradecido.

—Hecho —dijo guiñándole un ojo; y ojeó lista—. Aconséjame tú, yo nunca he estado en aquí.

Mientras Martina leía la carta, él se dedicó a mirar a su alrededor con los ojos de quien ha vivido aquel ambiente diez o doce años atrás. Era una pizzería sencilla. Roma estaba llena de ellas, la diferencia de La Casetta se la daban los estudiantes que abarrotaban el local. Muchas risas, voces más altas de lo normal que llaman a los conocidos con alegría, bromas, lágrimas de corazones rotos, besos que los reparan sin dejar señal, confidencias bajo una vela y manos unidas sobre el mantel. En el fondo del comedor, una mesa larga corrida de las que da pie a muchas cosas. «¿Está libre este sitio?», «¡Sí, claro!», «¿Nunca te han dicho que eres la más bella del mundo?», «Unas dos mil veces, piérdete», «Qué raro, nunca te he visto por la facultad», «¿De dónde eres?», «¿Compartimos pizza?» «¿Y de postre, follamos?». Viva la vida, que decía Coldplay.

—Pues Rita y yo venimos casi a diario.

—Qué dura es la vida universitaria —ironizó.

Martina le adivinó el pensamiento al ver cómo miraba a una morenita y a un escocés, becario del programa Erasmus, que se besaban con desespero y mucha lengua.

—Borra de tu cara esa expresión de hermano mayor. Para empezar, Rita y yo parecemos las mamás de todos estos chavales —indicó, señalando con la mirada a los veinteañeros que se amontonaban en la barra—. Lo pasamos muy bien, pero también estudiamos mucho. Ahora mismo no pienso en otra cosa que no sea en terminar la carrera y con unas notas muy por encima de la media.

—Buena decisión.

Martina examinó la carta y señaló con el dedo.

—Una Caprichosa y otra con anchoas y alcaparras —escogió por los dos—. Así compartimos. Esta también es una buena decisión.

—Perfecto, ¿pedimos más vino? —preguntó Massimo, mostrándole su irresistible sonrisa.

—Explícame por qué no apareces por casa ni cuando cierran la residencia.

Martina respondía a la llamada de su tía con fastidio. Con las pocas ganas que tenía de darle explicaciones, cada vez su tono se agudizaba más y más. En ocasiones parecía olvidar la existencia de su única sobrina y, cuando le daba el arrebato, no hacía más que venirle con exigencias. Y esa noche parecía sufrir un ataque de amor familiar.

—Ya te lo he dicho, tía Vivi —respondió esforzándose por que no se le notara la impaciencia por colgar—. Me salió un trabajillo de canguro y no iba a rechazarlo.

—Como si estuvieras muy necesitada. ¿No me encargo yo de pagar todos tus gastos?

—Y yo te lo agradezco muchísimo —se apresuró a añadir—, pero con la edad que tengo, digo yo que ya va siendo hora de empezar a costearme al menos los caprichos.

—¿Dónde estás?

—En Roma. En casa del hermano de mi compañera de cuarto. Ha salido de viaje y entre su familia y amigos no encontraba a nadie que se ocupara de su hijita. Me ofreció el trabajo y yo tengo la semana libre, así que aproveché para ganar unos euros —mintió, puesto que de ningún modo pensaba cobrarle a Massimo.

—Podías haber traído a la niña a casa. No será que no hay sitio.

—¿Y la cuna? ¿Y los biberones? ¿Y el parque? ¿Y el millón de juguetes?

—Pero ¿qué edad tiene?

—Un año.

—Qué sabrás tú de bebés.

Martina se apartó el móvil de la oreja y cerró los ojos. Tía Vivi sabía cómo herirla cuando se lo proponía dándole de lleno en su secreto talón de Aquiles.

—Lo mismo que todo el mundo. No hay que estudiar latín para cuidar de un bebé.

Su tía continuó con los reproches.

—En vacaciones, porque hace calor y te apetece salir de Roma —enumeró bastante indignada por sus reiteradas ausencias— los fines de semana, porque te vas con tu amiga a la Toscana; si es fiesta, porque en la residencia estudias mejor. Siempre tienes una excusa y yo estoy ya harta de no verte el pelo.

Martina hizo un esfuerzo por no enfadarse para no acabar alzando la voz. Le había costado un rato largo conseguir que Iris se durmiera y por nada del mundo quería despertarla, ya que tenía intención de estudiar un par de horas antes de marcharse a la cama.

—Tía Vivi, tú siempre estás de viaje. La verdad, no me apetece estar sola en una casa tan grande.

—Lo dices de un modo que parece que me paso la vida por ahí. Y no exageres, que esto tampoco es el palacio de Buckingham.

—¿Vas a seguir reprochándome ausencias?

—Mira, Martina... —dulcificó un poco el tono; sólo un poco—. Lo único que quiero que entiendas es que soy tu familia. Una familia que se preocupa por ti.

«Si tanto te preocupas por mí, ¿por qué no me has preguntado ni una sola vez por mis estudios?», pensó. Tuvo que morderse la lengua para no soltarle bien alto que lo único que la preocupaba era perder el usufructo de la casa, por si acaso su sobrina utilizaba algún día como argumento sus reiteradas ausencias para demostrar que estaba incumpliendo lo dispuesto por sus padres en el testamento. «Sólo tengo que aguantar hasta que acabe la carrera», se repitió harta de tanto teatro.

Por no discutir y para no reconcomerse por dentro, Martina prefirió derivar la conversación por otros derroteros, pidiéndole que le contara los pormenores de su último viaje. Y su tía se explayó narrándole el lujo fastuoso de Dubái, los rascacielos en el desierto y sus islas artificiales en forma de palmera.

Cuando por fin ambas se despidieron, con la promesa de verse más a menudo, y Martina se libró de aquella especie de interrogatorio disfrazado de bronca maternal, miró la pantalla del móvil y murmuró una palabrota entre dientes al ver una llamada perdida de Massimo. Por culpa de tía Vivi se había perdido la conversación que acostumbraban a mantener cada noche desde que ella estaba a cargo de Iris. Martina no se atrevía a llamar, por no molestarlo. Por eso esperaba cada día que Massimo la telefoneara a ella. Y esa noche, por la hora que era, intuyó que ya no habría una segunda llamada. Con lo mucho que le apetecía hablar con él.

Ninguna noche se olvidaba de hacerlo y Martina esperaba con ganas su llamada. La primera vez, casi toda la conversación giró en torno a Iris. Poco a poco empezaron a soltarse. Massimo empezó detallándole en qué consistía su formación durante aquellos días y ella escuchaba con interés todas sus explicaciones sobre el Programa de Liderazgo Táctico para pilotos de los países integrados en la OTAN: aeronáutica, táctica, repostaje, logística y un sinfín de terminología militar de la que sólo llegó a entender que los aviones podían cargar el depósito de combustible mientras estaban en el aire y que la base de aviación donde se encontraba se llamaba Los Llanos.

No es que el tema fuera su preferido, pero Martina disfrutaba conversando con Massimo y el sentimiento era recíproco. Él comenzó a lanzarle con cautela algunas preguntas de tipo personal y Martina encontró la válvula de escape para dar rienda suelta a la incómoda situación que le suponía la convivencia con su única tía.

—Hermana de mi madre, sí —respondió a la pregunta de Massimo.

—No entiendo muy bien qué hace en tu casa, si dices que es tuya.

—Mis padres hicieron testamento porque viajaban continuamente a países de África, muchas veces a zonas conflictivas, o controladas por la guerrilla. O el ejército.

—Los cooperantes internacionales miran más por la población a la que van a ayudar que por su propia seguridad —adujo Massimo, que más de una vez había participado en alguna intervención de rescate de personal civil en zona de guerra.

—Pues eso —continuó Martina—. Hicieron testamento y pensaron, con mucha lógica, que mis abuelos, por ley de vida, morirían antes que mi tía. Así que, por si les sucedía algo, decidieron asegurar que alguien cuidara de su única hija. Y para asegurarse de ello, me legaron a mí la casa y a ella el usufructo mientras se hiciera cargo de mí.

—Pero hace mucho que eres mayor de edad. Puedes cuidarte sola.

—Lo sé. Y no creas que no me siento un poco avergonzada de depender de su dinero con veintiséis años. Sé que debería plantar cara a la vida con más ganas, o con más valentía, buscar un trabajo y mantenerme sin recurrir a mi tía.

—No pretendía criticarte.

—No, si no te lo reprocho —aseguró, consciente de su situación—. Soy egoísta, lo sé. Hice muchas tonterías, Massimo. Dejé los estudios, volví a la Facultad, los dejé otra vez... Pero eso ha cambiado.

—Me alegro por ti.

—Está claro que cualquier mujer en mi situación le echaría narices a la vida y se pondría a trabajar de lo que fuera, en cualquier cosa. No creas que se me caen los anillos ni que soy una pija ociosa. Pero en este momento, a medio año de acabar la carrera, me parece más sensato volcarme de lleno en los estudios, obtener la licenciatura y presentarme al examen de capacitación. Entonces sí podré encontrar un empleo que me guste y en el que me sienta realizada.

—También podrías vivir con tu abuelo y terminar la carrera en la Universidad de Palermo.

—Bastante ha hecho por mí. Tiene setenta y dos años y no quiero ser una carga económica para él a estas alturas —explicó sincerándose—. Además, tengo otro motivo. Llámalo orgullo, sentimentalismo, exceso de amor propio o estupidez, pero mis padres me dejaron esa casa. Me niego a que mi tía se apodere de ella. Mientras tenga que aguantarme por allí, aunque sea de vez en cuando, tendrá presente que la dueña no es ella y que la casa es mía.

—Bonito conflicto te dejaron tus padres —opinó, lamentando su situación.

—Hicieron lo mejor para mí —los defendió—. Piensa que, cuando redactaron el testamento, no tenían intención de morirse.

—Pero ocurrió.

—Sí, desgraciadamente ocurrió —corroboró aceptando una desgracia para la que no había remedio—. ¿Cómo me decías que se llama la ciudad donde estás?

—Albacete.

—No la había oído nunca. ¿Cómo es?

—Un poco más grande que Arezzo. Y con muchos campos. Todo más amarillo y menos verde, pero es bonito.

—Eso está bien.

Massimo le explicó que sólo había salido de la base aérea para conocer la ciudad y hacer lo que llamaban «ir de tapas» que consistía en salir para comer y beber, y charlar de todo y de nada, hacer chistes, reír, y volver a comer y volver a beber.

—Los españoles son mediterráneos, como nosotros —le recordó, ante la similitud con sus propias costumbres.

Continuaron hablando de la comida que les daban en la base y, sin darse cuenta, la conversación se centró en sus gustos gastronómicos. Martina tenía la sensación de que ellos dos empezaron la casa por el tejado; pensó en lo bonito que era conocerse poco a poco. Se enteró de que a él no le gustaba la comida picante y ella le confesó que le repugnaban las alubias. Y descubrieron que tenían algo en común: los dos se volvían locos con el chocolate. Al final, Martina acabó explicándole recetas porque Massimo se resistía a colgar el teléfono. Y mientras insistía en lo ricas que le salían las berenjenas horneadas con salsa de tomate, pensó que esa noche tenía dos opciones. Restar una hora al estudio o al sueño. Optó por lo segundo. Se notaba que Massimo disfrutaba con aquellas conversaciones sobre lo importante, lo intrascendente, en serio a ratos y en broma otros. Y ella estaba tan a gusto también que no le importaba lucir ojeras al día siguiente.

Aquella era la penúltima noche que pasaba con Iris y a Martina le daba pena que también aquella fuera la última llamada de Massimo. Lo imaginaba tumbado en su litera cansado de una jornada agotadora tanto física como mentalmente, relajado gracias a la charla que mantenía, del mismo modo que ella despedía el día tumbada en el sofá con el móvil pegado a la oreja. Aquellas conversaciones nocturnas habían logrado que lo que empezó como un encuentro sin futuro previsible, deviniera en una amistad de las buenas. Martina se alegraba de que fueran así, sin contacto físico, sin caricias ni besos que imprimieran otro tipo de sentimientos al afecto que lograban las palabras. Se sentía segura confiándole sus preocupaciones. Y mientras hablaba con Massimo de lo acontecido durante el día, se decía en silencio que para la amistad no existe la palabra tiempo. Si se es de corazón, vale tanto el amigo de siete semanas como el de siete años.

Agotados los temas banales, las conversaciones entre ellos cada vez tomaban un cariz más íntimo.

—¿Y qué hay de los hombres?

—Que dan problemas.

Massimo rio desde el otro lado de la línea.

—No esperes que te de las gracias. Y déjame decirte que las mujeres también los dais. Te hablo por experiencia.

Como Martina no tenía ningunas ganas de hablar de Ada, prefirió convertirse en el tema a tratar.

—Tuve un desengaño importante.

—¿No te quería?

—No —se sinceró—. Pero me di cuenta demasiado tarde.

—El amor nos ciega a veces.

—Después de aquello, pasé una temporada sin querer saber nada de los hombres. Luego me resarcí y salí con algunos, pero con rencor, como una especie de venganza que me hacía sentir peor.

—El sexo como revancha. Yo también he pasado esa etapa. Hasta que me di cuenta de que podía hacer daño a alguna mujer que se tomara en serio la relación y...

—Y ahora estoy con un chico, pero es una relación blanca y pura. Sólo hablamos por teléfono.

—¿Por teléfono? Mal asunto. Ten cuidado que puede ser un psicópata. Si se pone pesado, dímelo y yo te defenderé de él.

Martina explotó a reír.

—¿Sabes que a veces eres muy gracioso?

—Eso dice mi madre —aseguró; e hizo una pausa—. No te entretengo más, voy a dejarte estudiar que, si suspendes, me echarás a mí la culpa.

—Yo nunca suspendo.

—Empollona.

—Gracias —contraatacó riendo de nuevo—. Por hoy no más estudio. He estado repasando mientras Iris hacía la siesta.

—¿Te marchas ya a dormir ya o piensas ver alguna película?

—Me apetecía leer, pero... —suspiró con fastidio—. Me dejé el libro que tengo a medias en la residencia.

—¿Cuál es el título?

—La vida que soñé, de Mariangela Camocardi.

—¿Como... qué?

—Camocardi —repitió despacio.

—Te dejo.

Martina se quedó mirando el teléfono, perpleja. Acababa de colgarle.

Aún no había terminado de ponerse la camiseta del pijama cuando el móvil empezó a vibrar sobre la mesilla de noche ya que, para no despertar a Iris, tenía la precaución de tenerlo en silencio. Metió el brazo en la manga que le faltaba y, al ver que de nuevo era Massimo, respondió preocupada. Nunca la llamaba dos veces.

—¿Massimo, ocurre algo?

—Ponte cómoda.

—¿Cómo dices?

—¿No querías leer?

—Sí, pero ya te he dicho antes que...

—He comprado el *e-book* en Amazon.

Martina se quedó con la boca abierta.

—Es todo un detalle, pero te recuerdo que estás a miles de kilómetros. Ah, vas a enviarme el archivo por e-mail —dedujo—. Ya he apagado el portátil.

—Te he pedido que te pongas cómoda porque vamos a leerlo a medias. Mejor dicho, voy a leértelo yo. Pero sólo un rato que mañana tengo que madrugar y tú también —Martina sonrió, qué bien sabía que Iris se despertaba a las siete como un reloj—. ¿Te apetece?

—Me apetece mucho —aceptó; aquello era de lo más insólito que había hecho en su vida—. Aunque no sé si te gustará la historia.

—Lo importante es que a te guste a ti —aseguró, consiguiendo que Martina se derritiese por dentro como un cubito de hielo al sol—. Por el título y la portada, me parece que la cosa va de romance, ¿no? —asumió con un rebufo—. No es lo mío, pero haré un esfuerzo. ¿Por qué página vas?

Martina se tumbó en la cama y acomodó la cabeza sobre la almohada. La idea de que Massimo leyera en voz alta para ella desde otro país, entrada la noche, y cada uno en su cama, resultaba una locura deliciosa, tierna y tan romántica que parecía sacada de un libro.

—Capítulo 10. Por el segundo párrafo, creo.

Y cerró los ojos para no sentir otra cosa que no fuera su voz.

—Vamos allá —anunció—. Alina le abrazó las caderas con los mulos mientras Nick se hincaba en ella. Él la besaba como si su vida dependiera de aquella boca. Estaba húmeda y caliente, apretada... Joder, Martina...

—Sigue.

—Esto es literatura erótica pura y dura

—Lo romántico viene después —susurró—. Venga, sigue leyendo que lo haces muy bien.

—Como la cosa siga así, me voy a ir a dormir con una erección que voy a parecer el semental campeón de la Feria Ganadera.

A Martina le entró un ataque de risa incontrolable.

—Te estás cargando el romanticismo del momento, bobo.

—Sigo, pero te hago responsable de las consecuencias. A ver... —Martina lo oyó exhalar aire—. Dónde nos hemos quedado...

Massimo leía y protestaba. A veces hacía comentarios que a Martina le daban ganas de matarlo y otras reía a carcajada limpia. Pero siguió leyendo hasta que ella se quedó dormida con el móvil encendido.

Regreso al hogar

Massimo giró la llave en la cerradura muy despacio, entró de puntillas en el apartamento y cerró la puerta sin hacer el más mínimo ruido. Eran las cinco de la madrugada y las imaginaba a las dos sumidas en más profundo de los sueños. Dejó el petate en un rincón del recibidor, junto al paragüero, y atravesó el pasillo haciendo lo posible por evitar que la tarima crujiese bajo las suelas de los zapatos.

Hacía unas horas que había aterrizado, finalizado el curso táctico en la base militar española de Los Llanos y, después de una semana de ausencia, tenía ganas de verlas. A las dos. En ese momento no era capaz de equilibrar la balanza y decidir a cuál de ellas tenía más ganas de escuchar, contemplar durante largo rato, tener cerca, en definitiva. Y esa sensación de equilibrio emocional, la total ausencia de lucha por dividirle el corazón lo tenía sorprendido y contento. Desde que Iris llegó para convertirse en la mujer de su vida, Massimo siempre había temido ese día en que la naturaleza exigiera satisfacer sus necesidades íntimas, las sentimentales y las del cuerpo. Era un hombre de carne y hueso, con apetito sexual y emocional también, como cualquiera. Temía que la presencia de una mujer en su vida le restara cariño a su pequeña mujercita. No había ocurrido con Martina, que había llegado sin llamarla, tan inesperada y bienvenida como una ráfaga de viento cálido en pleno invierno. Massimo acababa de descubrir que en su mente y en su corazón había espacio para Iris y para ella. Había sitio en su vida para las dos.

El instinto paternal dirigió sus pasos y, en primer lugar, se asomó a la habitación de la niña. Entró con mucha cautela, hasta que descubrió la cuna vacía. Y en la cara se le dibujó una sonrisa al imaginar dónde estaban sus dos chicas. Avanzó sin hacer ruido hasta su dormitorio y, como esperaba, allí las halló a las dos.

Martina dormía de lado. Iris también, cara a ella, con la cabecita muy cerca de su cuello. Juntas ocupaban el centro de su propia cama. Se quitó los zapatos y los dejó en el suelo muy despacio. Un imperceptible ruido fue percibido por Iris, o sería que intuyó dormida que su papá estaba cerca. A Massimo le maravillaba descubrir, en las reacciones de su hija, el curioso funcionamiento de los sentidos y la agudeza que llegaba a alcanzar la percepción sensorial cuando la educación, las normas o la costumbre no intervienen, como sucede con los bebés. Tan natural y primitivo que parecía mágico.

Permaneció plantado en el sitio, contemplándolas a las dos. Un ruido de la calle agitó el sueño de Iris, que hizo un brusco movimiento de brazos sin llegar a despertarse. Massimo se quedó sin aliento al ver que Martina, dormida como estaba, alzó la mano y la colocó sobre la espalda de la niña para tranquilizarla. Una bellísima respuesta animal, maternal y defensiva como la fiera que protege a su cachorro incluso cuando duerme.

Massimo supo en ese momento cuánto quería Martina a su hija. Estaban las dos solas, sin testigos. No tenía necesidad de fingir ante nadie. Nada la obligaba a aparentar un falso amor por la pequeña delante de papá. Su afán protector demostraba que su cariño por Iris era sincero, limpio, inmenso como la emoción que Martina, sin proponérselo, hacía crecer y crecer dentro de él.

Le habría gustado acostarse y dormir las tres horas siguientes pegado a la espalda de Martina, abrazándolas a las dos. Capricho que no se dio porque no quería despertarlas y su par de bellas acaparadoras no le habían dejado sitio en la cama. Pero se negó a robarse a sí mismo el placer de dar un beso a cada una. Rodeó la cama hasta el lado de Iris y le rozó la cabecita con los labios, recuperando aquel familiar olor a colonia infantil que echaba tanto de menos. Se inclinó apoyando la mano en el cabezal y besó en el pelo a Martina; en ella, sus labios se demoraron un poco más. Le acarició el pelo con la nariz, cerró los ojos y sintió que estaba en casa por fin.

Después, retrocedió el camino hacia el pasillo y, con la tranquilidad de quien sabe que está todo en orden y en paz, fue hasta el salón dispuesto a dormir en el sofá.

—Qué susto me he llevado al no ver a Iris en la cama, caray —refunfuñó Martina cuando entró en la cocina.

—Le di el biberón a las siete, le cambié el pañal y la dejé en la cuna para que siguiera durmiendo. Por cierto, ¿ni «qué tal el viaje»? ¿Ni un simple «buenos días»?

—Buenos días —dijo mirando el reloj de pasada—. Qué tarde se me ha hecho, no ha sonado el despertador.

—Lo apagué yo.

—¿Y por qué no me has despertado?

Massimo sacudió la cabeza al tiempo que apartaba la cafetera de la placa vitrocerámica.

—Para que durmieras un rato más.

—Pues voy a llegar tarde a clase —explicó, agarrando un par de galletas de un plato.

—Siéntate y desayuna conmigo —propuso señalándole una silla—. No va a pasar nada porque te saltes una clase.

—Sí pasa —le contradijo, antes de comerse media galleta de un bocado.

Massimo le echó una mirada de derrota. Llevaba el bolso gigante a la espalda que había traído como equipaje. Y en el hombro contrario, otro, de enormes dimensiones también, con sus mil cachivaches femeninos y los libros. Cuando la oyó hablar sola y moverse a trompicones por el cuarto de baño, se guardó mucho de darle el recibimiento que le pedía el cuerpo a base de besos y roces con promesa de cama como premio. Un sexto sentido le dijo que Martina era de las que amanecen de mal humor y sus prisas esquivas le daban la razón. Rita dormía con ella en la residencia universitaria. También podía haberle advertido que Martina se levantaba mordiendo. No lo hizo por una simple razón: cuando sonaba el despertador, Rita era como la niña de El Exorcista. ¿Cómo iba a parecerle raro el mal humor matinal de Martina? Para una bruja legañosa, despertar al lado de otra bruja greñuda era como mirarse en el espejo.

Se oyó un lloro de Iris y los dos salieron de la cocina hacia el cuarto de la niña. Massimo la cogió de la cuna y, como solía pasar, se calmó. Los fuertes brazos de su padre obraban en ella un asombroso efecto tranquilizador. Martina se acercó y le dio un beso en la frente; Iris la miró con ojitos de sueño.

—Adiós, princesa.

Cuando iba a retirarse, Massimo la cogió de la mano y tiró de ella para que no se alejara.

—Es el turno de papá.

Ella lo miró con ganas de poco tonteo, pero se aupó.

—Y otro para papá —dijo; y lo besó en la frente como a Iris.

Massimo quería otra clase de beso y ambos lo sabían, pero sonrió con guasa y se conformó con el premio de consolación.

—No te marches todavía —le pidió; y al ver la cara de prisa de Martina, insistió—: No te enfades. ¿No puedes esperar dos minutos? Tengo que pagarte... No me mires así.

—¡Ahora sí que has conseguido que me enfade! ¿Tú crees que voy a cobrarte?

—Al menos por la comida. La nevera estaba casi vacía cuando me marché. Martina...

—De ninguna manera. Y como saques un solo billete, ya sabes lo que pasará. ¿Hace falta que te refresque la memoria?

—Si te pones así, nunca más volveré a pedirte un favor —zanjó muy serio.

Martina suavizó el ceño y, por fin, le regaló la primera sonrisa de la mañana.

—Me lo he pasado tan bien con Iris que soy yo quien tiene que darte las gracias. Me encantan los niños y estos días con ella han sido como disfrutar de un premio.

—Entonces dame las gracias, ¿elijo yo? —propuso con una mirada sensual.

Ella sacudió los rizos y se alejó para marcharse. Tenía clase y ya llegaba tarde de verdad.

—Ya te las he dado, a mi manera.

—O soy muy tonto o...

—Busca en la cocina —aconsejó guiñándole un ojo.

Salió del dormitorio sin darle tiempo ni a replicar y, un segundo después, Massimo la oyó cerrar la puerta del apartamento.

—Se ha marchado, así, por las buenas. ¿Qué te parece? —le dijo a Iris; ella se frotó la nariz con las dos manos.

Con la niña en brazos, regresó a la cocina. Lo que le había dicho Martina antes de salir pitando hacia la Facultad, había conseguido intrigarlo. Examinó la encimera con una mirada analítica: nada fuera de lo habitual. Dio otro vistazo exhaustivo al frigorífico: los imanes no sostenían ninguna nota que no fuera escrita por él. Como Iris empezó a removerse en sus brazos, dejó para más tarde los acertijos y la sentó en la trona.

—Toma, cariño —pidió, poniéndole delante dos muñequitos Minions de goma—. Sé buena y juega un poquito mientras papá desayuna.

Se sirvió café en una taza y un chorro de leche de una botella que había sobre la encimera. Abrió el armario para sacar el azucarero y su entrenado ojo militar distinguió a la primera el objeto inusual. ¿Nutella? Hacía mucho que no respiraba aquel aroma delicioso que lo retrotraía a sus días infantiles en la hacienda.

—Así que eres una golosa —dijo en voz alta; Iris parloteó con su idioma de bebé—. Nada, cariño. Que papá está loco y habla solo.

Destapó el bote y se echó a reír como un crío entusiasmado. Martina no había comprado la Nutella para ella porque estaba sin estrenar. Sin probar, para ser exactos; le había quitado el papel plateado que sellaba el bote y había escrito en la superficie de la crema de cacao y avellanas la palabra «Gracias» con la punta de un cuchillo. Rita debió contarle que, de pequeño, la Nutella era su locura. Se preguntó por qué llevaba tanto tiempo sin probarla. Martina era única hasta para dar las gracias, cuando era él quien debía dárselas a ella. Qué generosa era, y muy bonita, imposible no querer comérsela entera con aquella nariz salpicada de pequitas claras que se fundían con la piel.

Con la sonrisa de Martina en la cabeza, retrocedió en el tiempo veinte años, y puesto que no estaba allí su madre para darle cuatro gritos, hundió un dedo en el tarro y lo rechupeteó con deleite.

Una de las cosas que más detestaba Massimo de la forma de ser de Ada era su poco miramiento a la hora de montar una escena. En cuanto la vio llegar a recoger a Iris, sospechó que esa tarde venía con ganas de montársela en el parque delante de todo el mundo. Toda cara tenía su cruz, tratándose de Ada. Ya le extrañó que le dejara a la niña toda la tarde a solas, sin imponerle su presencia ni obligarlo a ver a su hija ese miércoles en su propia casa. Premio para empezar y ahora venía la bronca para acabar la tarde. Pero lo que enfureció a Massimo es que usara a Martina como vehículo para vomitarle encima todo su rencor. Su paciencia tenía un límite y en ese momento Ada estaba a punto de rebasarlo pidiéndole explicaciones como si estuviera obligado a dárselas.

—Mira, Ada, deja de sacar las cosas de quicio.

—¿Qué hacía entonces la chica esa con la niña en un supermercado cerca de tu casa?

—¡Comprar! Eso es lo que hacía Martina en el Súper Élite. No se llama la pelirroja esa.

Por supuesto, no le confesó que durante esos días él se encontraba en España.

—No me parece bien que dejes a Iris en manos de alguien como ella.

—¿Qué coño tienes contra ella, Ada?

—¿Y tú? ¿Qué interés tienes en defenderla? Está claro que te tiene cegado.

—Ada, basta.

—Si fueras un poco más precavido y pensaras en tu hija, no dejarías que la paseara por ahí alguien que no es quien dice ser.

—Es una compañera de estudios de mi hermana, ya te lo dije.

—Qué equivocado estás —dijo mirándolo con lástima—. Esa Martina se hace pasar por estudiante. ¿Por qué vive en una residencia cuando es propietaria de un palacete en el centro de Roma?

—Lo heredó de sus padres.

—¿Te lo ha contado ella?

—Sí.

Ada empuñó el carrito de Iris con las dos manos. Pero antes de marcharse, le lanzó una mirada de las que acribillan.

—¿También te ha contado que fue la amante de un hombre casado?

—¿Qué pasa? ¿Ahora tienes espías?

Massimo disimuló la ira que amenazaba con salirle por la boca. Le indignaba que Ada hubiera estado hurgando en el pasado de Martina.

—Roma es mucho más pequeña de lo que parece —dijo Ada, quitando el freno del carro.

Él se agachó para darle a su hija un beso de despedida.

—Harías mejor en no creer todo lo que dice la gente.

—He estado investigándola —confirmó con tono amenazador—. Ten cuidado con esa, no es trigo limpio.

Massimo apretó la mandíbula. No juzgaba a Martina, le importaba un carajo si se había acostado con ocho, con ochocientos hombres o con ocho mil. A pesar de ello, odiaba haberse enterado de aquella parte de su vida gracias a la insidia de Ada. Habría preferido que se lo contara ella.

Un regalo para ella

—¿Cómo está Iris?

Esa fue lo primero que quiso saber Martina, tras el beso leve en los labios que le dio como recibimiento cuando se sentó a su lado en la terraza donde lo esperaba.

—¿Hoy sí?

—Hoy no tengo prisa. Y es un piquito de amigos. —Sonrió con malicia.

Massimo empezó a sospechar que Martina tenía una seria afición a decidir cuándo y cómo. Y a decir la última palabra.

—Iris está estupendamente —respondió a su pregunta—. Creciendo cada día más. Llamé a Ada en cuanto te fuiste y ese mismo día vino a recogerla.

Habían quedado en una cafetería enfrente del Panteón. A pesar de lo feliz que lo hacía comprobar el cariño que le tenía su hija, a Massimo le irritó un poco que se interesara por Iris antes que por él. Cada día que pasaba deseaba más y más convertirse en la prioridad de Martina.

Como vio que ya le habían servido un *manchiatto*, pidió otro para él, haciendo señas al camarero que aguardaba en la puerta de plantón. El camarero preguntó si también deseaba que le trajera una *crêpe* con frambuesas y nata como la que acababa de comerse Martina, que Massimo rehusó.

—¿Sigues empeñada en no cobrarme? —preguntó, mirándola, cuando el camarero los dejó solos.

Una arruguita en el entrecejo de Martina evidenció su contrariedad ante aquella sugerencia. Aún recordaba lo tajante que se mostró negándose a aceptar una suma simbólica por cuidar de Iris.

—Ya te dije que no. Disfruté muchísimo cuidando de tu hija. ¿Te gustó la Nutella?

—Sabes que sí —dijo dándole un ligero golpecito en la nariz—. Y el detalle mucho más.

Sacó un sobre alargado del bolsillo y se lo puso delante.

—Espero que, al menos, aceptes esto —ofreció sonriente al ver sus ojos de sorpresa—. Es un regalo, me enfadaré si lo rechazas.

Martina abrió el sobre, mordiéndose el labio por tanta intriga. Y gritó de alegría al ver que se trataba de un bono por dos noches en un hotel de Venecia; los vuelos para dos personas desde Roma también venían incluidos en el regalo.

—¡Ay, gracias! —exclamó cogiéndole la mano por encima de la mesa—. Es increíble que tengas un gesto tan bonito a cambio de nada.

—A cambio de mucho —rebatió.

El hecho de poder confiarle a su hija con la absoluta seguridad de que velaría por ella como él mismo lo haría, no había regalo que pudiera pagarlo.

—Gracias otra vez, me hace muchísima ilusión —reiteró—. Yo ya estuve una vez en Venecia, hace años con unos amigos. Pero siempre he querido volver y nunca veía el momento.

A Massimo se le escapó una pregunta que le rondaba por la cabeza desde el momento en que entró en la agencia de viajes.

—¿Ya has decidido con quién irás?

Martina bajó la vista durante un segundo; cuando volvió a mirarlo a los ojos, sonreía de una manera que irradiaba cariño. O añoranza quizá.

—Sí —murmuró sin dejar de sonreír.

Massimo la observaba cada vez más intrigado. Y molesto también, porque en ningún momento había sugerido que la acompañara en ese viaje. Una invitación que le habría gustado escuchar en cuanto Martina abrió el sobre.

—¿No vas a decirme a quién vas a llevar contigo? —incidió, fingiendo un tono casual para disimular su decepción por no ser el escogido.

Massimo removió el azúcar con la cucharilla, sin ninguna esperanza. Ya conocía lo hermética que podía llegar a mostrarse Martina cuando se cerraba en banda.

—No —dijo, tal como él esperaba—. Pero no te imaginas lo importante que es este regalo —afirmó tomando el sobre con ambas manos como si fuera una joya muy valiosa—. Por muchas veces que te dé las gracias, nunca te lo agradeceré bastante.

Como no logró sonsacarle el nombre de su misterioso acompañante, ni aun presionado a Rita, Massimo decidió averiguarlo por su cuenta. Pretextó un viaje relámpago al Véneto por un doble motivo: presentarse ante el mando superior de los Flechas

Tricolores para agradecerle en persona el honor que le hicieron al proponerlo como candidato a ingresar en la más elitista de las patrullas aéreas del ejército italiano; y con la intención de propiciar un encuentro casual en Venecia con Martina y ver de paso si los celos que no lo dejaban dormir tenían fundamento.

Una vez dio las gracias en la comandancia de Udine, y explicó de viva voz los motivos personales que lo obligaron a rechazar una propuesta considerada en la Fuerza Aérea como una alta distinción, cogió el primer tren y fue directo a la ciudad de los canales. De camino, avisó a Martina de su llegada, llamada que ella recibió con gran alegría y sin hacer más preguntas que las provocadas por la lógica sorpresa de aquel encuentro inesperado a tantos kilómetros de casa. Cuando el sol lo cegó a las puertas de la estación, ella ya lo estaba esperando. Massimo hizo visera con la mano y bajó los escalones observando al hombre que la acompañaba. Era alto y tenía el pelo blanco. Massimo achacó a los setenta años que aquel caballero aparentaba el hecho de que fuera vestido como Vitorio Gasman en las películas antiguas, ya que era el único hombre con traje oscuro y corbata, entre el gentío que entraba y salía de la estación de Santa Lucía. Martina, en cambio, sí vestía como una turista al uso, con unas bailarinas aptas para grandes caminatas, falda vaquera, jersey y gafas de sol a modo de diadema.

Ella le hizo señas agitando la mano al aire y Massimo la saludó con una sonrisa. Sin dilación, fue hacia ella y el hombre que le había robado el puesto como compañero de viaje.

—¡Qué sorpresa! —exclamó Martina dándole dos comedidos besos en las mejillas que a Massimo le supieron a poco—. Cuando me has llamado esta mañana, no sabía si creer o no que estabas aquí también.

Él le acarició la barbilla y le guiñó un ojo. Y tendió la mano al caballero de cuyo brazo se cogía Martina.

—Massimo Tizzi.

—Giuseppe Falcone —correspondió con un firme apretón—. Ya tenía ganas de conocerlo, joven. Mi nieta no hace otra cosa que hablar de usted.

A Massimo le costó asimilar que Martina hubiera decidido compartir con su abuelo un regalo que cualquier mujer habría asociado con una escapada romántica. Observó que miraba al anciano con un cariño infinito. Jamás habría imaginado que una chica de su edad fuera capaz de llevarse a un septuagenario como compañero de viaje.

—Massimo, te presento a mi abuelo. Ha sido un valiente al venir desde Sicilia —reconoció; aunque la explicación sobraba, dado el marcado acento isleño del anciano—. Había jurado que nunca montaría en avión y por primera vez en su vida lo ha hecho.

El hombre rio un poco apurado.

—Por complacer a mi única nieta, me armé de valor.

—Y por conocer Venecia, confiésalo —lo achuchó, contenta de tenerlo a su lado.

—Tenías razón, bellina. Ahora puedo afirmar que es una ciudad única y que merece la pena verla, al menos una vez en la vida —reconoció contemplando el trasiego de lanchas, góndolas y *vaporettos* que discurría por el Canal Grande; luego miró a Massimo y se encogió de hombros—. Y al final, el mal trago de volar no fue para tanto.

—En cuanto uno se acostumbra, es como montar en bicicleta —opinó Massimo.

—Me ha contado Martina que es usted piloto de guerra. Capitán, si no recuerdo mal —comentó, mirándolo con mucho interés.

Massimo asintió, y disimuló lo poco que le gustaba ese nombre en desuso. Propuso subir a un taxi acuático, pero Martina prefirió cruzar el puente e ir paseando en dirección a San Marco para no perder detalle de cada callejón de la ciudad.

Por el camino, Massimo le explicó al anciano Giuseppe las peculiaridades de su rango militar como piloto especialista en aviones de caza. Martina interrumpió la conversación antes de que se convirtiera en un relato de acciones bélicas. Y mientras ella le detallaba con entusiasmo los lugares de la ciudad que ya habían visitado, Massimo la miraba sin dejar de repetirse en silencio que el hombre misterioso que le avivó los celos durante días no era otro que su abuelo. Y esa certeza le hizo sonreír por fuera y por dentro.

Massimo insistió en invitarlos a cenar, dado que no tenía previsto pernoctar allí y deseaba compartir con ellos dos sus últimas horas en Venecia. Les explicó su planes de coger un tren nocturno con destino a Roma, para cumplir con la obligación ineludible de presentarse en Practica di Mare a primera hora de la mañana.

El ocaso aún teñía las aguas de la laguna Véneta de brillos naranja y celeste cuando se sentaron a la mesa. Cerca de San Zacarías, disfrutaron de unas deliciosas *tagliatelle ai fruti di mare*, acompañadas de unas venecianas sardinas con cebolla, elección muy del gusto del abuelo, acostumbrado a la gastronomía siciliana, propia de gente del mar. Cenaron en agradable charla, a la vez que admiraban la vista de Santa María la Mayor, erguida como una blanca centinela entre la isla de la Giudecca y el Gran Canal.

Terminada la cena, el abuelo Giuseppe se empeñó en corresponder a la cortesía de Massimo con un café en un lugar mítico que sólo conocía gracias al cine. Durante el corto paseo hasta el palacio ducal se encendieron las farolas. Martina aprovechó para contar al anciano la historia del puente de los Suspiros a la vez que pedía a Massimo que les sacara una fotografía de recuerdo.

Se sentaron ante el cuarteto que ameniza la terraza, entre protestas de Martina, que lo consideraba un capricho tonto y caro. Pero su abuelo se empeñó en no marchar de Venecia sin tomarse un café con doble de azúcar en Florián, aunque por cada taza le soplaran diez escandalosos euros como recargo por la música en directo.

Dada la hora y puesto que no era temporada alta para el turismo, no había mucha gente en plaza San Marcos. Ni una décima parte de las multitudes que la poblaban por las mañanas durante el horario de apertura de la Basílica y el Campanile. Vacío que alegró a Massimo, puesto que ningún bullicio fastidiaba el disfrute de la melodía del cuarteto de cuerda y piano.

El abuelo Giuseppe preguntó a Massimo si prefería tomar otra cosa.

—Un café también para mí —aprobó la elección del anciano—. Me mantendrá despierto en el tren.

—Nosotros, los del Sur, tomamos tanto y a todas horas que ya somos inmunes a los efectos de la cafeína.

—No hace falta que me lo diga —convino Massimo—. Mi padre también es un hombre del sur, aunque lleva desde niño en Civitella. Es napolitano.

Al viejo Giuseppe le agradó saber que por las venas de Massimo corría sangre como la suya al cincuenta por ciento.

—Eso explica que no me mire usted con cara de susto.

Massimo sabía a qué se refería y trató de quitar hierro al asunto.

—A lo mejor es porque llevo años de un lado para otro, de Norte a Sur.

—Recorriendo el país entero, eso está bien.

—En realidad, solo vuelo de nido en nido, como los pájaros —aclaró, haciendo un símil puesto que sus destinos se ceñían a unas pocas bases aéreas militares.

El abuelo Giuseppe redirigió la conversación hacia su comentario de hacía un momento.

—Ya sabe que por aquí arriba no todo el mundo nos recibe con los brazos abiertos —dijo, con la indiscreción de quien se halla en una edad que le permite no callarse lo que piensa.

Massimo no pudo evitar una sonrisa.

—¿No piensa tutearme? Por favor, ya le he dicho que me resulta muy raro que me trate de usted.

—Viejas costumbres. Tutear a todo un capitán de la fuerza aérea...

—Haga un esfuerzo, se lo ruego —pidió una vez más—. En cuanto a lo otro, yo me fijo en las personas, no en su lugar de nacimiento. Y por suerte existe mucha gente en el Norte que carece de prejuicios.

—Yo siempre digo que, si a Garibaldi le costó tanto unificar los reinos, ¿con qué derecho nos andamos a estas alturas con tópicos y pamplinas?

Martina, que los escuchaba sin intervenir, se sintió muy orgullosa de su abuelo y de su llana filosofía, la de un hombre humilde con la sabiduría que da la tierra y la vida.

El abuelo cambió el rumbo de la conversación, ensalzando la importancia de las acciones humanitarias del ejército en tiempo de paz. Massimo, algo incómodo de que lo alabara como a un héroe, afirmó que el deber de las fuerzas armadas no era otro que el de servir a la sociedad.

Los músicos, por pacto cortés, aguardaban sin tocar hasta que acabaran los músicos de Café Quadri, su competidor del otro lado de la plaza. Por suerte para Massimo, les llegó de nuevo el turno y la emprendieron con una nueva pieza. Con los primeros acordes, el abuelo Giuseppe dejó de glosar sus méritos como militar que tanto le incomodaban. Se levantó de la silla y, con aire galante, le tendió la mano a Martina.

—¿Me haría el honor de concederme este baile, bella señorita?

Martina aceptó sonriente y, sin importarles si los miraban o no, comenzaron a girar al ritmo de la música. Massimo reconocía la melodía, era el tema principal de La vida es bella; lo recordaba bien porque gran parte de la película se rodó en Arezzo y toda la comarca acudió al estreno. Muchos conocidos, entre ellos dos empleados de su padre, actuaron como extras.

Massimo no imaginaba que Martina supiera bailar tan bien como sus propios padres, que eran la admiración del pueblo las noches de verbena. Esa elegancia acompasada era propia de otra generación. Se sintió un patoso sin remedio, ante tanta destreza. Viéndolos bailar, Massimo pensó que la vida puede llegar a ser muy amarga, pero la sonrisa de Martina y la felicidad en el rostro de Giuseppe le devolvían la esperanza. La vida también estaba llena de instantes muy bellos, como el de ver girar y girar en la noche de Venecia a una nieta en brazos de su abuelo.

Al acabar la canción, esa vez, los ocupantes de las otras mesas aplaudieron más a los bailarines que a los músicos. Martina y Giuseppe regresaron a sus asientos, exultantes.

—Mi abuelo es mi pareja de baile desde que tenía doce años —confesó con un brillo presumido en la mirada, orgullosa de su maestría.

El anciano cubrió la mano derecha de Martina con la suya.

—A nuestro lado, Ginger y Fred, un par de principiantes.

Martina se echó a reír y Massimo sonrió al verla tan contenta.

—Ahora que ya te atreves a montar en avión —dijo Martina a su abuelo—, no tienes excusa para venir a Roma a pasar conmigo largas temporadas. A ver si Massimo logra convencerte de que se trata de un medio de transporte rápido y seguro. Fíate de él, que es un experto en la materia.

El anciano negó con una risa grave.

—Yo soy como los olivos; si los arrancas y los trasplantas en una tierra que no es la suya, se marchitan en dos días.

Martina dio un trago de café, sabiendo que aquella era una batalla perdida. A pesar de ello, mantenía la esperanza de poder convencerlo para que viviera con ella algún día.

—Ya sabía yo que pondrías otra excusa —renegó, antes de apurar su café.

—Sabes cuidarte muy bien —alegó el abuelo—. Confío en ti, porque sé que eres una chica sensata y responsable.

Martina calló de repente y bajó la vista. Pero enseguida se repuso y enderezó la espalda como si nada hubiera sucedido. A Massimo no le pasó por alto y no supo a qué achacar su momentáneo cambio de actitud. Pero el abuelo Giuseppe intervino de nuevo, sacándolo de aquel pensamiento.

—Y ahora no tengo motivos para preocuparme —añadió lanzándole a Massimo una mirada elocuente—. Porque sé que alguien más vela por ti.

Massimo miró a Martina; luego miró al abuelo a los ojos.

—Puede regresar tranquilo a Sicilia. Le prometo que cuidaré de ella.

Sin prisas, disfrutando de la noche, pasearon hasta campo Manin. Una vez atravesaron la estrecha «L» que imitaba la calle donde se encontraba el hotel, y ya en la puerta, el abuelo Giuseppe se despidió de Massimo. Aún disponía de tiempo hasta la salida de su tren y propuso que podían acercarse a ver la famosa escalera del Bovolo del Palazzo Contarini, que según les explicó se consideraba el palacio más pequeño de Venecia. El abuelo rechazó la idea; un detalle de gentil discreción con la pareja.

—Ve tú, bellina —animó a su nieta—. Y ya me la enseñarás mañana, cuando haga sol.

—¿Seguro que no te apetece?

—Ya es muy tarde para alguien acostumbrado a acostarse temprano como yo. —adujo—. Y mañana quiero madrugar para ver cómo despierta Venecia, las barcas de reparto, la barcaza de la basura, las de las obras... ¡lo que en el resto del mundo son camiones aquí son barcas! Hasta existe la góndola de los muertos, ¿cómo va a haber coches fúnebres? —narró entusiasmado; se cohibió ante la obviedad de lo que estaba diciendo, dado que las vías eran canales, y miró a Massimo—. Seguro que suena provinciano para un hombre que ya ha visto todo esto.

Massimo sonrió divertido.

—He estado varias veces en Venecia, pero desconozco todo eso que cuenta porque no se me ocurriría levantarme a las seis de la mañana para verlo.

Al abuelo le complació su respuesta, que lo hizo sentirse menos ridículo.

—No llames a mi puerta para darme las buenas noches —indicó a su nieta—. Porque cuando subas seguro que estaré dormido como un tronco.

Martina le cogió las manos y se despidió con dos besos hasta el día siguiente. El abuelo tendió la mano a Massimo.

—Gracias por habernos regalado a mí nieta y a mí estos días espléndidos, joven. Un detalle muy generoso.

—No tiene por qué darlas —aseguró estrechándole la mano—. Ha sido un verdadero placer conocerle.

—El placer, sin duda, ha sido mío.

—Déjeme decirle que tiene una nieta extraordinaria.

El abuelo Giuseppe asintió y miró orgulloso a Martina, a la vez que empujaba la puerta de cristal.

—Lo sé.

Lo vieron dirigirse al mostrador donde aguardaba un recepcionista de pelo rubio, remota herencia transalpina muy común en el Veneto y el Piamonte. Massimo cogió a Martina por los hombros y juntos doblaron la esquina.

—¿Qué te ha parecido mi abuelo?

—Un viejo hombre del Sur, elegante hasta para quitarse de en medio.

A pocos pasos atravesaron un callejón, tan angosto que obligó a Massimo a soltarla y cederle el paso, que conducía a un patio interior de modestas dimensiones, multiplicando así el impacto visual de la escalera exterior del palacio que ascendía hacia el cielo estrellado como una espiral de arcadas blancas.

—Ahí la tienes. Impresiona, ¿verdad? —preguntó él a su espalda.

Martina se recostó en él y Massimo aprovechó para abrazarla por detrás. ¡Por fin! Llevaba horas deseando tocarla.

—Parece increíble que esta maravilla esté tan escondida —dijo, girando la cabeza para verle los ojos.

—Hay tesoros que pasan desapercibidos. Cuesta encontrarlos tanto como a una mujer especial.

La hizo girar y le rodeó la cintura de nuevo estrechando el cerco para tenerla pegada a él. Martina respondió a su inicio de seducción con una mirada directa.

—¿Qué tengo yo de especial?

—Todo. —La calma desafiante de Martina avivaba su deseo—. He tardado treinta y tres años en hallarte. Un pasado en el que no quiero pensar. Al menos esta noche, quiero que todo lo que no seamos nosotros se quede al otro lado de ese callejón —indicó con la cabeza hacia su derecha.

—Suena bonito.

—¿Qué tienes aquí dentro? —exigió Massimo rozándole la frente con los labios

Volvió a retirarse unos centímetros para contemplar su rostro a la luz de los focos que embellecían la delicada columnata del Bovolo.

—Tú y yo, nada más.

—Quería dejar la decisión en tus manos. Pero no puedo marcharme esta noche sin tenerte otra vez. Quiero un poco de la chica sin nombre que me hizo recobrar la ilusión —murmuró acercándose a su boca—. Y quiero mucho más de la mujer que conozco y me ha devuelto la esperanza.

Martina se aferró a sus hombros y unió la boca a la suya, vibrante de deseo contenido y al fin satisfecho. Massimo la saboreó con los ojos cerrados, enredó la lengua en la suya con codicia. Se entregaron y reclamaron la entrega del otro, perdidos en un goce exquisito como la seda y ardiente como el fuego.

—Si no tuvieras que coger ese tren, esta noche te subiría a mi habitación —dijo acariciándole los labios con los suyos.

—Ya estarías debajo de mí —aseguró, cogiéndole las nalgas para pegarla a su bragueta abultada.

—Prefiero que te marches ahora, ¿sabes? —él frunció el ceño—. Te deseo, pero no quiero ser tu chica de los revolcones de emergencia.

—En la chica de las emergencias no se piensa a todas horas, por la mañana, por la tarde, por la noche… Me vuelves loco, Martina.

Volvió a besarla con ansia exigente hasta que sintió los gemidos de ella ahogarse en su boca.

—No quiero despedirme de ti —musitó ella apretando los labios sobre los de Massimo para retener el calor y su sabor; un ruego absurdo, porque sabía que debía marchar.

—Este beso de despedida es también un comienzo, bella —Advirtió él antes de tomar su boca otra vez.

Las dos caras de la verdad

Una inesperada ola de viento del Norte había sacudido las copas de los árboles como un anticipo inesperado del otoño. En el valle del Chiana se mezclaban los colores vivos con las nuevas tonalidades castañas. Las hojas caídas remarcaban los ribazos linderos entre los prados y orillaban los caminos.

Massimo y Martina coincidieron ese fin de semana en Villa Tizzi. Todos allí parecían atareados salvo ellos dos. Él quiso enseñarle los alrededores y, provistos de una sencillo tentempié, se adentraron bosque arriba siguiendo una vereda que ascendía hasta lo más alto de la loma. Aquel pedazo de naturaleza salvaje también pertenecía a la finca y en él se cazaban liebres, codornices y algún faisán.

Massimo escogió un claro donde extender la manta que portaba debajo del brazo. Mano a mano, acabaron con la bolsa de gusanitos y las dos latas de refresco que constituyeron su picnic improvisado, tan poco romántico. Estando el uno cerca del otro, no necesitaban bocados exquisitos regados con Chianti, como en el cine; aunque el escenario de aquel bosque toscano fuera digno de una película de las que hacen vibrar el corazón. Martina se sentaba entre sus piernas, con la espalda apoyada en el pecho de Massimo. Él descansaba la suya en un árbol y enrollaba en el dedo uno de sus rizos mientras hablaban.

—Es su madre —argumentó Martina—. Es lógico que quiera compartir con ella un día tan especial.

—¿El orden de visitas establecido por el juez no cuenta?

Massimo sólo sabía que era el cumpleaños de Iris y que su madre se negó a dejársela ese fin de semana, pese a que era uno de los que le correspondía tenerla a él. Sus planes de organizarle un cumpleaños en el patio, con tiras de globos de colores de árbol a árbol se quedó en promesa para el año siguiente, cuando soplara dos llamas en la tarta en lugar de la solitaria y emocionante velita de su primera vez. Ya tenía asumido que su hija siempre sería una niña con fiestas dobles y demoradas. No era un drama. Pero se guardó bien adentro unas palabras que le molestaban cada vez que se acordaba de ellas; no quería que Martina supiera que Ada se negó a que la niña viajara a la Toscana porque no quería que celebrara su primer cumpleaños con papá y «la amiga pelirroja de papá».

—No me importa celebrarlo hoy, mañana o dentro de dos semanas, Martina —le explicó—. Ella usa a la niña para hacerme chantaje emocional, eso es lo que me tiene siempre en tensión y a veces de mal humor.

—Yo, no es que sepa mucho de las leyes, pero sí he estudiado casos familiares con el mismo problema que el tuyo. Hice prácticas el año pasado en un servicio social de atención de menores, vi muchos casos de padres separados en continuo conflicto por los hijos.

—Sí, ya sé que el de mi hija no es el único caso. Pero eso no me consuela.

—Lo que quiero decirte —prosiguió, girando la cabeza para verle la cara— es que a Ada le resultaría imposible quitarte el derecho a ver a Iris. Tendría que demostrar ante un juez que eres un mal padre. Y eso es imposible, no tienes nada que temer.

—No me tomes por un ingenuo, Martina, que de repeler los mordiscos de Ada ya se encarga Enzo —manifestó, para darle a entender que como abogado le cubría las espaldas mejor que un perro guardián—. No lo simplifiques tanto. La realidad no es blanca o negra.

—Ni tampoco gris. El gris es el color de la resignación.

Massimo la tomó por los hombros para que sentara de lado y poder hablar mirándose de frente.

—Tú te dedicas a ello, o pronto lo harás. Seguro que has visto casos a montones. ¿Tienes idea de lo fácil que es manipular la mente de un niño? Con comentarios machacones, todos los días, a Ada le sería muy fácil lograr que Iris crezca odiándome.

—Iris crecerá y tendrá capacidad de discernir.

—Y mientras tanto, yo tendría que soportar verla crecer aborreciéndome cada día un poco más. Pensando que el malo de esta historia es papá, «que no quiere vivir con nosotras como los papás de las otras niñas, que prefiere a esa mujer antes que a nosotras, que no te paga este capricho porque no te quiere». ¿Te suena?

—Aunque no lo creas, te entiendo. Iris es lo que más quieres, hay que ponerse en tu piel para comprender tu miedo a perder su cariño.

—Doy gracias todos los días por tenerla en mi vida. Mi hija es... —Cerró la boca y los ojos—. En cuanto a Ada, hice lo que el corazón me dictaba y escogí la libertad. Ahora asumo las consecuencias.

Martina apoyó las manos en su rodilla y la barbilla sobre estas, dispuesta por primera vez a hacerle una confesión.

—Todos las asumimos, Massimo. Yo una vez aposté por el amor y perdí.

El sol de la tarde se filtraba por las copas de los árboles y hacía una temperatura muy agradable. Martina llevaba una falda larga y una camiseta entallada; Massimo observó que, tras sentarse más cómoda, se tapaba las piernas hasta los tobillos.

—¿Tienes frío? —ella negó con la cabeza—. ¿Seguro? Si lo prefieres, volvemos a casa.

—No, de verdad —confirmó con una sonrisa agradecida; no estaba habituada a que un hombre se preocupara tanto por ella y Massimo estaba pendiente de cada detalle.

—Me dijiste una vez que aquel hombre no te quería. —Le recordó retomando la conversación.

—Estaba casado.

Massimo ya lo sabía. Ada se lo había dicho, pero prefirió que Martina no lo supiera. Le tomó la barbilla con los dedos, con delicadeza, para que lo escuchara con atención.

—Era él quien estaba casado, tú no. No le debías lealtad a nadie.

Martina cerró los ojos y se abrazó a su pierna, feliz de que no la juzgara. Por raro que pudiera parecer, esa confianza de Massimo la liberó de una culpa timorata y sin sentido que arrastraba desde hacía años.

—Era muy niña y muy ilusa. Me juró que dejaría a su mujer y yo me lo creí. Sólo me quería para entretenerse y yo lo pagué muy caro.

—¿Tiene que ver todo esto que me cuentas con la cicatriz que tienes aquí?

Massimo le puso la mano sobre el pubis y ella la sujetó con la suya un segundo antes de que los dos la apartaran.

—Creía que no la habías visto. Aquella noche, había muy poca luz.

—Tengo manos. Y boca —recordó el placer compartido, con una mirada cómplice—. Estuviste embarazada, ¿verdad?

—Sí, pero no salió bien —confirmó mirándolo a los ojos—. Por eso sé lo que significa pagar las consecuencias. Yo pagué un precio muy caro.

—No, Martina, deja de mirar atrás. Eres muy joven, eres preciosa y estás llena de vida. Sigue tu propio consejo y olvida el gris resignación. Fíjate en las hojas que nos rodean, esta es la realidad que puedes tocar —afirmó cogiendo un puñado del suelo—. Hay cientos de colores y todos increíblemente bonitos.

Martina continuaba con los ojos melancólicos, pero sonrió. Massimo sólo sabía una parte de la historia, mejor así. Para ahuyentar ese terrible pensamiento, se apresuró a pensar en su optimista consejo sobre las tonalidades de las hojas. Eso le trajo un bello recuerdo y lo miró sonriente. Sí, allí estaba: los ojos de Massimo eran del color de la felicidad.

—¿Has estado alguna vez en Trapani? —preguntó sin dejar de mirarlos.

—No. Cuando vuelo a Sicilia en misión de apoyo a la Fuerza Aérea Marítima, apenas salgo de la base de Sigonella.

Martina asintió, dándole a entender que conocía el aeropuerto militar Cosimo di Palma. Además de sede de la Fuerza Aérea Marítima, era un centro de operaciones táctico en el Mediterráneo de la Martina de los Estados Unidos y por eso en los alrededores de Catania eran famosos los guapos marines americanos.

—El mar desde lejos se ve oscuro. Y en la orilla es de un azul tan claro que parece una piscina —sonrió, viendo en sus ojos el mismo azul de sus mejores años—. De pequeña, yo me pasaba la vida esperando el regreso de mis padres. Pero no creas que los recuerdo con pena. En verano, mis abuelos me llevaban a la playa todos los días. Me encantaba coger cangrejos ermitaños, ¿sabes cuáles te digo? Esos que viven en una caracola y cuando los tocas con el dedo se esconden. Mi abuelo se comía los erizos de mar recién cogidos, ¡vivos!, con un chorro de limón y una cucharita. Me ofrecía probarlos y yo me iba corriendo porque me daba mucho asco. —Massimo la vio pasar de la alegría a la tristeza de nuevo—. Me gustaría que viviera conmigo, pero no quiere venir a Roma y yo... Es la persona que más quiero en el mundo.

Massimo la abrazó al ver que se emocionaba al hablar de su abuelo.

—No te pongas triste —musitó besándole la sien—. Sicilia es el lugar que asocias con la inocencia de la felicidad de cuando somos niños, y esa queda para siempre en la memoria. ¿Ves todo esto? Este es el lugar que para mí significa calma y alegría.

Martina quiso que le contara cómo fue su niñez en aquellas tierras.

—Adoras este lugar, pero no seguiste con la tradición ganadera. ¿Por qué te hiciste aviador?

Él miró al cielo y le señaló una bandada de estorninos en vuelo hacia el Sur.

—Fue gracias a mi padre —reconoció orgulloso—. De pequeño me obsesionaban los pájaros, me pasaba horas enteras observándolos con unos prismáticos. Le preguntaba por qué no teníamos alas los humanos para poder volar y verlo todo desde ahí arriba. Mi padre siempre me decía que para volar no se necesitan alas, se necesitan ganas —Massimo sacudió la mano antes de continuar—. También tuve la suerte de que la «Giuglio Douhet» esté en Florencia, es la escuela aeronáutica militar donde estudié el bachillerato y que me permitió el ingreso directo en el ejército. De haber vivido en otra parte no lo habría tenido tan fácil.

—Me gusta escucharte —dijo Martina—. Hablas de ello con tanta pasión.

Massimo le acarició la mejilla y enredó la mano en su pelo para sujetarle la cabeza.

—La pasión es querer las cosas que nos gustan, que nos llenan —murmuró inclinándose en busca de su boca—. Las personas que hacen que nuestra vida sea mejor.

—Tengo miedo, Massimo.

Él le dio un beso suave en los labios para alejar sus temores.

—¿De mí?

—De enamorarme.

Esa vez, Massimo profundizó el beso, recreándose en ella e invitándola a entregarse sin pensar en nada que no fuera él. Cuando alzó la cara para verla, vio en los ojos de Martina el mismo sentimiento que ella podía ver en los suyos.

—Un poco tarde. Ya lo estamos los dos, cariño —afirmó—. No temas. Tú arriesgas el corazón. Yo tengo mucho más que perder y no voy a dejar que el miedo me aparte de ti.

La abrazó y sus bocas se unieron como dos piezas perfectas. Cayeron sobre la manta. Había tanta necesidad en aquellos besos exigentes, tanta como larga había sido la espera. Se necesitaban, era más grande que el deseo ese sentimiento que los unía y aún no se atrevían a pronunciar. Massimo la besó con la sangre palpitándole en las sienes por haber recobrado al ángel de rizos cobrizos sobre la almohada del hotel. Y ella exigía su boca, ansiosa por retener en sus labios para siempre el recuerdo del hombre que la hacía feliz.

—No quiero parar —murmuró agitada.

—No lo hagas.

—¿Aquí?

—Estamos solos, princesa. Nadie nos ve —susurró mordiéndole suavemente el cuello, la mejilla de camino hacia su boca—. Solos tú y yo.

Massimo metió la mano por debajo de la camiseta y le desabrochó el sujetador para acariciarle el pecho. Sus bocas eran una, sus cuerpos soldados en un abrazo de piernas y brazos, se recorrían con las manos, buscando aberturas en la ropa en busca del contacto piel con piel.

—Tócame —murmuró ella, ávida de sus caricias.

Massimo le subió la falda, apartó la tanga y deslizó la mano arriba y abajo.

—Espera —le rogó al oído, cuando ella le desabrochó el pantalón y lo bajó cuanto pudo, hasta liberar su miembro erecto para acariciarlo a gusto.

Se incorporó sobre las rodillas y la hizo moverse hasta el borde de la manta. Martina lo hizo y aprovechó para quitarse la camiseta. Massimo le atrapó los senos con las manos, sintió un escalofrío y miró cómo ella lo acariciaba desde el glande hasta la base con un ritmo dulce y torturador. Con ambas manos, le bajó la tanga de un tirón que quedó enganchada en uno de los tobillos de ella.

Martina le cogió la muñeca cuando lo vio echar mano de la cartera para sacar un preservativo.

—No hay peligro.

Massimo ya había caído en esa trampa una vez. Puede que estuviera cometiendo una locura, corriendo un riesgo innecesario... Pero confió en ella; estaba convencido de que Martina no sabía mentir. Se echó el resto de la manta por encima sin perder tiempo y la cubrió con su cuerpo. La manta los tapaba hasta los hombros. Ladeó la cabeza y con un contacto brusco de sus labios la obligó a abrir la boca e introdujo la lengua en la de Martina a la vez que la penetraba con ruda necesidad.

Ella lo acunó entre sus piernas, lo agarró por los glúteos para sentirlo tan cerca, tan dentro como fuera posible. Se movieron juntos, con un ritmo intenso y duro hasta que el estallido de placer los sacudió a la vez. Ella gimió clavándole los dientes en el hombro por encima de la camisa. Massimo resollaba con la frente hundida en su pelo y la boca en la oreja de Martina.

Ella se notaba el pecho bañado en sudor, o era el de él. Le acarició la espalda, los dos estaban temblando. Entonces notó cuanto pesaban los músculos de Massimo, que se había dejado caer a plomo sobre ella. La aprisionaba y aún así lo abrazó más fuerte para que no se moviera. Lo oyó murmurar con la boca cerrada, como un toro satisfecho. Entreabrió los ojos y contempló la luz amarilla y las sombras en las copas de los árboles.

—Martina, Martina, Martina... —le dijo al oído.

—¿Mmm?

Massimo restregó la cara en sus rizos, con lenta pereza.

—¿No lo oyes? El viento ha aprendido a susurrar tu nombre.

Martina estaba furiosa. No le colgó el teléfono por no empeorar las cosas entre ellas, pero era incapaz de discernir por qué tía Vivi la ponía entre la espada y la pared.

—Es que no entiendo que falta te hago yo en esa fiesta.

—Es que no hay nada que entender. ¡Vienes y punto!

—Monta todas las fiestas que quieras en casa, ¡pero no me obligues a mí a pasar horas y horas hablando con gente que ni conozco ni me interesa conocer!

La tía Vivi hizo una pausa y, conociéndola, Martina supo que se había enojado hasta el límite de lo insoportable.

—Escúchame con mucha atención, y vamos a hablar claro de una vez. He organizado esa velada para cerrar un negocio muy importante. En apariencia es una fiesta y, para lo que me interesa, es una reunión comercial.

—Sigo sin entender qué pinto yo en tu fiesta.

—Vamos a recibir en casa a gente de altura. Vendrán el embajador y un príncipe de un emirato, y esa noche pretendo convertirme en su delegada comercial en Europa, no sé si lo entiendes.

—Hasta ahí, sí.

—Yo intervendré directamente en cada acuerdo comercial que cualquier empresa del emirato firme con un país europeo. Y hay mucho más que petróleo en juego, como comprenderás, no pienso perder una oportunidad como esa de ganar dinero gracias a las comisiones.

—Y yo te deseo toda la suerte del mundo —ironizó.

—Mucho ojo, Martina. A mí no me vengas con sarcasmos.

—Es que sigo sin entender...

—¿Pero tanto te cuesta asimilar la poca credibilidad que da esta gente a una mujer? No es lo mismo que me conozcan como una profesional liberal que como una tutora responsable, abnegada y que además trabaja para sacar a su sobrina adelante.

—Así que se trata de eso.

—Evidentemente. Quiero que te vean allí, a mi lado. Eres mi sobrina y yo soy quien cuida de ti, ¿o no?

Martina prefirió callar. Era una manera sesgada y egoísta de verlo. Pero ella no era la persona más indicada para criticar actitudes egoístas, puesto que vivía a costa de su tía por puro interés.

—Una familia italiana, tradicional, sacudida por la tragedia, un matrimonio joven y valiente que dio su vida en África por ayudar a sus semejantes...

Martina cerró los ojos.

—No puedo creer que utilices otra vez la desgracia de papá y mamá —murmuró asqueada, la falta de escrúpulos de su tía daba ganas de vomitar.

—Me da igual lo que pienses, no les hago ningún daño con ello. Y no te atrevas a acusarme de no querer a tu madre porque era mi única hermana —avisó—. El embajador y el príncipe tienen que vernos a las dos como una familia, como lo que somos al fin y al cabo. No estamos engañando a nadie.

Sólo se engañaba a sí misma, pensó Martina. O a lo mejor ni eso.

—No tengo ningunas ganas de participar en esa farsa que has planeado.

—Y a lo mejor a mí se me van las ganas de seguir pagando la matrícula de tu facultad y esa residencia donde vives y que me cuesta mucho más de lo que cualquiera en su sano juicio estaría dispuesto a pagar por un capricho. Tú verás lo que haces.

Cuando Martina quiso responder a su amenaza, se dio cuenta de que tía Vivi ya había cortado la comunicación.

A mediados de otoño, con el curso empezado, Massimo procuró no incordiar a Martina. Sabedor de su obsesión por finalizar el último semestre de su licenciatura, no quiso que su presencia supusiera un lastre que le restara concentración y tiempo de estudio. A pesar de lo mucho que le costaba coger el teléfono y, tras un segundo de indecisión, volver a guardarlo en el bolsillo sin llamarla. Deseaba más que nada tener cerca a Martina, escuchar su voz, establecer de una vez esa relación de pareja que era absurdo negarse a reconocer que ya había surgido entre ellos dos.

Con todo, sus obligaciones con el ejército lo retenían más de la cuenta desde que acabó el verano. Incluso dio gracias de no disponer de tiempo porque, de otro modo, se habría presentado día sí, día también, en la residencia o dejado caer por la Universidad. Y no se habría conformado con verla con dos tazas de café de por medio. La quería cerca, quería compartir todas sus horas libres con ella. Pero la realidad se imponía. Y la sensatez: Martina era una estudiante brillante a punto de licenciarse. No podía permitirse distracciones y no existe mayor atontamiento que la primera etapa del amor. Era vital que se volcara en cuerpo y alma en terminar la carrera y en preparar el examen de capacitación.

Massimo se repetía a diario aquellas consignas, pero esa noche no logró convencer a su instinto y ganó la llamada de la necesidad. Estaba solo en Roma. Iris pasaba el fin de semana con Ada. Rita y Enzo estaban en Civitella. El apartamento de Regina Margherita le parecía vacío y silencioso, descorazonador para ser sábado por la noche. Una apática soledad que lo empujó a coger las llaves del coche y salir en su busca. Nunca había estado en el palacete de Martina, pero por su hermana Rita supo que ella había marchado allí hasta el lunes. Condujo por via le Castro Pretorio siguiendo las indicaciones del GPS que lo llevaron hasta el subterráneo que salvaba las vías del tren. Las indicaciones empezaron a ser confusas. Después de zigzaguear por calles que acabaron llevándolo una y otra vez a las ruinas del templo de Minerva, dio por fin con la casa. Una edificación elegante y esquinera que distinguió desde lejos por las luces que se veían en el jardín. Un hecho inesperado que, instintivamente, lo decidió a aparcar en la manzana anterior.

Suponía a Martina encerrada en su cuarto, en pijama, con tapones de silicona en los oídos y la nariz enterrada en los libros. Su intención era sacarla de allí para que tomara el aire, para que despejara la mente de leyes y normativa, pensando en otra cosa. En él. Massimo ya fantaseaba con todos los besos y caricias a la luz de la luna que lo convertirían durante un rato en el único protagonista de sus pensamientos. Cuando salió de casa para ir en su busca, de ningún modo la imaginaba en una fiesta; eso evidenciaba la música de jazz que escuchó proveniente del palacete mientras se acercaba caminando por la acera.

No pudo ni tocar el timbre. En la misma cancela, un guardia de seguridad controlaba el acceso. Massimo le dio su nombre, con cierto malestar por los modos tajantes con que fue advertido que para acceder se requería invitación. Él no tenía intención alguna de participar ni de colarse, cualquiera que fuera la celebración. Sólo quería ver a Martina e invitarla a dar una vuelta. Por ello, pidió por favor que la avisaran de su llegada.

Lo que pudo observar desde su posición al otro lado de la cancela, no fue de su agrado. Ver llegar a Martina con un vestido largo cuyo escote dejaba a la vista más que tapaba, aún le gustó menos.

—¡Massimo! —exclamó con excesiva euforia—. Haga el favor de dejar pasar a mi amigo. —El tono hosco, e incluso algo déspota, aún sonó peor.

El vigilante abrió la puerta de reja y Massimo entró en el jardín como quien rebasa las fronteras de la exclusividad. Con el humor cada vez más agrio, cogió a Martina del brazo y la llevó hasta un rincón apartado.

—¿Qué haces vestida así?

—Mmm... ¿No te gusto? —ronroneó echándole los brazos al cuello.

Massimo le cogió las manos de la nuca y se las bajó; deshizo del abrazo de inmediato. Ella no pareció contrariada, se limitó a ascender con las palmas abiertas por el estómago para apoyarlas en su pecho a ambos lados de la cremallera de la cazadora de cuero. Se inclinó con los labios entreabiertos para darle un beso pero él hecho la cabeza atrás. Martina olía a ginebra.

—He venido a sacarte de tu encierro, pensé que estarías estudiando y se me ocurrió que podíamos dar una vuelta para que te diera el aire.

—Qué mono...

—Pero veo que va a hacer falta algo más que aire para que te despejes. ¿Cuánto has bebido?

—No te comportes como un padre, por favor —comentó tapándose la boca con la mano para ahogar una risilla involuntaria.

Massimo le sujetó las manos antes de que volviera a las andadas en insistiera en que la besara. Miró a su alrededor. Camareros de negro portaban bebidas en bandejas. En el fondo del jardín, donde sonaba la música en directo, distinguió a cuatro hombres vestidos de etiqueta. En otro grupo, la mayoría era de rasgos árabes. En ambos corrillos, chicas despampanantes y muy jóvenes con vestidos tan sugerentes como el de Martina. La puerta del palacete se abrió, en el vestíbulo se veía idéntico ambiente selecto. Un tipo gordo con anillos de oro salía de allí con una rubia colgada del brazo que no paraba de reír. Ambos se frotaban la nariz con el dedo de un modo tan evidente que no hacía falta ser sabio para adivinar qué acababan de esnifar.

—Veo que estás ocupada, será mejor que me marche.

Martina lo cogió por las solapas.

—Ven conmigo —suplicó, mimosa—. Lo pasaremos muy bien.

Massimo dio un último vistazo a su alrededor; en aquella fiesta corrían el alcohol y, con mucha discreción, las sustancias ilegales. Uno de los hombres del corrillo más cercano palmeó el culo de una camarera con descaro.

Cogió a Martina nuevamente por las manos y la obligó a que lo soltara.

—Tu manera de pasarlo bien no casa con la mía.

Cuando Martina iba a replicar, una mujer muy elegante, pelirroja también, la retuvo por el codo y la hizo girar. Massimo creyó entender que para presentarla a los dos hombres de rasgos aceitunados que la acompañaban, aunque no perdió el tiempo en cerciorarse de ello. Martina se unió al grupo de recién llegados y él no la interrumpió ni para despedirse. Caminó los escasos metros que lo separaban de la cancela y, tras abandonar el palacete, regresó por via Luiggi Luzatini en busca de su coche. La decepción era tan grande que le embotaba los sentidos. No era capaz de reconocer a la Martina de siempre en la mujer que acababa de ofrecérsele con el descaro propio del exceso de alcohol. Era incapaz de asimilar que se hubiese transformado en una especie de vampiresa vestida de pedrería con el escote hasta el ombligo.

No era quien para juzgarla. Ni para censurarla. Le molestó descubrir esa otra cara de Martina; no la culpaba de ocultarle nada, todo lo contrario, el error fue suyo creyendo conocerla. Pero la realidad era que se sentía engañado. Esa faceta de Martina no encajaba en sus gustos ni en su modo de vida. Suficientes problemas tenía como para complicarse la existencia todavía más. Recordó los siete años de diferencia que los separaban. Ella era

muy joven, estaba en la edad de vivir al límite. Él ya había superado esa etapa y debía pensar, ante todo, en su hija.

Cuando llegó al coche, había tomado una decisión: era mejor olvidarse de ella y pasar página. Martina carecía de la madurez necesaria para asumir la responsabilidad de convivir con una
niña.

Sombras de sospecha

Una semana después del encuentro con Martina en la fiesta, Massimo fue a buscar a su hermana a la residencia. Quería hablar con ella y ese día le venía de paso. Rita le había dejado caer que tenía intención de invitar a Martina a pasar las Navidades en la hacienda. Y a él no le apetecía pasar las fiestas bajo el mismo techo que una mujer que lo había decepcionado. Desde aquella noche en su palacete supo que se cegó en conocer una cara y con sus propios ojos pudo comprobar que tenía cara y cruz.

—No insistas en hacerme cambiar de opinión porque no lo vas a conseguir —aseveró ante la insistencia de Rita.

—No entiendo a qué viene este cambio, Massimo.

—Ni tengo por qué explicártelo, sólo te diré que tu amiga no es como aparenta ser y esa otra Martina no va conmigo. No me gusta en absoluto.

—Te equivocas con ella, Massimo. Dices que la viste con alguna copa de más y yo te aseguro que es porque le debió hacer mucho efecto porque no está acostumbrada. Yo nunca la he visto beber y date cuenta las horas que pasamos juntas.

—No fue sólo el alcohol.

—Martina es buena persona, Massimo. Yo la conozco bien.

Él se metió las manos en los bolsillos y remiró de pasada la escasa decoración del dormitorio.

—Vamos a ver, una cosa es ser hospitalario y otra pasarse de la raya. ¿Es tan necesario que venga a casa en Navidad? —dijo ya con mal talante.

—¡Es mi amiga! ¿Tanto te molesta que se siente a nuestra mesa una persona más?

A Massimo se le agotó la paciencia.

—¡Sí, me molesta! —Gritó—. Son unas fiestas familiares y ella no es de nuestra familia, Rita. A ver si te metes eso en la cabeza. Martina tiene a su abuelo por un lado y a su tía por otro. No me parece bien que tenga que pasarlas con nosotros.

—Hay veces que creo que no te conozco.

—Si tan buena es, más le valdría demostrar que quiere a su familia. ¿Te explico cómo? No dejándolos de lado. Podría pensar que ellos también la necesitan en Navidad.

—Eso es una crueldad, Massimo. Ella no me ha sugerido en ningún momento que la invite a pasar las fiestas en casa.

Rita se puso a apilar los libros sobre su lado del escritorio que compartía con Martina.

—¿No te ibas? —dijo sin mirar a su hermano—. Pues hala, adiós, si tanto te molesta puedes estar tranquilo que no la invitaré.

Massimo la cogió por la cintura, Rita quiso apartarlo de un empujón sin conseguirlo. Mientras él trataba de hacer las paces con su hermana, ninguno de los dos sospechaba que Martina en ese momento se alejaba por el pasillo tan deprisa como acababa de llegar. Con la puerta abierta y hablando a voces, lo había escuchado todo.

Para que Rita no sospechara, Martina no apareció por la residencia hasta bien entrada la noche. Dijo que ya había cenado con un grupo de compañeros de curso y, ante las preguntas de su amiga respecto al mutismo de su teléfono, pretextó que se había quedado sin batería en el móvil.

—Hemos estado hablando y, ¿cómo voy a negarme, Rita? Es mi tía. Y me parece una buena ocasión para suavizar las cosas entre nosotras.

—Pensaba que irías a Sicilia.

Martina negó con un gesto de la mano.

—Mi abuelo tiene unos vecinos que son casi como de la familia, ya sabes cómo son las cosas en el campo. Pasa tanto tiempo solo que los Licalzi lo invitan a comer los domingos y prácticamente lo obligan a pasar con ellos todas las fiestas señaladas.

—Pero si vas tú…

—¡Tendría una silla asegurada en la mesa de los Licalzi! Pero mi abuelo es muy, ¿cómo te diría?, mirado para esas cosas. Está chapado a la antigua y le preocupa molestar. Manías de viejo, porque son una familia estupenda, siempre tienen la puerta abierta de casa, ¡su comedor parece siempre una fonda! El caso es que mi abuelo, si yo voy, se empeñará en que pasemos los dos las Navidades en su casa, porque en la de los vecinos son muchos y lo único que conseguiría es fastidiarle a él los planes. Yo prefiero que esté rodeado de su gente de toda la vida esos días que se acuerda más de mi padre y de mi abuela.

—Me imagino lo que debe de sentir. Estas serán las primeras Navidades que pasamos sin tío Gigio —recordó, preocupada por su madre que echaría más en falta que nunca a su hermano solterón.

—Yo estoy segura de que el abuelo Giuseppe se encontrará más alegre en una casa llena de amigos de toda la vida, que cenando mano a mano con su nieta con el televisor encendido para hacernos compañía.

—Así que te quedas en Roma en Navidad.

—Tía Vivi es mi familia y, conociéndola, seguro que no estaremos solas.

Después de la discusión con Massimo, Rita se quedó más tranquila al saber que Martina tenía planes para celebrar las fiestas.

En casa del la familia Tizzi se respiraba un aroma delicioso. Etore había tostado el pan y echaba una mano troceando tomates del huerto para las *bruschette* y de tanto en tanto echaba un ojo a la cazuela donde borboteaban las *taglialtelle*, vigilando que no se pasaran de cocción. Entre tanto, Rita ayudaba a su madre a bridar el pavo relleno para el día siguiente. La cena de Nochebuena la celebraban en familia, pero todos los años invitaban a unos primos de Arezzo que traían siempre consigo a una tía viejecita de Beatrice para celebrar juntos la Navidad. Ese año también acudirían a comer la hermana de Etore, que vivía en Siena, con su marido, dos hijos, sus respectivas mujeres, y dos nietos pequeños. De ahí que hubiesen matado un pavo lustroso del corral que llevaban engordando desde el verano para la ocasión.

Massimo, en una esquina, daba de cenar a Iris una papilla que no era de su gusto. No hacía más que girar la cara y cerrar la boca en cuanto su padre le acercaba la cuchara. Massimo estaba al límite de su paciencia y había más papilla en la mesilla de la trona que en el plato.

—Déjala, si no le apetece —dijo Rita.

—Si se sale con la suya una vez, me tomará el pelo toda la vida.

Massimo levantó la vista porque oyó reír a su padre entre dientes. Pero Etore, ajeno a la mirada torva de su hijo, continuó espolvoreando albahaca recién trinchada sobre cada *bruschetta* de la bandeja, que luego aliñaba con un hilillo de aceite de oliva.

Beatrice se limpió las manos en un paño, fue al frigorífico a por un yogur y se lo dio a su hijo.

—No la fuerces —aconsejó, retirando el plato de papilla a medias—. Ya comerá mañana más. Pélale una pera del frutero, a ver si jugando con ella se come algún pedacito antes del yogur.

—Cuidado con la pasta —la avisó su marido.

—Voy. ¿Ya has acabado con eso?

Mientras ella sacudía las *taglialtelle* humeantes, él se acercó con la bandeja y se la puso ante la cara. Beatrice aspiró con gusto; el intenso aroma de la albahaca abría el apetito. La mesa ya estaba puesta en el comedor, que sólo se usaba cuando eran muchos o en días señalados. Etore llevó allí las *bruschette* y poco después lo tenían de vuelta en la cocina con dos paquetes de dulces que esa tarde había ido a recoger a la pastelería de Civitella. Rita lo ayudó a destaparlos.

Massimo dejó que la niña se entretuviera jugando a comer sola, o lo que era lo mismo, a ponerse perdida con las últimas cucharadas de yogur, y destapó una garrafita de Chianti de la cosecha propia. Sirvió una copa para su padre y un par más para su hermana y él, ya que su madre rehusó el vino antes de cenar.

El conejo hervía a fuego vivo para reducir la salsa. Beatrice echó las *tagliatelle* en la cazuela del guiso y lo mezcló con una cuchara de madera para que la pasta se impregnara bien.

—Un par de minutos y listo —dijo bajando el fuego.

Massimo fue con la copa hasta la ventana y, a la vez que paladeaba un trago de vino, limpió con la mano el cristal empañado. Las cazuelas al fuego habían llenado la cocina de vapor.

—La cena ya está casi, ¿no? —preguntó, con la vista fija en el exterior. Ese invierno la nieve aún no había hecho su aparición.

—En cuanto tengamos listos los dulces, cenamos —anunció su madre, sacando de la alhacena dos bandejas de la vajilla de las grandes ocasiones.

Las dispuso en la mesa de la cocina, donde Rita y su padre ya habían cortado el pastel de frutos secos que no faltaba en Navidad en ningún hogar toscano.

—Qué pena que al final no pudiera venir Martina —comentó Rita—. Le hablé del Panforte y me dijo que no lo había probado nunca.

Escuchar el nombre de Martina hizo que Massimo se tensara. De cara a la ventana y dando la espalda a la conversación, apuró la copa de vino de un trago. Observó las cortinas de ganchillo y estiró la abrazadera de la derecha para que quedaran simétricas, fiel a su naturaleza esteta de toscano de pura cepa. Le incomodaba todo lo que pudiera romper la armonía de aquella Nochebuena y la conversación que tenía lugar a su espalda era una de esas cosas.

—Es lógico que pase las fiestas con su familia —comentó su madre—. Aunque no me habría importado tenerla con nosotros estos días, parece muy buena chica. Y me dice el corazón que está demasiado sola.

—Imagínate que Navidades, ella y su tía mano a mano con lo mal que se llevan.

—Voy a cambiarle el pañal a Iris —dijo Massimo.

Sacó a la niña de la trona y, con ella en brazos, se marchó de la cocina como si lo persiguiera el demonio.

El señor Etore no dijo una boca es mía cuando llegó al comedor y vio a Massimo sentado en la mesa con la niña en el regazo. Dejó sobre el aparador la segunda bandeja de dulces, adornada para la ocasión con un pañito de hilo bordado y puntillas.

—Anda, ve a por la trona. Con un bebé en las rodillas no hay quien cene —aconsejó a su hijo—. Te lo digo yo que he criado a dos.

Massimo dejó a Iris en brazos de su padre y fue a la cocina a por la silla alta de la niña, sin ganas de hablar. Desde que Martina salió en la conversación, no se le quitaba de la cabeza. Y esa noche prefería no pensar en ella. Por el camino se cruzó con Rita que llegaba cargada con las *tagliatelle in sugo*.

—Yo creo que ya está todo —dijo su madre quitándose el delantal para seguir a Massimo.

Un poco después se hallaban los cinco sentados alrededor de la mesa, dispuestos a atacar las tostaditas de pasta de higaditos, entrante con el que por tradición inauguraban cada colación señalada. Massimo dio una cuchara a Iris para que se entretuviera tocando el tambor en la mesilla de plástico de la trona, por ser su primera Nochebuena en familia, no la acostó a su hora. Todos, él sobre todo, preferían tenerla allí con ellos.

Beatrice aún no se había sentado cuando un timbrazo la hizo mirar al otro lado del comedor.

—¿Quién puede ser a estas horas? —comentó, extrañada—. Deja, ya voy yo —indicó a su marido yendo hacia el teléfono.

Etore y sus dos hijos, convencidos de que se trataba de un pariente rezagado en las felicitaciones, se enfrascaron en la conversación acerca de los preparativos ya casi ultimados para la comida navideña del día siguiente; la casa iba a llenarse de gente, hecho que para todos suponía un motivo de alegría puesto que hacía varios meses que no se reunían con la familia de tía Rosaria, la única hermana de Etore. Cuando Beatrice se unió a ellos y ocupó su silla, su esposo dejó a medias lo que estaba diciendo en ese momento al verla algo seria.

—¿Ocurre algo?

Beatrice negó y se encogió de hombros con sorpresa.

—Rita, ¿no dijiste que tu amiga Martina pasaba las Navidades con su tía?

—Eso me dijo, sí.

—Pues debe haber cambiado de planes. La persona que ha llamado era su tía Viviana. Me ha dicho que está en un crucero —explicó sin entenderlo del todo—. Llamaba para felicitar a su sobrina, porque creía que estaba aquí con nosotros.

—¿Cómo sabía esa mujer nuestro número de teléfono? —preguntó Etore.

—Debió dárselo Martina, por si se le quedaba el móvil sin batería —intervino Rita—. Ten en cuenta que pasa aquí muchos fines de semana.

—Es extraño, ¿no te parece? —dijo su madre—. Da la impresión de que la comunicación entre ellas falla. Siendo su única tía y viviendo juntas, es una pena.

Ante la familia, Beatrice se calló la mala impresión que le causaron los comentarios irónicos de aquella mujer que incluso había sugerido que Martina debía ser en aquella casa una especie de adoptada por caridad, dado que pasaba tantos fines de semana con ellos en la Toscana. No era manera de hablar de su sobrina y menos con una desconocida.

—Rita vive conmigo en la residencia de estudiantes, acuérdate —murmuró Rita, temiéndose lo peor.

En vista de lo que explicaba su madre, empezó a sospechar que Martina pudo haber oído la desagradable conversación que ella y Massimo mantuvieron en la habitación. Y entonces recordó también que la puerta estaba abierta mientras ellos dos discutían.

—En fin, ¿cenamos? —propuso Etore mirando la cara de preocupación de su hija—. Rita, no le des más vueltas. Esta noche la llamas y sales de dudas.

—Me contó que su abuelo vive en Sicilia —continuó Beatrice—. Como es lógico, la chica habrá decidido pasar estos días con él.

Massimo apretó la mandíbula, porque aquel tema era el que menos le apetecía oír en ese momento. Se mantuvo al margen y le quitó la cuchara de la mano a su hija, antes de que les pusiera la cabeza a todos como un bombo con tanto golpe.

—No, seguro que no —contradijo Rita la sugerencia de su madre, con cara de haber perdido el apetito—. Mucho me temo que estará cenando sola.

—No digas eso.

—Ya verás cómo sí —murmuró.

—Es horrible que pase sola unas fiestas que seguramente la harán recordar a sus padres. —Opinó con lástima—. De haberlo sabido... Pobre chica, ¿por qué no insististe para que viniera a casa?

La mirada acusadora que le echó su hermana terminó de irritar a Massimo.

—Ya está bien, mamá. No es cosa nuestra —dijo con acritud—. ¡Deja de compadecerte! Y olvida tu impulso de abrirle los brazos a otra huerfanita sin madre que ya viste dónde nos llevó la última vez.

Señaló con la cabeza a Iris, en clara referencia a Ada y los meses aciagos que vivió en aquella casa.

—Eres imbécil, Massimo —saltó Rita, mirándolo con rencor por la crueldad del comentario.

—Cuidado con esa lengua o te la corto —amenazó.

Beatrice ni replicó ni frenó la disputa. Pero fue evidente para todos que las palabras de su hijo la habían herido. Se levantó de la silla y sacó a Iris de la trona.

—Será mejor que le ponga el pijama antes de cenar, por si se queda dormida —decidió.

Massimo tensó la mandíbula y clavó la vista en el plato vacío, enfadado con la situación, mientras su madre salía del comedor.

Etore dejó la servilleta sobre la mesa muy irritado.

—Vosotros dos, ¡escuchadme! —exigió; sus hijos lo miraron a la cara—. Las peleas las quiero al otro lado de la puerta, ¿estamos? Y haced el favor de comportaros como adultos. Es Nochebuena y no voy a consentiros ni a ti, ni a ti —los señaló por turnos— que le amarguéis las fiestas a esa mujer que acaba de subir las escaleras, que bastante hace por aguantar el tipo —señaló hacia la puerta con el brazo extendido—. ¿Ya se os ha olvidado que es nuestra primera Navidad sin tío Gigio? —indicó con la cabeza la quinta silla que permanecía vacía.

—No te enfades, papá —pidió Rita, compungida.

Massimo miró hacia otro lado, molesto, y volvió a mirar a su padre, sabiéndose el culpable de la discusión.

—Vamos a olvidar lo sucedido, por favor —se disculpó—. Se me ha calentado la boca.

—Pues te la enfrías —replicó su padre como si, en lugar de con un hombre hecho y derecho, hablara con un crío mal educado—. En mi casa no quiero ni malas caras ni silencios serios, ¿me habéis entendido los dos? —insistió—. Cuidado con agriarle las fiestas a vuestra madre y a mi nieta, que son sus primeras Navidades con nosotros.

—Papá, tranquilo —suavizó Massimo—. No es para tanto.

—Sí lo es. —Rebatió muy serio—. Esta noche vamos a cenar en paz y, cuando esté harto como un pavo, me tomaré mi expreso, mi copa de Vino Santo y mojaré mis *biscotti* —señaló con el dedo la bandejilla de dulces del aparador—. Y luego espero irme a la cama dando gracias por la familia que tengo.

Rita fue a ayudar a su madre con la niña, después de pedir perdón por la desagradable situación que, sin proponérselo, habían creado. Saliendo del comedor, escuchó a Massimo disculparse también con su padre y darle su palabra de que todos tendrían la noche feliz que se merecían.

Cuando llegó al cuarto de Iris, ya llevaba puesto un pijamita rosa afelpado de una pieza.

—Lo siento —dijo a su madre, a la vez que le daba un beso en la mejilla.

—Ya está olvidado —aseguró animosa; la niña devolvía la ilusión con creces—. Hay que ver cómo crece. Tendremos que comprarle una talla más.

—Mamá, mañana por la tarde querría regresar a Roma.

—¿Tan pronto?

—Me preocupa Martina, la verdad —se sinceró.

—Le has cogido mucho afecto —dijo satisfecha; la chica le gustaba—. Tiene suerte de tenerte como amiga.

—Y yo a ella, no conozco persona más generosa —alegó Rita; sin dejar de mirar a Iris que, sujeta por su madre, daba saltitos sobre el vestidor de bebés—. Sé que es un día de mucho lío, con toda la familia aquí. Pero, cuando se vayan marchando, ¿me acercarás a Florencia a la estación?

Beatrice sonrió al ver su mueca de resignación ante la idea de coger el tren. Ya que su marido era tajante cuando Rita se quejaba por no tener coche a su edad. Si quería uno, tendría que trabajar y pagarlo de su propio bolsillo.

—Estate tranquila, que yo te llevaré —decidió su madre—. Prefiero una escapadita a Roma que pasarme toda la tarde poniendo lavaplatos.

—¡Gracias! —exclamó dándole un beso ruidoso—. Bajemos de una vez, que la cena se enfría y nos están esperando. —Instó a la vez que cogía a Iris al brazo.

—Es una lástima que no hayáis podido conocer a mi tía, ha tenido que marchar de viaje después de comer. Tiene tantos compromisos.

—No importa —disimuló Rita—, ya nos la presentarás en otra ocasión.

Beatrice también ocultó su malestar delante de Martina. La chica las recibió con gran alegría y se apresuró a contarles una historia a todas luces inventada. Mientras Rita la acompañaba a hacer café, Beatrice se fijó en la total ausencia de adornos navideños. Muebles lujosos y una decoración con el aséptico toque de un decorador profesional que daban al palacete un aspecto de embajada. Ella era una mujer acostumbrada a los olores que impregnan una casa donde se cocina a diario y, si su olfato no la engañaba, allí no se encendía el fuego desde hacía mucho. La casa de Martina no tenía calor de hogar. Se acercó a la cocina y allí confirmó sus sospechas, el olor a comida industrial de la lasaña congelada recalentada en el microondas le reveló cuál había sido el solitario banquete de Martina el día de Navidad. Y sintió una oleada de lástima, no era justo que alguien pasara sin el cariño de la familia unas fechas como aquellas.

—Mamá, como todavía nos quedan unos días de vacaciones, he pensado quedarme aquí con Martina para hacerle compañía.

—Me parece bien —aceptó, y se dirigió a la amiga de su hija—. Pero con una condición. Martina, tienes que prometerme que vendrás a casa a celebrar con nosotros Fin de Año.

—No sé...

—Sí sabes —rebatió—. Seguro que para entonces tu tía aún no habrá regresado del lago Como.

Beatrice prefirió seguirle la mentira. Sabía que se encontraba de crucero; así se lo había dicho la misma Viviana cuando llamó por teléfono a la hacienda preguntando por Martina.

—Sí, eso me dijo.

—Me gustaría que recibieras con nosotros el año nuevo.

—Hemos organizado una fiesta —alegó Rita, para animarla—. Seremos un montón de gente, ya verás, prepararemos una gran olla de lentejas —comentó conforme a la tradición italiana de inaugurar el año comiendo las lentejas de la buena suerte—. Lo pasaremos de miedo.

Martina aceptó sin mucho convencimiento.

—No quisiera ser una molestia.

Ninguna pronunció una palabra, pero las tres eran conscientes de que se refería a Massimo. Rita estaba en lo cierto cuando supuso que había escuchado a su hermano en la residencia.

—¡Qué tontería! —se apresuró Beatrice a quitarle esa idea de la cabeza—. Me enfadaré si no vienes.

Martina era consciente de que la estaban invitando por compasión. Pero después de las penosas Navidades en aquella casa vacía, deseaba celebrar las fiestas en compañía, ya que viajar a Sicilia a romperle los planes a su abuelo en una opción que había descartado.

—De acuerdo, muchas gracias.

—No tienes que dármelas. Además, a Rita le vienes muy bien porque si la traes tú en el coche le evitas tener que coger el tren.

—Lo hago encantada.

Beatrice miró su reloj.

—Yo tengo que regresar a Civitella antes de que se me haga de noche.

Adoraba conducir y tenía pocas ocasiones de hacerlo con el trabajo que la retenía en la hacienda y por la renuencia de su marido a dejarle las llaves del coche. Ella era feliz con sus vacas y sus gallinas, pero rara vez salía salvo para ir al pueblo. Por eso se prestaba encantada a llevar a su hija a Roma, para disfrutar de dos horas al volante y otras tantas de vuelta. Un atracón de carretera que para otros era una paliza, ella lo disfrutaba como una escapada de placer.

—Nena, acompáñame al coche y coges la maleta.

—No puede marcharse sin tomar al menos un café con leche —dijo Martina, que ya había puesto la cafetera en el fuego.

—Claro que sí. En un momento nos tienes de vuelta. Un *cafelatte* calentito apetece con este frío.

Madre e hija se pusieron los abrigos y salieron al jardín, ya que la temperatura en el exterior era de cuatro grados. Rita abrió la cancela de hierro que daba a la calle, puesto que su madre, por tan poco rato, no quiso entrar el coche a la parte trasera del palacete.

Beatrice abrió el capó del Fiat y Rita sacó el trolley cargado con ropa para una semana, para su estancia prevista en la residencia. Mientras alargaba el asa, se quedó contemplando la hermosa fachada del palacete.

—¡Qué envidia! Quién tuviera una casa así en el centro de Roma —comentó.

Beatrice chasqueó la lengua, con la mirada fija en los ventanales curvos del primer piso.

—¿Te acuerdas de los gorriones que te regalaba tu tío Gigio cuando eras pequeña?

Rita no lo había olvidado, el hermano de su madre tenía la manía de atrapar cualquier pajarillo y ofrecérselo como regalo en una jaulita. Pero su padre siempre la convencía para que los dejara libres.

—Papá me llevaba al bosque y juntos abríamos la jaula para que se escaparan —recordó—. Siempre me decía lo mismo, que Dios hizo a los pájaros con alas para que pudieran volar donde quisieran.

Beatrice miró a su hija y el semblante se le entristeció al pensar en la joven sin padre ni madre que esperaba en el interior preparando café.

—Puede que tu amiga sea la dueña de todo esto. Pero este palacete no es una casa, hija. Es una jaula.

Lío embarazoso

Vincenzo Carpentiere no creía en el amor a primera vista, o a segunda, en su caso. No creía en el flechazo hasta que reencontró a Rita convertida en la mujer más extraordinaria y deseable del mundo. La señora Beatrice lo había invitado a almorzar con la familia y, como sabía que a su conejita le encantaba el *zuccotto*, quiso sorprenderla, y de paso ganarse el favor paterno, puesto que el materno ya lo tenía. Antes de ponerse en camino hacia la Toscana, estacionó frente a una pastelería en Corso Vittorio Emanuele. Su hermano menor le había asegurado que allí hallaría los mejores *zuccotto* de toda Roma. Y así debía de ser, porque en el escaparate exhibían una de esas tartas semifrías tipo bomba, con cobertura de chocolate negro y decoración de frambuesas.

Lo que no esperaba era encontrar tras el mostrador a Simona, una ex de sus tiempos juveniles en los que las novias no le duraban ni un mes. Enzo sonrió algo incómodo; por lo que recordaba, Simona no encajó nada bien que la dejara por su mejor amiga. Pero se relajó cuando lo saludó tan contenta, preguntándole por los viejos tiempos con una efusividad que no esperaba.

—¿Y que es de tu vida, Enzo? —preguntó con una sonrisa encantadora—. ¿Te licenciaste en Derecho?

—Sí, ahora soy abogado.

—¡Qué mono! —exclamó—. No sabes cuántas veces me acuerdo de ti.

La chica siguió echándole piropos y contándole las novedades de su propia vida durante los seis años que llevaban sin verse. Simona estaba felizmente casada con el dueño de la pastelería y tenía un par de gemelitos que eran su alegría.

—Niño y niña.

—Enhorabuena.

—Y tú, ¿te casaste?

—No, no había encontrado a la mujer de mi vida hasta ahora —reveló, sonriendo como un bobo.

La romántica confesión fue escuchada por una Simona amable por fuera y despechada por dentro. Enzo era más corto de vista de lo que indicaba la graduación de sus gafas, porque durante la dulce conversación sólo se fijó en la sonrisa de Simona, pero el brillo vengativo de su mirada le pasó del todo desapercibido.

—Por eso venía —continuó Enzo, perdido en su amorosa ignorancia—. Mi chica se vuelve loca por un *zuccotto* y los vuestros me han dicho que son los mejores del mundo.

—Y es cierto. Se me ocurre una cosa, si quieres podemos dedicárselo con su nombre en chocolate blanco —ofreció Simona, más empalagosa que los pasteles del mostrador.

—¡Eso sería genial! —se interesó—. Pero no quisiera daros trabajo extra.

—¡Déjate de bobadas! Por un viejo amigo, lo que sea —insistió—. ¿Ponemos este?

Cogió un pastel de seis raciones de la vitrina y se lo enseñó. Enzo aprobó su elección.

—Ah, dime su nombre —pidió Simona.

—Rita. —Y al decirlo se le escapó un suspiro.

Simona afiló la mirada y entró pastel en mano en el obrador para que un pastelero le caligrafiara sobre el *zuccotto* el nombre en blanco chocolate. Una vez dentro, su cara se transformó en la de una serpiente de cascabel. Dejó el pastel sobre el banco de trabajo y se dirigió a uno de los oficiales.

—Paolo, hazme un favor, ve a la cámara y saca un *zuccotto* especial.

El chico la miró limpiándose las manos en un trapo.

—¿Te refieres a los sexys?

—El más grande que encuentres —masticó entre dientes.

En cuanto lo tuvo bien empaquetado con un lazo, sus labios volvieron a curvarse en una sonrisa falsísima y salió a entregárselo al sucio traidor que esperaba fuera.

—Ya verás cómo le gustará —aseguró dándole el cambio—. Y a sus padres, ni te cuento. Te aplaudirán por detallista, te lo digo yo.

Enzo se despidió de ella y, con cuidado de no mover demasiado la caja del pastel, caminó hacia el Lancia sin percatarse del pequeño cartel en la fachada que anunciaba la especialidad de la casa: pastelería erótica.

El almuerzo transcurrió de maravilla. La señora Beatrice fue a la nevera a por el postre que aquel chico tan adorable les había llevado como obsequio.

—Mira que eres, Enzo. —Protestó depositándolo en el centro de la mesa—. No tenías que traer nada.

—Sé que a Rita le gusta el *zuccotto* y he querido sorprenderla.

El señor Etore sonrió de medio lado al ver a su mujer tan emocionada con el detalle romántico. Su esposa destapó la caja y los cuatro comensales clavaron la vista en el pastel. En ese preciso instante se barruntó la tragedia.

—Pues sí que nos has sorprendido, sí —comentó el señor Etore, riendo por lo bajo ante la metedura de pata descomunal del futuro yerno.

A Rita le entró un ataque de risa mientras Enzo farfullaba disculpas repitiendo una y otra vez que no entendía el porqué de aquella equivocación. La única que no parecía reaccionar era la madre de su amada, que se había quedado petrificada mirando aquel pene gigante de chocolate con testículos incluidos.

—¿Cómetela enterita? —leyó el letrero blanco que se extendía por toda su longitud, desde el apetitoso escroto hasta el glande golosón—. Así que este es tu regalito para mi niña.

La señora Beatrice miró a Enzo furiosa y, en un visto y no visto, agarró el pastel y se lo estampó en plena cara.

—¡Pero mamá! —chilló Rita, y se apresuró a limpiar la cara de Enzo con una servilleta.

El señor Etore miraba a su mujer, sin creerse que hubiera sido capaz de hacer aquello al pobre muchacho.

Enzo, con la paciencia estoica de quien sabe que ya no hay remedio, se quitó las gafas llenas de nata, trocitos de fruta y chocolate. Luego se relamió los restos alrededor de la boca.

—Pues era verdad, está muy rico. Ahora que cuando pille a mi hermano...

Mientras Rita se afanaba en limpiar el desastre, Enzo relató sin omitir detalle el consejo del gracioso de su hermanito y el encuentro con Simona en la pastelería.

La señora Beatrice, en secreto, alabó su honestidad al contarles todo aquello sin tener por qué. Se compadeció al verlo objeto de la venganza de dos mujeres despechadas en un mismo día, la de Simona y la suya. Y pidiéndole mil perdones, agarró otra servilleta y se apresuró a ayudar a su hija a limpiarle los restos.

Enzo no era de los que se enfadaban y se tomó el tortazo con buen humor. Rita sintió que el cosquilleó que sentía por él en el corazón crecía a pasos agigantados, al verlo aceptar con tanto aplomo el arrebato de furia de su querida mamá. Además, para ella sólo contaba el presente y tener celos de una ex juvenil suponía una tontería. Por su parte, el señor Etore lo único que lamentó es que, fuera por confusión o venganza pastelera, se habían quedado sin postre.

Mientras su mujer agotaba el repertorio de disculpas y corría a sacar del aparador una caja de *dolcetti* de almendras para tomar con el café, él acompañó a Enzo al cuarto de baño para que recompusiera su aspecto. No es que el chico necesitara ayuda, pero había en aquella amabilidad casi paternal un motivo secreto.

—Yo le juro que no ha sido idea mía —repitió Enzo una vez más, enjuagando las gafas debajo del grifo.

—«Cómetela enterita» —recordó con una carcajada—. No pasa nada, hombre. —Lo tranquilizó, apoyado en el quicio de la puerta—. Ya tenemos una anécdota más para reírnos dentro de unos años.

—Cuando lo cuente en mi casa me van a llamar de gilipollas para arriba.

Al señor Etore, para quien la familia era tan importante, le agradó que no tuviese secretos con los suyos. Antes de hablar, escudriñó a su espalda para asegurarse de que estaban completamente solos.

—Ehmm… Una cosa, ahora que mi mujer no nos oye —cuchicheó en tono secretista—, ¿Dónde dices que venden esas tartas?

Maquinaba regalarle una igual a su Beatrice, con un montón de fantasías picantes bulléndole en la cabeza.

Fantasmas de pasado

El coche de Martina se estropeó en el momento más inoportuno. No les quedó otro remedio a Rita y a ella que viajar hasta Florencia en tren. Enzo fue a recibirlas a la estación de Santa María Novella.

—Entonces, ¿no vamos primero a casa a dejar las maletas? —preguntó Rita.

—Massimo nos espera en Arezzo —indicó Enzo.

Y les explicó también a las dos que ambos habían quedado en la ciudad con un grupo de amigos de sus años jóvenes para despedir el año con una copa previa a la cena, dado que después de las campanadas y las lentejas a todos se les haría cuesta arriba salir de casa con aquel frío y coger los coches.

Martina iba en el asiento de atrás silenciosa e inquieta. Había prometido a Beatrice que acompañaría a Rita a Villa Tizzi para celebrar la Nochevieja. Y allí estaba, por cumplir su palabra y no hacer un desprecio a aquella familia que tanto cariño le demostraba, a pesar del nudo que le encogía el estómago cada vez que recordaba que ello suponía ver de nuevo a Massimo.

No se habían llamado ni visto desde la noche en que apareció por sorpresa en el palacete. Martina no tuvo que hacer demasiadas cábalas para comprender que aquella fiesta tuvo que ver en su cambio de actitud hacia ella. Pero su amistad con Rita y el afecto que profesaba al matrimonio Tizzi estaban por encima de cualquier cavilación; incluso de esa que la hacía sentirse tan mal al reconocer que se había enamorado otra vez de un hombre que no lo estaba de ella.

—Martina, ya llegamos —dijo Rita, girando para mirarla—. ¡Pero di algo que vas muy callada!

—Qué bonito es Arezzo, nunca había estado aquí —improvisó para salir del paso.

De ningún modo pensaba expresar en voz alta la sensación de fracaso que le enturbiaba el ánimo de pensar que, por segunda vez se había equivocado con un hombre, al dejarse guiar por el corazón.

Enzo aparcó y fueron caminando por calles estrechas decoradas con luces navideñas. A Martina le fascinó el centro de la ciudad, a un lado y a otro se alineaban casonas renacentistas y palacios con patio interior, portalada en arco con blasón de piedra y geranios en las rejas de las ventanas. Fue una suerte caminar a paso lento, porque así pudo disfrutar mejor de aquel bonito lugar que veía por primera vez. Costaba avanzar con tantos turistas y aretinos, renuentes a marchar a sus casas y abandonar el entrañable ambiente festivo que impregnaba cada rincón de la ciudad. En la Plaza Grande, los puestos de los anticuarios se mezclaban con los del mercadillo navideño. Eran tiempos complicados y todos aprovechaban hasta el último momento para engrosar la caja, en vista de la afluencia de gente propiciada por el buen tiempo, puesto que la temperatura no había bajado todavía de los siete grados.

—Massimo no debe andar muy lejos —comentó Enzo—. Hemos quedado en vernos aquí en la plaza, aunque nos va a costar encontrarlo con tanta gente.

Dieron una vuelta y, junto al ábside la Piave, Rita se encontró con una compañera de estudios de su año londinense a la que no veía desde entonces. La chica era de Siena pero estaba en Arezzo para pasar la Nochevieja. Enzo y ella se detuvieron a charlar con ella y sus amigos. Martina no tenía el ánimo para conversar y, después de ser presentadas por Rita, prefirió quedarse rezagada contemplando un puesto que exhibía coronas navideñas de ramas, piñas y flores secas.

La desazonaba la idea de tener que compartir cerca de veinticuatro horas festivas de risas y bromas con Massimo. No sabía qué decirle después de tantos días de mutismo por parte de los dos, ni cómo fingir que no le importaba más que cualquier otro amigo de Rita de los reunidos en Villa Tizzi, ni cómo evitar mirarlo a los ojos, ni cómo aquietar su corazón… Hizo un gesto con la mano a Rita, que la buscaba con la mirada, para que supiera dónde estaba, se apoyó en una columna de los soportales a esperar que Enzo y ella terminaran de conversar con la chica de Siena y su grupo.

El tacto de unos dedos en su mejilla la obligó girar la cabeza, asustada. Y entonces todo quedó en suspenso, la boca se le secó al ver el rostro Rocco Torelli.

—Mi diosa del cabello de fuego, qué sorpresa. ¿Qué haces aquí?

Martina sintió un frío repentino al escuchar otra vez la voz del hombre que le arruinó la vida.

—Estoy con unos amigos —murmuró.

Y lamentó haberlo hecho porque no pretendía darle explicaciones ni cruzar palabra con Rocco. Él aprovechó su estupor y, moviéndose con la elegancia sutil de una serpiente, se guareció de miradas curiosas tras una columna.

—El destino vuelve a unirnos, amor. —Martina odió aquella palabra—. Me divorcié, ¿sabes? Ya nada nos impide estar juntos.

—Déjame, Rocco. Estoy con unos amigos y no van a tardar en llegar.

Él rió por lo bajo al ver que lo decía a modo de escudo defensivo.

—Unos amigos. —Satirizó—. Olvídate de ellos, dales cualquier excusa y ven conmigo.

—Estás loco...

Rocco inclinó la cabeza despacio y acercó los labios a su mejilla temblorosa.

—Ven conmigo. —Repitió muy bajo—. Me han invitado a una fiesta de verdad, de las que a ti te gustan.

Señaló con la cabeza la entrada de un *palazzo*, a unos metros bajo los soportales. Martina miró hacia allí, en los bajos distinguió el escaparate de una joyería de lujo. Recordó que Rita le había dicho que la economía de Arezzo se basaba en la orfebrería en oro. Miró a Rocco a los ojos y apartó la vista enseguida; no había cambiado. Era igual que su tía Vivi, estaba en la ciudad para celebrar la Nochevieja y negociar. Para ellos dos, placer y negocios iban de la mano.

—¿Qué me dices, bella? —La tentó lamiéndole los labios despacio.

El contacto la mareó y no por agrado. Mientras él, entre besos tan comedidos como ardientes, le susurraba las maravillas que esa noche podían compartir, Martina se retrotrajo con dolor a los tiempos en que la adoraba como a una diosa, en aquella habitación del hotel Cavalieri Waldorf Astoria de Roma. Su refugio secreto, lo llamaba.

Martina se despreció a sí misma por no ser capaz de darle un empujón, una bofetada salir huyendo. Entonces comprendió el alto poder del miedo, ese que atrapa en una rueda sin fin a las personas maltratadas, porque el sufrimiento revivido la había dejado paralizada como a una cierva ante el cazador.

—Vuelve a mí esta noche —la invitó.

Ella apretó los ojos al recordar otras noches entre sábanas de hilo y lencería de satín. Cómo se entregaba sumisa y cegada de amor. A Rocco le gustaba poseerla en la terraza, él vestido y ella completamente desnuda, agarrada a la barandilla y la cabeza colgando, sintiendo que caía al vacío con cada embestida.

—No dejo de soñar contigo, mi diosa —lo oyó susurrar con los labios prietos a la comisura de su boca.

Martina ladeó la cabeza para huir de sus labios pero Rocco fue más rápido. Al sentir su lengua entrando en su boca lo apartó empujándolo con fuerza.

—¡Déjame! Vete para siempre —masculló desesperada y furiosa.

Él se hizo atrás, con una galante inclinación de cabeza, y se despidió de ella con un guiño.

—Como quieras —aceptó dándole una última caricia que ella rechazó de un manotazo—. Nos veremos en Roma.

—No.

—Piensa en lo que te he dicho y llámame algún día, ahora somos libres los dos.

Martina lo vio perderse entre la gente. Se apretó los ojos con las manos, tan frías las tenía que tocarse a sí misma la destemplaba. Preocupada, buscó con la mirada el campanario de arcadas gemelas de la Piove, y gimió aliviada al ver a Rita y Enzo de espaldas. No podían verla, no se habían enterado de nada. Metió las manos en los bolsillos del anorak de plumas y caminó hacia ellos. No había dado ni dos pasos cuando una mano firme la agarró por el brazo. Levantó la vista y vio a Massimo. La observaba serio y con una mirada dura, a pesar de ello Martina cedió al impulso de cogerse a su cintura.

—Massimo... —suplicó—. Abrázame y no digas nada.

Él la cogió por los hombros y la separó.

—Pídeselo a ese que te comía la boca hace un minuto.

—No me lo nombres.

—Te gustan maduros —se ensañó, desoyendo sus ruegos.

—¿Vas a dejar que te explique?

—No. Ya sé cuál es tu juego preferido y a mí me dan asco las babas de otro.

La barrió con una mirada de desprecio y la dejó sola en medio de la multitud que abarrotaba la Plaza Grande.

Fue Enzo quien se percató de que algo le sucedía a Martina. Rita se dejó convencer para brindar con sus amigos por el año nuevo aunque fuera un momento. Buscaron a Martina con la mirada y él la localizó antes. Al ver la triste expresión de la chica, para evitar que algún problema aguara a Rita la Noche—vieja, la instó a ir con su amiga diciéndole que se uniría a ellos en el bar en cuanto encontrara a Martina. Prefirió encargarse él de ver qué problema tenía para mostrarse tan preocupada. Massimo acababa de enviarle un WhatsApp diciéndole en qué local estaba y que allí los esperaba a todos. Miró el reloj de la iglesia, aún tenían tiempo de brindar con la amiga de Rita y con la antigua pandilla de Massimo.

—¿Te sucede algo, Martina? —investigó, al llegar frente a ella.

—Ay, Enzo... —dijo tragando saliva—. Debo regresar a Roma cuanto antes.

—¿Algo grave?

—Prefiero no hablar de ello.

Enzo no insistió, sus ojos suplicaban con tal desesperación que invitaban a no hacerlo.

—¿Sabes dónde puedo conseguir un taxi?

—Martina, ¿seguro que no puedes esperar a mañana? Se ha hecho de noche...

—No. —Zanjó.

Él supo que si seguía insistiendo acabaría echándose a llorar.

—Yo te llevo a Florencia —decidió cogiéndola del codo—. Vamos a buscar a Rita...

—No, no, no... —rebatió—. Por favor, no... No le digas nada, te lo ruego. No quiero fastidiaros la noche. —Enzo la miró preocupado—. La llamaré dentro de un rato y le explicaré.

—Insisto, yo te llevo. En poco más de una hora estaré de vuelta —calculó, mirando su reloj.

Martina lo cogió por los brazos.

—Enzo, te lo agradezco pero no. Por favor, llévame a algún cajero. El taxi...

—Tu bolsa de viaje está en mi coche. —Martina bajó la vista y Enzo notó que la situación empezaba a superarla—. No pasa nada. Si tienes tanta prisa, ya te la llevará Rita cuando volvamos a Roma mañana. Anda, vamos, los Carabinieri sabrán dónde localizar un taxi.

Señaló hacia la derecha y emprendió el camino hacia la pareja de agentes que paseaba de ronda por la plaza.

—¿Podemos ir a tu coche a por mis cosas? —sugirió Martina.

—Como quieras, no te preocupes. Vaya —murmuró sacando el teléfono del bolsillo—. Es Rita.

Martina lo oyó decirle que se reuniría con ella en cinco minutos, y se sintió culpable, porque su teléfono vibró dentro del bolso momentos antes y ella no lo cogió. Le dolía marcharse de Arezzo sin decirle nada a su amiga pero no tenía el ánimo para explicaciones, lo único que quería era irse lejos, volver a casa y olvidarse del encuentro con Rocco... Y alejarse de Massimo.

—¿Y el cajero? —preguntó, cuando Enzo acabó de hablar.

Él sacó la cartera y le entregó cien euros.

—¿Crees que tendrás bastante?

Tras una breve duda, los cogió mirándolo con un agradecimiento que a Enzo le llegó al alma.

—Te los devolveré, lo prometo.

—No hace falta —aseguró—. Venga, no te preocupes más. Ya verás como los Carabinieri nos echan una mano.

Durante el camino hasta Florencia, Martina no dejó de pensar en el inquietante encuentro con Rocco que le trajo a la memoria aquellos días que tanto se esforzaba en olvidar. Noches de champán francés encerrada en una bombonera de lujo. Con seis años más, era capaz de reconocer que no era otra cosa aquella *suite* del Caballiere. Un estuche lujoso, como las perlas con las que adornaba sus muñecas hasta el codo y los largos collares que le rozaban los senos cuando se hundía entre sus piernas.

—Tu piel está hecha para las joyas, tú has nacido para el lujo, mi diosa —le decía.

Y después se las quitaba con lenta adoración.

—¿Ves estas perlas? Tú les das vida —aseguraba, mientras volvía a guardarlas, impregnadas con su calor y el olor a sexo reciente en sus estuches de terciopelo.

El taxista paró ante Santa María Novella y ella pagó la carrera. La mala suerte se cebó con ella ese día porque el último tren hacia Roma, el de las diez y cuatro minutos, hacía diez que había partido.

«Un estuche de lujo», se dijo. Como a las perlas y gemas con las que cubría su desnudez, así la tuvo Rocco durante un largo año. Llenándole la cabeza de promesas que nunca tuvo intención de cumplir. Y ella, después del terrible desenlace con que acabó aquella relación, hizo lo mismo. Encerrarse en el palacete de sus padres y alimentar el dolor. Escuchar sus excusas por haberla metido en un avión rumbo a Palermo, abandonada a su suerte. Aquel bebé con el que no pudo llegar a encariñarse porque ni ella sabía que estaba en camino. Sus llamadas insistentes cuando ella no quería recordar, la angustia, el cuerpo maltrecho y el alma vacía, la soledad del hospital...

Miró a su alrededor, pocos viajeros se veían a esas horas en la estación. Los últimos rezagados tan sólo. Fue a la cafetería y pidió un café con leche y un *muffin* de chocolate. Desde allí se veía el panel luminoso con el horario de trenes. El próximo hacia Roma salía a las nueve y diez del día siguiente. Tendría que pasar la noche en la estación, pero no le importó. Necesitaba tiempo para reflexionar, para decidir qué hacer con su futuro. Y para jurarse a sí misma que no volvería a equivocarse con los hombres. Creyó que Massimo era distinto a los demás y resultó ser un imbécil cargado de prejuicios al que habría preferido no conocer.

Su vida no le gustaba, en su mano estaba cambiarla. Mientras removía el azúcar en el café con leche tomó la decisión. El cambio pasaba por romper con el pasado para siempre. Puesto que sola estaba, viviría sola, sin depender de nada ni de nadie. Acabar sus estudios con buenas notas iba a ser duro, teniendo que subsistir por sus propios medios.

—El abuelo y yo. Nadie más importa —murmuró pensando en la compañía egoísta de tía Vivi, en la pesadilla revivida por culpa de Rocco y en el desprecio cruel de Massimo en Arezzo.

Las personas dañinas eran mala compañía. Sola saldría adelante, estaba segura.

Días extraños

Recién llegado de la Toscana, después de llevar a Iris a casa de Ada, Massimo fue directo a via del Corso. Un momento antes había telefoneado a Enzo, que tenía demasiado trabajo tras las fiestas. Por eso convinieron que él acudiera a su despacho.

Enzo salió de detrás del escritorio cuando su secretaria invitó a entrar a Massimo. La mujer los dejó solos y cerró la puerta mientras ellos prolongaban su saludo, contentos de reencontrarse.

—Servicio a domicilio, como ves —dijo Massimo entregándole la caja que llevaba en la mano—. Mi madre ha hecho dos toneladas de *befanini*.

Beatrice llevaba horneando las típicas galletas decoradas con anises de colores para celebrar la llegada de la Befana. Y ese año había comprado adrede un cortapastas en forma de bruja.

—¡Qué grande es tu madre! —exclamó Enzo.

—No te las comas, que son un obsequio para tus padres.

Enzo dejó la caja sobre la mesa, pensando cuánto les iba a encantar el detalle de Beatrice.

—Pero siéntate, hombre. ¿Te apetece un café? —ofreció, con intención de dirigirse a la cafetera de cápsulas que tenía en una mesa auxiliar al otro lado del despacho.

—Otro día, gracias —lo detuvo Massimo—. He dejado el coche muy mal aparcado. Esta carta llegó para ti a casa hace unos días.

—No tenías que traérmela, la semana que viene voy yo a Civitella…

Enzo cerró la boca al ver que el remitente era Martina y alzó la vista hacia Massimo. Hay tenía el porqué del interés de su amigo en llevársela, debía estar ansioso por conocer su contenido.

—No entiendo por qué te la envió a la Toscana —comentó Massimo, confirmando las sospechas de Enzo.

—Martina no sabe donde vivo.

—Pudo dársela a Rita para que te la entregara.

Enzo lo miró con la boca cerrada, con expresión de callarse algo importante que lo intrigó todavía más.

—¿Hay algo que tú sabes y yo no sé? —inquirió para salir de dudas.

—Si Martina tiene o no algo que decirte, que sea ella quien lo haga —zanjó para que no lo interrogara sobre un tema del que prefería no hablar.

—No sé por dónde vas, Enzo. No me gustan las intrigas, así que vamos a dejarlo.

Enzo lo miró de reojo, empezando a rasgar el sobre. Se tenían calados el uno al otro lo bastante como para andarse con frases tajantes.

—Si no quieres saber, deja de preguntarte por qué no me envió esto aquí —le leyó el pensamiento—. Martina sabe que trabajo en Sanpaolo, pero desconoce la dirección de mi despacho.

Massimo podía haberle demostrado el poco interés que le suscitaba el sobre aquel marchándose en ese momento. Pero no lo hizo. Cuando Enzo extrajo del interior varios billetes de veinte euros se quedó clavado en el sitio. Lo observó cabecear preocupado mientras leía una breve nota que acompañaba el dinero.

—Qué cabezota es. Mira que le dije que no hacía falta que me lo devolviera —lamentó molesto.

—¿Qué significa ese dinero? —inquirió Massimo, dejándose de disimulos.

Enzo dejó el sobre vacío sobre la caja de galletas.

—Cuando os peleasteis en Nochevieja...

—No fue una pelea.

—Lo fue —atajó con una mirada significativa—. Me ofrecí a llevarla a Florencia para que cogiera el tren. Pero Martina no quiso, por mucho que insistí. Así que la acompañé a buscar un taxista que estuviera dispuesto a llevarla esa noche. —Reveló, entretenido en guardar el dinero en la cartera.

—En lugar de impedir que se marchara.

A Enzo no le gustó ni el reproche ni que lo mirara como si fuera cómplice de un delito.

—Ella quería marcharse, Massimo. La decisión era suya. Pregúntate dónde estabas tú y por qué no hiciste nada para que se quedara. —Sonó impertinente, pero eran amigos y había lugar para las disculpas sutiles—. Martina tenía el billete de regreso con la vuelta abierta; no había problema. Pero no llevaba dinero suficiente para pagar un taxi de Arezzo a Florencia —continuó, recordándole lo caro que podía costar un servicio extraordinario en una noche festiva—. Yo se lo di, le dije que no me lo devolviera pero Martina ha preferido hacerlo. ¿Contento?

No, no lo estaba. Cuando se metió en el coche cinco minutos después, aún le duraba el regusto acre que le dejó aquella conversación.

Rita había escogido la pizzería La Casetta para reunirse y él aceptó aunque era el último sitio donde le habría gustado tomar una cerveza. Aquel refugio estudiantil le traía recuerdos de dos pizzas a medias y una botella de vino compartida con Martina. Y ella era, por añadidura, la persona que menos le apetecía como protagonista de sus pensamientos. Deseo difícil de cumplir, cuando uno de los encargos que lo había llevado hasta la Sapienza tenía que ver con Martina. Por no mencionar la desagradable sensación de culpa que lo acuciaba desde que habló con Enzo por la mañana. Y odiaba sentirse así sin ser culpable de nada.

—Ya que estamos, ¿te apetece que cenemos aquí?

—Perfecto. —Aceptó Rita—. Pero cuéntame, ¿cómo has empezado el año?

—Como todos. —Eludió una respuesta comprometida.

Comentar con ella su decepcionante sensación de fracaso no iba a ayudar a quitársela de encima. Una idea llevó a la otra; Massimo se acordó de la caja de galletas caseras que había dejado sobre la silla contigua cuando escogieron mesa.

—Esto me lo ha dado mamá —dijo mostrándosela a Rita—. Son un regalo para Martina.

Rita se quedó mirando a su hermano, con la pregunta de por qué no se las daba él en la punta de la lengua. No llegó a pronunciarla porque, en vista de la marcha precipitada de Martina la noche de Fin de Año, intuía el porqué sin necesidad de que su hermano le corroborara que entre ellos todo había acabado. Si es que alguna vez hubo entre su amiga y su hermano algo que mereciera señalarse con esas marcas temporales, clave en las relaciones, que recuerdan que donde hubo un principio también hubo un final.

Apesadumbrada, apoyó el codo en la mesa y sostuvo la barbilla en la palma de la mano.

—Me va a ser difícil entregárselas, ahora que ya no compartimos dormitorio.

La novedad puso en guardia a Massimo, que apoyó los antebrazos sobre la mesa y se inclinó expectante para saber más.

—¿Habéis discutido?

Los hombros de Rita subieron y volvieron a caer.

—No, nada de eso —aclaró—. Martina ha dejado la residencia y ha alquilado un apartamento, si se puede llamar así. Un pequeño estudio muy económico.

—Tiene casa en Roma y no es precisamente pequeña.

—El día de Nochevieja, en Arezzo, vosotros dos os peleasteis, ¿verdad?

—¿Qué te ha contado?

—Nada. Por eso te lo pregunto a ti. Martina es muy reservada, se encierra cuando no quiere hablar y no hay manera de sacarle una palabra.

Massimo se hizo atrás en la silla y observó la algarabía de los estudiantes que empezaban a llenar el local a la hora de la cena. La aclaración de Rita resultaba innecesaria porque él conocía bien esa faceta del carácter de Martina.

—Preferiría no hablar de ello ni de aquella noche —zanjó—. Y no porque me preocupe más de lo necesario. Las cosas son lo que son, concederles una importancia excesiva es un error y una pérdida de tiempo.

—Sólo te he hecho una pregunta —atajó su hermana—. No te he pedido que me largues un discurso. Lo único que sé es que cuando regresé a Roma después de las fiestas, Martina me dijo que había decidido cambiar la vida que no le gustaba y empezar de nuevo. Ahora ya no depende de su tía ni quiere tenerla cerca, por eso no vive en el palacete.

—Antes tampoco lo hacía, vivía contigo ahí —señaló con la cabeza en la dirección donde se encontraba la universidad.

—¿No me has escuchado? Era su tía quien costeaba la residencia. Martina ha decidido romper esa dependencia que la ataba a ella. Y, como comprenderás, no puede pagar las mensualidades. Por eso ha alquilado el estudio, supongo que su abuelo le está echando una mano con el alquiler.

Rita evitó mencionar que el apartamento del que estaba hablando se hallaba sobre sus cabezas, justo dos pisos por encima de la pizzería y que el dueño era, casualidades de la vida, el nuevo casero de Rita.

—De todos modos, coincidimos todavía en muchas clases —añadió—. Di a mamá si hablas con ella, que no se preocupe que se las daré mañana o pasado. O ya se lo diré yo cuando llame a casa.

—Ya tiene edad de vivir por su cuenta y mantenerse por sí misma —comentó Massimo, sin mostrar emoción alguna.

—Qué curioso. Esa son las mismas palabras utilizó Martina cuando me dijo que se marchaba de la residencia —comentó con una mirada inquisitiva. Viendo que su hermano no estaba por la labor de hablarle de lo sucedido en Nochevieja, se levantó dando el tema por concluido—. Voy a por la carta.

Massimo la vio marchar hacia la barra y hablar con un camarero. Minutos después, volvía a tenerla sentada en la silla de enfrente.

—Como ves, yo tampoco he empezado el año dando saltos de alegría. Martina y yo seguimos siendo amigas, por supuesto, pero desde que no compartimos dormitorio ya nada es igual. Tanto que empiezo a aborrecer la residencia.

—Rita, no me apetece hablar de Martina —exigió más que pidió.

Su hermana le entregó una de las cartas. Y mientras le soltaba una cháchara quejicosa sarta sobre su nueva compañera de cuarto, una niña seca y poco comunicativa, que dejaba el cuarto de baño hecho un desastre después de ducharse, Massimo se sumió en sus propias cavilaciones. Se prohibió a sí mismo sentirse culpable de una situación que él no había creado. Como mucho, se permitió sentir decepción. Martina era lo suficiente mayor para elegir qué vida quería llevar. Subsistir por sus propios medios era una decisión loable que a él ni le iba ni le venía, del mismo modo que no debía quitarle el sueño el hecho de que se marchara arrebatada de su lado la noche de Arezzo. Allá ella, no iba a ir detrás de una mujer que no merecía la pena, distinta a la que aparentaba ser. No había que buscar culpables, él era quien era y ella también. Sus estilos de vida no eran compatibles, eso era todo. Con él no iban las personas con doblez. Y, aunque la decepción era el desagradable y machacón recuerdo de que se había equivocado, al menos aprendería a mirar a las mujeres con la mirada analítica y avizor, adiestrada para descubrir el peligro a mil metros.

Martina mostraba una cara inocente combinada con una admirable responsabilidad y tesón; pero en lo tocante a los sentimientos, demostró ser la clase de mujer frívola que no quería en su vida ni en la de su hija. Su error fue verla con los ojos de la ilusión y no con los de la sensatez.

Massimo desayunaba en la terraza cuando su padre se unió a él. Había amanecido un día espléndido, de esos en que el primer rayo sol de la mañana baña los campos con una explosión de luz que convierte los campos toscanos en el lugar más bonito del mundo.

—¿Qué tal van las cosas, hijo? —preguntó a modo de buenos días, mientras se sentaba a su lado.

—Como siempre —murmuró sin ganas de ahondar.

El señor Etore cogió el periódico del día que su hijo le ofreció y comenzó a leer los titulares de pasada.

—¿Ya has dejado de hojearlo de atrás adelante? —preguntó Massimo, extrañado al ver que su padre había renunciado a una de sus más recalcitrantes manías.

—Las páginas del principio no hablan más que de política y de lo mal que va todo. Deprimen a cualquiera. Siempre he preferido empezar el periódico por los sucesos. Y luego las esquelas.

Su hijo hizo una mueca. Si la política lo deprimía, su acostumbrado ritual macabro no era la forma más optimista de comenzar la jornada.

—Hasta el día que empecé a ver esquelas de gente de mi edad —reveló con una solemnidad fúnebre que estremeció a su hijo.

—Vas a conseguir que me siente mal el desayuno.

—La vida pasa demasiado rápido, ¿sabes? No dejes que se te escape.

—¿Cómo evitar que el agua resbale entre los dedos? —cuestionó Massimo con un derrotismo conformista que preocupó a su padre.

—Bebiéndotela antes de que se pierda. —Sentenció con la sencilla filosofía de la experiencia—. ¿Todo bien en el trabajo?

Massimo sonrió apenas.

—Todo perfecto. Es la única parte de mi vida de la que no puedo quejarme. Mi única satisfacción, porque en lo personal todo son problemas. Cada día más —murmuró; Martina era historia, pero la sensación de fracaso al dejarse llevar por el corazón e ilusionarse con la mujer equivocada aún le pesaba.

El señor Etore no pretendía entristecer a su hijo, así que se apresuró a cambiar de tema.

—Todos el mundo tiene problemas, ¿quién no los tiene? —comentó, dejando el periódico sobre una silla.

En realidad, preguntarle por su vida no fue más que una excusa que le dio pie para confesarle su mayor preocupación. Necesitaba desahogarse y, a pesar del apuro que le daba hablar de ello, era preciso buscar ayuda en otro hombre. Y Massimo era el que le quedaba más a mano. Además, estaba absolutamente seguro de que guardaría la debida discreción. O sea, que sería una tumba.

Massimo observó a su padre que contemplaba el horizonte con la mirada perdida. Y lo conocía lo bastante bien como para descubrir que aquella pose era puro teatro. La típica actitud que adoptaba cuando tenía ganas de hablar y no sabía por dónde empezar.

—No te quejarás del negocio —tanteó, dado que su padre no soltaba prenda—. Por lo que veo cada día funcionan mejor las cosas.

—Cierto. Gracias a Enzo, en buena parte —reconoció—. Y también a tu hermana que por fin parece haber encontrado sentido a su vida. Derrocha entusiasmo y ganas de trabajar.

—Me alegro por ella, por Enzo y por vosotros —dijo Massimo—. No veo que tengas motivos para quejarte.

El señor Etore se estiró en el asiento. Enderezó la espalda y guardó silencio mientras se servía una taza de café y la leche espumada. Massimo le tendió la suya y su padre le sirvió un segundo capuchino. Antes de hablar, el hombre removió el azúcar con parsimonia, dio un sorbo que saboreó con gusto y se llevó la servilleta a los labios.

—Me pasa como a ti —dijo por fin—. El trabajo cada día mejor, pero en lo personal...

Massimo se quedó con la taza en el aire a medio camino de la boca.

—¿Vas a decirme de una vez qué es lo que te preocupa o tengo que adivinarlo yo?

Su padre dio un bufido y cabeceó antes de lanzarse.

—Sucede que esto que tengo entre las piernas es lo más parecido a un árbol de Navidad.

Massimo no pudo contener la risa.

—Eso es bueno, aún apunta hacia las alturas, ¿no?

—Sí, no es ese el problema —añadió, evitando la mirada de su hijo—. El caso es que lo uso como el árbol de Navidad: una vez al año. Vamos, que las bolitas las llevo de adorno.

A Massimo se le atragantó el café con leche. Tuvo que recuperarse del ligero ataque de tos que le entró antes de poder hablar.

—Si el problema no eres tú...

—A tu madre se le han ido las ganas —resumió.

Massimo se tragó el «¡No me lo cuentes!» que tenía en la punta de la lengua. No es que le hiciera demasiada gracia estar al corriente de la vida sexual de sus padres, pero no podría hacer otra cosa que echarle una mano.

—Hay soluciones.

El señor Etore lo miró entre dudoso y esperanzado.

—¿Tú crees?

—Vamos a acabar de desayunar y, si no tienes nada más importante que hacer, cogemos el coche y nos vamos al pueblo. Ya te explicaré allí.

—Muy bien. Pero conduzco yo.

Massimo entornó los ojos. Aún lo trataba como si acabase de sacarse el carné de conducir.

—¿Qué pasa? ¿Sigues sin fiarte de mí? —protestó—. No sé si recuerdas que me dedico a pilotar aviones que cuestan una fortuna y hasta la fecha no he estrellado ninguno.

Su padre le echó una mirada de soslayo.

—Me parece estupendo. El día que mi coche vuele, te dejaré las llaves.

El señor Etore detuvo a Massimo cuando vio que se disponía a entrar a la farmacia.

—Un momento —discrepó—. ¿Pero qué te has creído? ¡Yo no necesito Viagra!

Massimo miró a un lado y a otro con una palabrota en mente. Luego se inclinó hacia su padre pidiéndole con la mirada que hablara más bajo.

—No hemos venido a por Viagra.

—Entonces, ¿qué hacemos aquí? No creo que ahí adentro vendan nada que pueda solucionar mis problemas maritales.

—¿Quieres bajar la voz? —lo conminó con una mirada tajante.

—¿Pones en entredicho mi virilidad delante de todo el pueblo y pretendes que me quede tan tranquilo? —dijo igual de alto o más.

Massimo se armó de paciencia. Maldita la hora en que se le ocurrió hacer de consejero sexual, conociendo a su padre.

—En primer lugar, nadie sabe si hemos venido a la farmacia a por Viagra o por un jarabe para la tos —siseó malhumorado ante la cabezota actitud del señor Etore—. En segundo lugar, no me apetece entrar contigo en un sex—shop, porque aquí todo se sabe y, en un visto y no visto, tú y mamá estaríais en boca de la provincia entera.

—Mmm… Desde que hice el servicio militar que no he entrado en uno de esos. Supongo que habrán inventado más cosas que aquellas muñecas hinchables que daban tanta risa con aquellos rizos postizos en la entrepierna —elucubró imaginando la de cosas que podría aprender a su edad.

Una viejecilla salió de la farmacia, haciendo sonar la campanilla de la puerta y Massimo hizo callar a su padre, antes de que se lanzara a dar detalles obscenos en plena vía pública.

—Y en tercer lugar, tú hazme caso que ahí dentro sí venden productos que pueden ayudarte. Vamos a empezar por lo más sencillo y, si no funciona, ya recurriremos al plan B.

—La *sex-shop*. —adivinó.

—Exacto.

Una vez dentro, aprovechando que el dependiente estaba muy ocupado atendiendo a los clientes que hacían cola frente al mostrador, Massimo llevó al señor Etore hasta el expositor de una conocida marca de preservativos, que además comercializaba otros artículos para aumentar el placer sexual.

Al ver aquello, el hombre se echó a reír.

—¿Condones? No te preocupes por eso, que no vas a tener más hermanitos —se cachondeó.

—Tienen más cosas.

Por prudencia, y dado que en el pueblo los conocía todo el mundo, hablaba en tono inaudible y conminó a su padre a que hiciera lo mismo. Massimo agarró un artilugio del expositor.

—¿Un anillo? Ya me dirás esto para qué puede servir —dudó, colocándose en el dedo medio el de muestra que su hijo acababa de entregarle para que se familiarizara con él—. Además me viene grande.

—Es que no se pone ahí —murmuró entre dientes.

El señor Etore cayó entonces en el porqué del diámetro de aquel artilugio y se le escapó una risilla burlona.

—Hay que ver qué cosas inventan —dijo sin dejar de reír—. Debes de estar de broma si crees que me voy a colocar un anillo en la varita mágica.

Massimo se lo arrebató de la mano y lo puso en marcha. El aparatejo empezó a vibrar en la palma de su mano con un zum zum.

—*Gesù bambino…* —exclamó con los ojos muy abiertos— ¡Si tiene motor!

—Ahí está el secreto: es un vibrador, ¿comprendes? —susurró—. Esto se pone en marcha y cuando roza…

El señor Etore lo silenció con un ligero carraspeo.

—Mejor me leo las instrucciones —farfulló, agarrando un anillo íntimo del expositor.

Su hijo asintió, aliviadísimo.

—Con esto y un gel frío-calor yo creo que vas listo —decidió cogiendo un frasco al tuntún.

La visita del rencor

Malestar, indignación, decepción… Todo mezclado y mucho más. Massimo sentía que su propia familia lo había dejado de lado, al menos en ese asunto. Sus padres, Enzo y él habían acudido a la entrega de diplomas. Rita, para contento de todos ellos, había obtenido su licenciatura como Asistente social. Y, aunque no pensaba ejercer como tal puesto que carecía de vocación, ella estaba exultante de orgullo. Por fin había terminado un proyecto emprendido sin tirar la toalla al primer escollo. Sus padres se sentían muy satisfechos porque el cambio de actitud de su hija significaba para ellos que había dejado la adolescencia tardía para adentrarse de pleno en la madurez. Ella estaba orgullosa de poder demostrar al mundo, y en especial a las personas que quería, que no era una tonta caprichosa que todo lo dejaba a medias. Enzo se alegraba mucho por su chica, el hecho de salir victoriosa de su propio reto personal era un paso decisivo en cuanto a su actitud futura ante la vida.

Y entre tanta alegría, la nota discordante era el molesto estado de Massimo. Se alegraba muchísimo del logro de su hermana, por descontado. Las alegrías de Rita eran las suyas. Pero no entendía por qué ni su padre, ni su madre, ni Rita, ni siquiera Enzo en confidencia de amigos, le habían dicho que Martina no iba a graduarse por un problema económico.

La entrega de diplomas fue una ceremonia sencilla. Los familiares de los nuevos licenciados asistían por tradición. A Massimo le extrañó no ver a Martina entre los flamantes titulados. Cuando la descubrió entre el público, sola y varias filas por detrás de ellos, supo que algo se le escapaba. Era imposible que Martina tuviera problemas académicos, dada la brillantez de sus calificaciones. Concluida la ceremonia, Rita le informó de lo ocurrido. Martina no pudo graduarse junto con sus compañeros porque el pago de la matrícula del semestre, que había previsto en dos plazos, no llegó a efectuarse. Massimo se debatió entre la desolación y la rabia: era injusto y absurdo que hubiera podido realizar los últimos exámenes y se viera obligada a repetir el semestre por un problema de dinero. El que Rita le asegurara que los profesores se habían mostrado muy receptivos a la hora de ayudarla y que le guardaban las notas de los exámenes realizados, no fue un consuelo para él.

—Ya te dije que se independizó —le explicó Rita, aprovechando que sus padres estaban conversando con su tutor—. Su tía se lo tomó al pie de la letra lo de la emancipación y no pagó el segundo plazo de la matrícula.

—¿Y su abuelo?

—Como es obvio, su tía no la avisó. Cuando Martina quiso darse cuenta, habían pasado los plazos. Si no, seguro que su abuelo habría hecho frente a la matrícula.

Rita calló de manera instantánea al ver que Martina se acercaba. Las dos amigas se besaron en las mejillas y se abrazaron con la alegría de ver que una de ellas, la más débil de voluntad, lo había logrado.

—Gracias por estar conmigo, sin ti no lo habría conseguido, Martina —aseguró con alegría y pesar.

—Por nada del mundo me habría perdido este momento —dijo con cariño.

—Me habría gustado tanto hacernos una foto juntas con nuestros diplomas.

—No importa —sonrió con sinceridad—. Siempre habrá tiempo. Enzo, cuánto me alegro de verte.

Ambos intercambiaron una sonrisa.

—Yo también, de verdad.

—Hola, Massimo —dijo por compromiso.

—Hola, Martina.

A Massimo le incomodó hasta límites insospechados que Martina lo ignorara por completo. Reacción lógica, dado que llevaban semanas sin hablar por teléfono ni saber el uno del otro. En concreto, desde la noche de Fin de Año. Pero la lógica de Massimo no atendía a razones ante la negativa de ella incluso a mirarlo.

—Vendrás a comer con nosotros —dio Rita por sentado—. Massimo ha reservado mesa en un restaurante aquí cerca. No puedes negarte.

Al escuchar su nombre, Martina lo miró brevemente. De nuevo se dirigió a Rita con expresión afable.

—No, Rita. Os lo agradezco de verdad. Tus padres me han dicho lo mismo, cuando los he saludado justo antes de que empezara la ceremonia. Pero sabes que a estas horas la pizzería está a reventar. Me han dado un rato libre para poder estar contigo, pero debo regresar. Bueno, espero que terminéis de celebrarlo de maravilla porque la ocasión lo merece —concluyó mirándolos a todos—. Ya nos veremos.

—¿De verdad que no puedes intentarlo? —Insistió Rita.

—De verdad que no. Despídeme de tus padres —pidió dándole dos besos—. Me marcho que se me hace tarde.

De los chicos se despidió con un tímido movimiento de mano.

Massimo la vio marchar, con un montón de preguntas sin respuesta en la cabeza. Martina acababa de doblar la esquina de via le Regina Elena cuando decidió seguirla.

—Mamá y papá ya vienen. Podéis ir yendo hacia los coches —instó a Enzo y Rita—. Enseguida estoy con vosotros, no tardaré nada.

La alcanzó a unos veinte metros de la pizzería. Tan rápido caminaba que Massimo tuvo que apretar el paso para darle alcance.

—¡Martina!

Ella se giró y lo enfrentó con tanta calma como indiferencia. No tenía intención alguna de huir.

—Tengo prisa, ahora mismo no estoy para charlas.

—Respóndeme a una pregunta y no te molestaré más. ¿Es cierto que no te has podido licenciar por un problema de dinero?

—Las noticias vuelan —comentó con acidez.

Massimo le cogió las manos y las miró durante un segundo. Le dolía vérselas ajadas de trabajar en la cocina del restaurante. No hizo falta que nadie le informara de esa novedad en la vida de Martina, lo dedujo por sí mismo de la conversación mantenida con su hermana.

—Es injusto que una buena estudiante como tú tenga que repetir semestre.

—El retraso no afectará a mi expediente. Y el único inconveniente es que tendré menos tiempo para preparar el examen de capacitación, pero no moriré por ello.

—¿Puedes dejar de mirarme de esa manera?

—¿De qué manera?

Massimo ni se molestó en responder, ella sabía de sobra cuánto desprecio había en su mirada.

—¿Por qué no me pediste ayuda?

Martina se soltó de golpe de sus manos.

—Ya es la segunda vez que aparece el dinero entre tú y yo —aludió a los doscientos euros de su primera noche—. Empiezo a cansarme de que me veas como a esa putilla necesitada.

—Jamás, te repito, jamás —recalcó mirándola a los ojos—, he pensado así en ti. No me ataques con aquello, que los dos sabemos que fue un equívoco. Yo te habría prestado el importe de la matrícula.

—¡Guárdate tu ayuda que no la necesito! No estoy sola en el mundo —replicó airada—. Deja de creerte un salvapatrias, porque tengo personas que me quieren a las que recurrir si me veo en apuros. Hacerlo o no, es decisión mía. Y ya puestos, si tan claro tienes que no soy una furcia, quiero dejarte claro también que no soy una borracha ni una frívola con la cabeza hueca.

—No sé por qué…

—Sí lo sabes —rebatió dolida—. He tenido varias semanas para pensar y preguntarme por qué dijiste a tu hermana todas esas cosas desagradables sobre mí para que no se le ocurriera invitarme en Navidad. Lo oí todo —confesó al ver su cara de sorpresa.

—Puede que sonara peor de lo que en realidad quise decir.

—Lo que querías decir me quedó clarísimo. Y el motivo lo he deducido sin mucho esfuerzo. Fue la noche que viniste a mi casa, aquella que mi tía daba una fiesta. Y claro, el hombre perfecto ya me calificó de persona basura porque esa noche llevaba un vestido prestado de mi tía y me tomé dos copas con el estómago vacío salvo por dos canapés.

—Lo que vi en tu casa no me gustó.

—No es necesario que lo adornes. La mujer que viste no te gustó —matizó mirándolo con desprecio.

—Que no me guste no significa que te censure. Puedes hacer con tu vida lo que quieras. Simplemente no encajas en la mía porque yo, además de en mí, tengo que pensar en mi hija.

La apostilla hizo mella en Martina, más que si le hubiera dado una bofetada.

—¿Por qué no dices la verdad? No encajo en los planes de Ada para ti y tu hija. Ya es hora de que hablemos claro, capitán Tizzi. A mí tampoco me gustó el tipo injusto que no fue capaz de defenderme en un momento en el que habría agradecido más que nada un abrazo, apoyo… Saber que podía contar contigo.

—Explícate mejor.

—Aquella noche en Arezzo no imaginas cuánto necesitaba que alejaras para siempre de mí al hombre que me destrozó la vida.

—Un corazón roto no significa una vida destrozada.

Ella se mordió la lengua, había hombres que dejaban tras de sí más destrozos que un corazón. Eso quedaba para ella, y Massimo no merecía la pena que lo supiera.

—¿Cómo se llama ese hombre? —preguntó ante su silencio.

—¿Y a ti que te importa?

Massimo se juró que lo averiguaría por sus propios medios.

—¿Ahora me sales con que podía haber recurrido a ti? —continuó reprochándole Martina—. ¿Dinero es todo lo que tienes que ofrecerme? ¡Entonces no quiero nada de ti! En la vida hay cosas más importantes. Aquella noche, cuando más falta me hacías me diste la espalda. Así que vuelve con tu familia —señaló con el dedo al frente—. Ellos te tienen por un héroe, a mí sólo me das lástima porque además te lo crees y en realidad sólo eres un pobre diablo encerrado en el puño de una mujer como Ada.

Dio media vuelta y se alejó camino de la pizzería. Massimo acusó el golpe de sus palabras.

—Martina...

Pero ella continuó caminando sin girar la cabeza.

Un mes después, en la Toscana, Massimo meditaba sobre lo que su amigo acababa de explicarle.

—Prefiero que no me preguntes —avisó Enzo—. Sólo te diré que he acudido a fuentes oficiales y extraoficiales, legales y de las otras. Y también puedo decirte que la información que me han dado es cien por cien fiable.

Se encontraban en el bar de la plaza de Civitella, ante un par de cervezas. El tema era delicado y no quisieron oídos familiares alrededor; sin necesidad de decirlo, uno y otro preferían ser rigurosamente discretos. Y optaron por escapar al pueblo, donde la intimidad que buscaban quedaba asegurada.

—Los frecuentes viajes de Rocco Torelli tienen un motivo — continuó—: Introduce diamantes en el país. Transporte personal, sin intermediarios, de Holanda a Florencia.

A Massimo no le costó atar cabos. El mercado mundial del diamante pasaba por Holanda. Algún orfebre florentino, o varios —ese particular no les preocupaba ni a Enzo ni a él— debía de ser el destinatario de las gemas transportadas sin pasar por la aduana para evitar el exagerado arancel de un producto de lujo de semejante calibre.

—Por lo que sé, siempre viaja en tren —agregó Enzo a la explicación—. De ese detalle salió la hebra que, a fuerza de estirar, deshizo la madeja.

—¿Lo apresarán en su próximo transporte? —aventuró.

Enzo negó con un gesto.

—La Guardia di Finanza, por lo que sé y no me preguntes cómo lo he averiguado —volvió a advertir—, prepara una operación para que caigan como fichas de dominó todos los que están pringados.

Atendiendo a su ruego, Massimo no hizo preguntas. Intuía que eran frecuentes ese tipo de chivatazos, o denuncias de particulares con pistas sobre posibles delitos en las que las autoridades salvaguardaban el anonimato del denunciante. De cualquier modo, Enzo, en el banco, se relacionaba con infinidad de gente a la que recurrir cuando era preciso. Massimo tenía los dedos cruzados con la firme esperanza de que el cuerpo especial de policía de delitos contra la Hacienda Pública cayera encima del tal Rocco, sus jefes y todos quienes estuvieran involucrados en ese negocio sucio.

—Espero que lo atrapen y que le caigan muchos años.

—Estamos hablando de mucho dinero. El estado no se contentará con una multa. Hacienda no es el ministerio más popular, el ministro aprovechará para mejorar su imagen de eficiencia y exhibirá el éxito de la operación ante la opinión pública como un aviso para navegantes. Serán duros —opinó, como abogado.

—No sé cómo puedo pagar tu ayuda, Enzo —agradeció tableteando con los dedos sobre la mesa—. Ese indeseable hizo daño a Martina y yo fui tan idiota como para no darme cuenta. Casi estoy por dar gracias, porque echarle encima a la policía me va a dar más gusto que romperle la cara. Ese va a pagar la mala leche que llevo acumulada desde el día que nací.

—No me ha costado tanto. Una llamada por aquí, otra por allá. Con «V» de Vendetta. —sonrió como un zorro, haciendo alusión a la letra inicial de su nombre—. Tú tranquilo, que ya pensaré el modo de cobrármelo —advirtió, con la voz de Marlon Brando en El Padrino y una sonrisa que decía lo contrario.

Massimo chocó su cerveza con la de Enzo, era afortunado de tener un amigo como él.

—Así, ¿no prefieres quedarte hasta el martes? —recordó Massimo lo que habían comentado mientras iban en el coche.

—No quiero que el trabajo se me acumule. Me marcho mañana por la mañana y el lunes por la noche volveré. Recogeré a Rita y nos iremos a la Feria.

Iban a acudir los dos a una muestra de productos autóctonos italianos, en representación de Villa Tizzi. Enzo estaba convencido de que era la ocasión idónea para dar a conocer y cerrar contratos de venta de la ternera Chianina que producían.

—Cada día os veo más unidos.

Enzo sonrió de medio lado.

—Y más nos verás.

—Vaya, vaya —sonrió también, dando el último trago de cerveza—. Te ha costado muy poco meterte a Rita en el bolsillo.

—¿Poco? Tú no conoces a tu hermana —desdijo con hartura—. Me ha costado un mundo que me hiciera caso.

—Todos guardamos cicatrices del pasado que nos hacen desconfiar de quien no debemos.

Habló pensando en Rita y Enzo. Y también en sus recelos carentes de fundamento hacia una mujer dulce y honesta. Nunca debió apartarla de su lado.

—Y defendernos de quien no alberga maldad —apostilló Enzo.

Viendo su expresión, comedida pero evidente, Massimo supo que se refería a Martina.

La Feria de Productos Marca de Italia no podía haberles ido mejor. Como otros productores de carne, fueron invitados durante un día a participar en la muestra gastronómica en el stand de la Asociación de Ganaderos de Raza Chianina. Una jornada muy fructífera para la hacienda porque la simpatía de Rita, sumada a la sutil mano izquierda de Enzo a la hora de negociar precios y contratos, les estaba reportando más éxito y ganancias que en vida del tío Gigio.

Regresaban de Florencia en tren, porque Enzo había dejado su coche en un taller de Roma para que le hicieran una revisión a fondo y, cuando fue a recogerlo para salir hacia el congreso, se encontró con la desagradable sorpresa de que el mecánico ni siquiera había levantado el capó.

—Formamos un buen equipo tú y yo —comentó Enzo, mirando a Rita con mucho interés.

Él iba sentado junto a la ventanilla y ella en la butaca de pasillo. Por ser el último tren de la tarde, eran pocos los viajeros. Los asientos de alrededor permanecían vacíos, hecho que Enzo agradeció porque podían conversar con cierta intimidad.

—¿No me escuchas?

—Sí, claro que te he oído —dijo Rita, a la vez que cerraba el portátil y plegaba la mesilla.

—Te decía que se nos da muy bien trabajar en equipo.

—Es cierto, y me alegro. Me gusta trabajar contigo.

Enzo la miró sin parpadear.

—Y a mí me gustas tú.

Rita se ladeó para quedar cara a cara, con una sonrisa traviesa.

—¿De verdad?

—A estas alturas no te hagas la sorprendida.

Ella rio con la boca cerrada y dio un golpe de melena antes de volver a clavar sus ojos en él.

—No sé, creía que me veías como a una conejita —dejó caer con un suave pestañeo—. Ya sabes, tierna, sencilla, inocente…

—¿No has oído hablar de la revista *Playboy*?

Rita se sorprendió como una perfecta mentirosilla.

—Ah, pero ¿me te referías a ese tipo de conejitas?

—Cuánto te gusta jugar conmigo.

Esa vez, se puso algo más seria para saber hasta dónde llegaban el juego y la verdad por parte de él.

—Al principio pensé que no te adaptarías a un trabajo en el campo.

Enzo le colocó la melena detrás de la oreja.

—Me he convertido en un lobo salvaje y mi objetivo eres tú, bichito silvestre —dijo acariciándole el cuello con el dedo hasta la clavícula.

Una afirmación que, a pesar del tono bromista, encerraba la respuesta que Rita quería escuchar. Enzo cada día estaba más lejos de Roma y más cerca de Civitella. Y de ella. Una certeza que la hizo feliz, tanto como para cometer locuras en un tren.

—Ya veremos quién caza a quién, lobo malo.

—¿Hacemos apuestas?

Rita sonrió con ganas de triunfo.

—Vamos a ver si eres tan astuto para adivinar como lo eres para negociar. Si la próxima persona que entra por la puerta es un hombre, yo gano y elijo mi premio —propuso, dando una mirada alrededor para comprobar que estaban solos—. Yo meteré la mano aquí —sugirió, acariciándole la bragueta con malicia—. Y tú te dejarás hacer durante el tiempo que yo decida.

—¿Sexo en público y en un tren? Eres perversa, conejita.

Enzo le sujetó la mano para que comprobara su grado de excitación. Rita se relamió los labios.

—¿Ya estás así y aún no hemos empezado?

—Mira cómo me pones —Enzo movió arriba y abajo la mano de Rita sobre su miembro duro—. ¿Y si la primera persona que entra por la puerta es una mujer?

—Decides tú —susurró dándole un apretón en la entrepierna que lo hizo saltar del asiento.

—Si es una mujer, tú irás al aseo baño del vagón y me esperarás allí. Sin medias —exigió acariciándole los labios con la punta de la lengua—. Sin bragas. —Ordenó. Le mordió el labio inferior y tiró de él—. Cuando yo llame me abrirás la puerta. Quiero encontrarte con las piernas separadas y la falda subida hasta la cintura, que no se te olvide ese detalle.

Aún no había acabado de decirlo cuando el golpetazo de la puerta del vagón les hizo girar la cabeza al mismo tiempo. Enzo sonrió como el lobo feroz al ver entrar a una señora con una revista de cotilleos en la mano y acercó la boca al oído de Rita.

—Ya tardas.

—Qué suerte tienes.

—Sí, y tú también. Dentro de dos minutos lo verás.

Rita se levantó y, con disimulo, salió del vagón. Enzo se subió el puño de la camisa y clavó la vista en el reloj. Las dos vueltas completas del segundero se le hicieron eternas. Cuando la saeta pasó por las doce de nuevo, salió escopetado hacia el aseo del tren. Apoyó la mano en la puerta y con los nudillos de la otra repicó con energía. Rita abrió desde dentro, lo agarró por la corbata y lo metió de un tirón. Enzo cerró a tientas mientras ella le comía los labios con besos y mordisquitos; de refilón vio el bolso sobre el pequeño lavabo y que de este sobresalían las medias. Miró hacia abajo y premió su obediencia con un beso profundo y sensual. Tal como le había ordenado, llevaba la falda subida a la cintura. Enzo giró con ella en brazos, para quedar de espaldas al WC, el ambiente era asqueroso pero estaba tan necesitado de Rita, y ella también en vista de la maña y rapidez con que le desabrochó el pantalón y le bajó los calzoncillos. Aún así, si sintió un tipejo vil por proponerle aquel sitio abominable para su primera vez.

—Esto da asco y debería haber hecho las cosas de un modo más romántico —se disculpó sin mucho sentido, porque su boca pedía freno y sus manos le sobaban los pechos con avaricia—. ¿Estás segura?

—Si no estuviera segura aún llevaría las bragas puestas —murmuró, a la vez que lo besaba con ansia.

Con los pantalones por la rodilla, Enzo la levantó en vilo por las nalgas y la parapetó contra la puerta. Rita le rodeó la cintura con las piernas, él empuñó su miembro.

—¿A pelo? —murmuró Rita, con la respiración agitada.

—¡Mierda! —Ni se le ocurrió pensar en los condones—. ¿Tú no...?

—No, yo no... —reconoció, no tomaba anovulatorios ni había tenido necesidad hasta ese momento de llevar un preservativo en el bolso.

—Da igual —dijeron los dos a la vez.

Enzo la penetró con furia y comenzó a moverse como un loco, con golpes que la levantaban y la hacían bajar. A Rita el orgasmo la pilló por sorpresa, se agarrotó de pies a cabeza con un gemido gutural. Enzo sintió sus contracciones con tal intensidad que explotó de placer.

Lo que vino después transcurrió en una décima de segundo. La puerta se abrió de improviso y ellos dos cayeron a plomo sobre el suelo del descansillo. Rita de espaldas con Enzo entre sus piernas.

—¿Te has hecho daño? —jadeó.

—No, no... —Exhaló todavía sin aire.

—¡Pero bueno, qué vergüenza! ¿Este es sitio de hacer cochinadas?

Rita y Enzo miraron hacia arriba, acoplados como bestias en celo y desnudos de cintura para abajo. La señora de la revista tenía los ojos clavados en los glúteos de Enzo, esperando con gesto avinagrado a que se apartaran para entrar en el aseo.

A Rita no le hizo ninguna gracia que se fijara tanto en el culo de su chico y la frenó con una mirada de ogro antes de que se pusiera a soltar barbaridades.

—Oiga, señora, no nos mire con esa cara que esto no es lo que parece.

Volver a empezar

—Sólo he venido a decirte que ya no tendrás que preocuparte de que te acose o te busque. —Informó Massimo desde el rellano cuando Martina le abrió la puerta—. Ese hijo de perra no volverá. Se supone que está en busca y captura. Lo cierto es que permanecerá en Holanda y no se atreverá a poner un pie en Italia ahora que es un prófugo de la justicia.

Estaba dolida con él, mucho. Aún así, no se negó a hablarle cuando la llamó esa tarde. Recibió su llamada entre clase y clase; Massimo afirmó que lo que tenía que decirle sería breve y que, si la molestaba robándole dos minutos de su tiempo, era porque prefería no hablar de ello por teléfono. A pesar de la frialdad en que transcurrió la escueta conversación telefónica horas atrás, a Martina le molestó en ese momento que se negara a entrar cuando lo había invitado a hacerlo como gesto de cortesía. Viéndolo frente a frente, con las manos en los bolsillos en clara actitud de no querer establecer ningún tipo de contacto físico, tuvo una sensación amarga.

—Ese Rocco Torelli es listo, o tiene muchos contactos, que es lo habitual entre los que se mueven al margen de la ley. —Continuó relatándole—. El chivatazo le llegó antes que a las autoridades y por eso no pudieron apresarlo con las manos en la masa. Pero están investigando a toda la red de importación ilegal de diamantes, por lo que sé ya han caído varios de sus socios.

—¿Y tú cómo te has enterado de todo eso? —preguntó.

Él eludió su mirada antes de responder.

—Lo único que importa es que ya no te molestará más.

Martina adivinó que su interés por que la policía encerrara a Rocco no era mero deber ciudadano.

—¿Por qué lo has hecho?

—Yo no he hecho absolutamente nada. No me cuelgues medallas —aclaró con una mirada que destilaba resentimiento.

Martina lamentó haber soltado tantos improperios con la boca caliente el día de la graduación de Rita. Nunca debió atacarle con mofas sarcásticas que cuestionaban su valor; doblemente hirientes dada su condición de oficial del ejército. Trató de disculpar la dureza de sus palabras con una pregunta que lo empujara a reflexionar sobre su comportamiento hacia ella.

—Aquella noche en Arezzo...

—Prefiero olvidarla.

Tenía razón, no ganaban nada machacándose una y otra vez con algo que ya pasó. Pero Martina necesitaba una respuesta.

—¿Por qué me fallaste, Massimo? Yo te necesitaba.

—No le busques razones a los celos, porque son irracionales.

—¿Estabas celoso? —cuestionó; le resultaba inconcebible y absurdo que lo estuviera de un hombre al que detestaba.

—Sí. ¿Tan ciega estás? Si no te encerraras tanto en ti y te pusieras en mi lugar, lo sabrías sin necesidad de que yo te lo dijera.

Martina no fue capaz de rebatirle. Se vio a sí misma con veinte años; sus ataques de celos cuando Rocco abandonaba su cama para meterse en la de su mujer, que le zarandeaban los sentimientos como rachas alocadas de viento Siroco. Cómo iba a pedirle cordura a Massimo cuando ella sabía lo que era sentirse atacada por esa misma sinrazón.

Esa vez, no se anduvo con rodeos a la hora de las disculpas.

—La última vez que hablamos no quise insultarte.

—Sí querías —rebatió tajante—. Y, en respuesta a tu pregunta, no estaría aquí para decirte todo esto si supiera que te soy indiferente. Si yo no te importara nada, no habrías reaccionado con tanta rabia contra mí. A esa esperanza me aferro, porque tú me importas mucho más de lo que imaginas.

Dio media vuelta y bajó al trote las escaleras.

Esa tarde, Martina horneó pizzas y pizzas como una sonámbula. Tenía la cabeza en otra parte. Massimo le había traído una buena y tranquilizadora noticia. Qué paradoja que su visita la dejara tan inquieta. La desazón que le produjo tenerlo tan cerca y a la vez tan distante, sumada a la ausencia de llamadas durante las últimas semanas y el nulo contacto físico entre ellos, la hacía sentirse mucho peor de lo que supuso cuando decidió olvidarse de él para siempre. Era tarea imposible pretender que Massimo desapareciera por las buenas de su pensamiento cuando su corazón ya estaba implicado. Lo que sentía por él no era un enamoramiento pasajero.

A eso de las diez acabó su turno en la cocina del restaurante. No solía hacerlo a esas horas, pero un impulso la hizo abrir el buzón antes de subir al apartamento. La carta oficial que encontró acabó de alterarle los nervios. Era un sobre a su nombre, remitido al palacete por el Ministerio de Hacienda, en el cual habían anotado de puño y letra la nueva dirección.

Martina dedujo que al llegar la carta a su casa, tía Vivi debió devolverla al cartero con instrucciones del nuevo domicilio de Martina. Subió las escaleras sin más intención que ver cuanto antes de qué se trataba. Ella jamás se había preocupado por los asuntos legales referentes a la casa, ya que esa era una responsabilidad que debía asumir su tía, inherente al usufructo de la propiedad. Pero el último desencuentro entre ellas, cuando Martina necesitó ayuda para pagar la reparación del coche y la consiguiente negativa de tía Vivi a hacerse cargo de ese gasto imprevisto, la tenía sobre aviso.

Abrió la puerta del apartamento y dejó el bolso y las llaves sobre la mesa. Sin más dilación, abrió el sobre. A Martina le temblaron las manos al leer que se trataba de un requerimiento por impago del impuesto de bienes inmuebles. Ese era un gasto corriente de la casa al que su tía debía hacer frente, pero en caso de embargo ella sería la única perjudicada en calidad de propietaria. Se preguntó por qué le hacía aquello; no obtuvo respuesta y la llamó para salir de dudas. Podía tratarse de un descuido involuntario, quizá su tía debió olvidarse, o de una confusión bancaria tal vez.

—Tienes un empleo remunerado, querida sobrina.

Martina le recordó que era obligación suya pagar los impuestos, así lo disponían las leyes.

—¿Has pensado que pueden embargarme la casa?

—Ahora mismo mis ingresos son bastante inciertos, he cerrado un buen contrato pero aún no he recibido mi comisión —se excusó con una candidez sospechosa—. Por cierto, la semana pasada me llamó Rocco. Tiene problemas, ¿sabes? Me dio recuerdos para ti.

Martina escuchó varias excusas más eludiendo asumir su responsabilidad con una idea dándole vueltas: había mencionado a Rocco sin venir a cuento. Un pálpito le dijo que la jugada del impago tenía mucho de revancha. La alusión a los problemas de este no tenía otro objeto que hacerla cavilar. Y lo había conseguido.

Dejó la carta sobre la mesa y fue hasta el balcón del apartamento. Apartó la cortina y contempló la calle tras los cristales.

Era de noche, desde allí se oía el bullicio alegre de los clientes de La Casetta que acudían a cenar. Un músico de los que solía tocar a cambio de unas monedas de propina, se acercó con el acordeón al hombro hasta las mesas de la terraza. El hombre llevaba el mismo camino que Martina había visto recorrer a Massimo en sentido inverso. Horas antes, no pudo evitar acercarse al balcón y contemplar su marcha. Con el recuerdo de Massimo alejándose de allí, Martina recapacitó sobre su situación. Lamentó haber empleado el dinero que obtuvo con la venta del Fiat para pagar el alquiler de varios meses por adelantado. Entonces le pareció una idea buenísima tener un techo asegurado, pero de haber sabido que iba a necesitarlo para pagar los impuestos... Lamentarse no tenía sentido. La realidad era que no disponía de más ahorros que el salario del mes de un contrato por horas. Podía pedir dinero al abuelo o un adelanto a su jefe. Ni una ni otra idea la convencía, pero no sabía qué hacer. O pedírselo a Massimo, pensó rememorando sus palabras y su mirada decepcionada el día de que Rita obtuvo su diploma.

Antes de precipitarse y tapar una deuda contrayendo otra, decidió llamar a Enzo. Era abogado, él la aconsejaría mejor que nadie. Fue hacia la mesa y metió la mano en el bolso. Andaba buscando el móvil de Enzo entre sus contactos cuando la sorprendió la llamada entrante de un número desconocido. No solía atenderlas, ya que casi siempre trataban de venderle algún producto telefónico, pero esa vez barrió el icono de la pantalla con el pulgar y se lo llevó a la oreja.

—¿Sí?

—Discúlpeme, no sé con quién hablo, Martina...

—Falcone.

—¿Conoce a un hombre llamado Massimo Tizzi? Capitán de aviación, según hemos visto en su documentación.

—Sí, ¿ocurre algo? —Inquirió.

Lo primero que le vino a la cabeza fue que Massimo había perdido la cartera, pero no tuvo tiempo de discurrir más suposiciones.

—No se alarme, su amigo ha tenido un accidente de tráfico. Soy Romano Chieti, médico del servicio de emergencias. Esta era la última llamada efectuada desde su teléfono y...

—Voy enseguida. —Interrumpió con el corazón en un puño—. Dígame dónde está.

La colisión, según le informaron los sanitarios, había ocurrido al incorporarse a via Regina Helena. Martina corrió por viale dell'Università como si le faltaran pies. Las cosas que de verdad importan minimizan las rencillas sin sentido que nos estropean la vida. Martina no fue una excepción: la idea de que Massimo pudiera estar gravemente herido apartó los rencores y las palabras dañinas de una barrida.

Desde lejos vio la ambulancia. Y también a Massimo que se dejaba hacer apoyado en el capó trasero del BMW, ya que la parte delantera tenía el lateral izquierdo completamente destrozado.

—¿Qué... qué haces aquí?

Ella corrió a su lado. De manera impulsiva y sin pensar en que podía importunar al médico que le examinaba los ojos con una linterna, le palpó los brazos y le cogió las manos, como si quisiera asegurarse de que estaba entero y no en trocitos.

—Me han avisado ellos —le informó sin soltarle las manos.

—Estoy bien.

Cambió la pierna de postura y el aullido que soltó dijo lo contrario.

—Ahora le miraremos ese pie. No mueva la cabeza, por favor.

Massimo sintió que se le encogía el estómago al ver su cara de susto. Alzó el brazo derecho, invitándola, y Martina se abrazó a su costado.

—Dime que vas a ponerte bien, por favor —murmuró ella.

Massimo le guiñó un ojo, que se iba amoratando por momentos.

—Esto no es nada —la tranquilizó—. La culpa fue del otro, un coche grande oscuro pero no me ha dado tiempo a distinguir el modelo. Y encima se ha dado a la fuga, ¡mierda!

Mientras ella lo apaciguaba diciéndole que quizá hubo suerte y alguien tomó la matrícula del coche que lo embistió, él barbotó por lo bajo unos cuantos calificativos sucios contra el tipo que le había dejado la parte de delante del coche como una lata pisoteada; reparación que tendría que pagar de su bolsillo si no aparecía el culpable.

Un coche de policía había llegado con la ambulancia. Los agentes tomaban datos a los curiosos que había por allí.

—Será mejor que le hagan pruebas en el hospital por el golpe en la cabeza —decidió el médico—. ¿Puede andar?

—Eso creía, pero... —reconoció con un quejido al intentar apoyar el pie—. Si no les importa, llévenme directamente al Policlínico Militar. —rogó, para evitar traslados innecesarios de un hospital a otro.

—No hay problema.

El médico hizo un gesto para que el otro miembro del equipo sanitario, que redactaba un parte dentro de la ambulancia, acercara una silla de ruedas.

—Lo del pie no tiene nada que ver con el accidente. Ha sido la idiotez más grande del mundo, me lo he torcido al salir del coche —explicó Massimo.

—¿No ha saltado el airbag?

—No ha sido para tanto, la cabeza me la he golpeado con la puerta por la sacudida.

—No llevabas el cinturón de seguridad —adivinó.

—Es obvio que no. No me mires así, ya sé que está mal, pero se me ha olvidado.

—Se me ha olvidado… —Repitió acribillándolo con una mirada censuradora—. No me quedaré tranquila hasta que te examinen de arriba abajo en el hospital. Yo voy también.

—No hace falta.

—No me des órdenes, capitán Tizzi. Voy a ir contigo quieras o no.

—Eres tú quien las está dando, pelirroja insoportable.

Por primera vez en mucho tiempo, Martina volvió a verlo sonreír. En cuanto Massimo estuvo tumbado en la camilla de la ambulancia, dio media vuelta y levantó la mano para llamar a un taxi. Un par de minutos después, seguía a la ambulancia camino del complejo hospitalario cercano a la basílica de San Juan de Letrán.

La hora y media en la sala de espera se le hizo eterna, viendo pasar soldados de uniforme con miembros escayolados. A su derecha, un anciano sufría episodios de tos que daban compasión y enfrente, una chica poco mayor que ella se esforzaba por mantener quietos y sentados a dos niños revoltosos. Después de mucha camilla de aquí para allá, personal de verde y bata blanca, eran las doce de la noche cuando Massimo salió por su propio pie, aunque ayudado por unas muletas.

Martina se levantó rápido, preocupada por conocer su estado. Mientras tanto, un doctor salió detrás de Massimo y le entregó el parte médico.

—Ya sabe, capitán, el esguince en el tobillo es leve. Pero no retiraremos el vendaje oclusivo hasta dentro de quince días, al menos. —Martina se sorprendió cuando el médico se dirigió a ella—. Durante las próximas veinticuatro horas hay que vigilar. Sobre todo, si le entra somnolencia o vomita; llamen una ambulancia y que lo traigan aquí.

Massimo le estrechó la mano para darle las gracias e hizo un gesto con la cabeza señalando hacia la puerta para indicarle a Martina que se iban.

—Cogeremos un taxi, te dejamos a ti primero y luego que me lleve a mi apartamento. Del coche ya me ocuparé mañana.

—De ninguna manera —rebatió ella cogiéndolo por el antebrazo.

—Martina, ya sé que te encanta decir siempre la última palabra pero...

—Pero nada, ¿no has oído al médico? Tienes que estar 24 horas en observación. ¿Quién va a vigilarte en el apartamento?

—Yo me vigilaré.

—No voy a dejarte solo.

—Hace unas horas no querías saber nada de mí y ahora...

—Casi me muero, Massimo. Tenía pánico de pensar que podías estar gravemente herido —confesó con una mirada de dolor.

Massimo le acarició la mejilla. Admiraba su franca sencillez a la hora de confesar lo que sentía.

—¿Por qué no vienes conmigo? —insistió Martina—. Si te quedas en mi apartamento, podré cuidar de ti, ir a trabajar y asistir a clase porque tengo el restaurante y la universidad muy cerquita.

—No quiero ser una molestia.

—Herido o no, tú siempre eres mi peor molestia —dijo con una sonrisa.

Massimo permaneció igual de serio.

—No debieron llamarte, el médico de la ambulancia podía haber buscado algún Tizzi en la agenda de mi teléfono.

Martina ladeó la cabeza, la ocurrencia era disparatada.

—Qué tontería, ¿conoces a alguien que guarde los teléfonos de su familia con el apellido?

—Soy una molestia, digo tonterías...

Martina soltó aire, armándose de paciencia, se recolocó el pelo detrás de las orejas y miró el reloj de la recepción del hospital que señalaba la una de la madrugada.

—Vamos a por ese taxi, tonto molesto —ordenó, sin ganas de perder más tiempo.

Esa vez, Massimo sí sonrió.

Días de cine

En el taxi, Massimo iba muy callado. Cuando aún estaban en la puerta del Policlínico Militar, sacó el móvil con intención de enviar un WhatsApp a Ada para informarla de lo ocurrido y para que supiera que no iría a recoger a Iris ese miércoles ni mientras fuera con muletas. Finalmente, el taxi llegó y Martina lo vio guardar el teléfono en el bolsillo sin enviar el mensaje.

—Mañana la llamaré, ahora es muy tarde —explicó Massimo, ya en el taxi—. Si le envío un WhatsApp no lo entenderá como un simple mensaje de padre a madre. Es muy capaz de presentarse aquí. —Martina le cogió la mano y él entrelazó los dedos—. ¿Te das cuenta qué distinto sería todo si Ada fuese de otra manera?

—¿El problema soy yo?

Massimo giró la cabeza y le dio un beso en la sien.

—No, bella, el problema es Ada. Se niega a aceptar que otra mujer sea importante en mi vida.

—¿Quieres que hable con ella? Tal vez si me conoce, comprenda que no pretendo robarle el amor de su hija.

—No serviría de nada. —Sin dejar de mirarla, le acarició el dorso de la mano con el pulgar—. Siento todo lo que ha pasado entre nosotros, Martina.

—Yo también lo siento. Cuánto tiempo hemos perdido por no hablar las cosas, ¿verdad?

—Verdad.

Apenas tardaron en llegar al estudio, a esas horas había poco tráfico en las calles. A Massimo le costó subir las escaleras con las muletas, por suerte era sólo un piso y en el último tramo ya casi dominaba la técnica.

Martina había pensado ofrecerle el sofá—cama, pero la idea de dormir separados le resultó teatral. No iba a fingir a esas alturas que no lo deseaba, ni le apetecía desempeñar el papel de dura orgullosa. Fueron directos al único dormitorio. Massimo se sentó en la cama y ella le ayudó a quitarse los pantalones.

—¿Has cenado? —preguntó; mirándolo sin disimulo, en calzoncillos estaba muy apetecible.

—No, pero no tengo apetito.

—A mí también se me fue el hambre —confesó sentándose a su lado—. Del susto, supongo.

Massimo la acarició desde la muñeca hasta el hombro y enroscó un rizo de Martina en el dedo.

—No quiero verte asustada, pero en el fondo me gusta que lo estés.

—Pues no vuelvas a asustarme porque a mí no me gusta nada —exigió poniéndole la mano sobre el corazón; Massimo la sujetó con la suya—. ¿Te apetece algo? No sé...

—Un café, el médico ha dicho que no debo dormirme.

—¿Cómo lo quieres?

—Muy dulce y muy caliente, como tú.

Agarrándola por la nuca, la obligó a bajar la cabeza y la besó despacio, deleitándose en la sensación de su boca unida a la de Martina. Ella se abrazó a su cuello y se tumbó completamente encima. Massimo le metió las manos por debajo del jersey. Le acarició la curva de la cintura, el talle y los pechos con ahínco.

—El médico ha dicho que guardes reposo.

—Eso díselo a mi corazón —dijo desabrochándole el cierre del sujetador—. A mí no me hace caso.

Martina rio bajito y el café quedó en el olvido. Juguetona, le mordió el labio con malicia traviesa y él le hizo cosquillas, rieron y se besaron dando vueltas sobre el colchón hasta que Massimo dio un aullido de dolor al girar bruscamente el pie lesionado y Martina lo obligó a regresar a la posición inicial. Se acariciaban y besaban con ganas, con rabia mezclada con ternura, parecía que no podían dejar de hacerlo.

—Me encanta tenerte aquí —se sinceró ella sonriente—. Aunque los dos sabemos que esta situación es un poco absurda. —Massimo enarcó las cejas—. Podrías haber llamado a Civitella y tus padres habrían venido de inmediato para que te recuperaras en la Toscana.

—Eso es verdad.

—O podría venir Rita unos días para cuidarte.

—Y eso también —dijo en voz baja—. Pero de haberlo hecho no te tendía así. Necesito sentir que me amas, a pesar de todo lo ocurrido.

Martina apoyó los antebrazos en su pecho para verle los ojos. Podría mirarlos durante siglos y no cansarse nunca de perderse en ellos.

—Nunca te he dicho que te quiero.

Massimo le acarició el pómulo con el dedo y dibujó la curva de su barbilla.

—Me lo dices de muchas maneras y no te das ni cuenta —murmuró mirándola con el corazón en los ojos—. Dímelo, Martina, porque yo te quiero más que a nada.

Ella sonrió rendida. Esa noche podía haberlo perdido para siempre, pero no ocurrió. Allí lo tenía y se sentía muy feliz.

—Te quiero. —Le dio un beso en los labios—. Te quiero, te quiero...

—Si te oyeras... Es demasiado hermoso para que lo guardes en la boca —dijo mientras ella murmuraba sobre sus labios aquellas palabras por primera vez—. Que nunca se te quede un «te quiero» por decir.

Y él también se lo dijo. Al oído, susurrado sobre la piel, besándole las mejillas y el cuello mientras entre los dos se deshacían con presteza de la ropa que aún cubría a Martina. Se acariciaron por todas partes, recreándose en las sensaciones que despertaban el uno en el otro. Massimo la hizo rodar para quedar sobre ella. Arrodillado entre sus piernas, cubrió su cuerpo de besos cargados de una dulzura casi infinita. Rozó su sexo con lentos envites hasta enterrarse dulcemente en ella. Hicieron el amor despacio, con ganas de prolongar el placer todo lo posible, mirándose con el deseo de tenerse como se tenían y que al fin veían cumplido. Ella le clavó las uñas en los músculos de la espalda, él hundía los dedos en sus caderas atrayéndola para sumirse en ella más y más. Culminaron jadeando sus nombres, abrazados como si fueran un solo cuerpo. Vibrantes de felicidad.

Por la mañana, mientras preparaba el desayuno, Martina decidió que por un día que se saltara las clases no iba a hundirse el mundo. Prefería quedarse con Massimo. Pensó también en acompañarlo a su casa para que recogiera algo de ropa. Retiró la cafetera del fuego y, al llevarla hacia la mesa, se vio reflejada en la ventana y se dio cuenta de que no se le borraba la sonrisa tonta de la cara ante la idea de tenerlo con ella dos semanas enteras.

Escuchó el ruido del secador en el cuarto de baño. Eso significaba que Massimo ya había salido de la ducha y que era su turno. La puerta estaba abierta, desde el pasillo lo vio sentado en el wc, secándose la venda elástica adhesiva del tobillo.

—Y decías que no necesitabas ayuda para ducharte —lo regañó con los brazos en jarras.

Massimo levantó la vista y siguió a la tarea.

—He mantenido el pie fuera de la mampara, pero aun así se ha mojado un poco la venda.

Martina le dio la espalda y se desabrochó la bata. Massimo, instantáneamente, dejó el secador sobre el cesto de la ropa sucia y tiró de ella, cogiéndola por la cintura para obligarla a girar. Con ambas manos, hizo caer la bata de Martina desde los hombros y la atrajo aún más, fascinado con el triángulo de rizos rojizos en el vértice de sus piernas. Lo acarició como si fuera su tesoro, al fin había constatado que a la luz del día era del mismo color que en sus fantasías desde que lo intuyó aquella noche en la penumbra de un hotel.

—Quieta —ordenó rodeándole la cintura con el brazo libre, cuando ella echó la cadera atrás.

Martina se rindió sumisa a sus caricias.

—Pensaba hacerme una depilación integral... —lo provocó.

—De eso nada. Con el resto de tu cuerpo haz lo que quieras, pero esto es mío.

—Estate quieto. —rio, intentando taparse con una mano, tanto toqueteo fetichista la ponía nerviosa.

—Deja que te haga una foto.

—¡No!

—Lo quiero como fondo de pantalla en mi móvil —insistió con una sonrisa maliciosa.

—Eso, para que te lo dejes por ahí y lo vea todo el mundo.

—No le diré a nadie que es tuyo —ronroneó intensificando las caricias.

Estaba desnudo y, con el juego, su erección había alcanzado su máximo tamaño.

—¡Es que no hará falta! —rio, el color pelirrojo era suficiente carta de presentación.

—Ven aquí —murmuró agarrándole el talle con las manos.

Le besó los pechos con la boca abierta, engulléndolos como si no existiera más delicioso desayuno. Los mordisqueó y lamió a placer, y luego los contempló brillantes y enrojecidos por el roce de su mentón rasposo.

—Tendré que afeitarme antes de hacerte estas cosas —decidió, pasando la mano por sus senos llenos de rozaduras.

—Me gusta así —dijo Martina, suspirando de gusto.

Massimo sonrió, empuñó su miembro con la mano y la agarró con la otra por las nalgas para que lo montara. A Martina se le escapó un gemido de placer cuando se empaló hasta lo más profundo.

—¡Mmm...! Tenemos que investigar esta postura —sugirió, moviéndose sobre él.

—Despacio, tigresa —murmuró—. Si sigues meneándote así, acabarás conmigo en un minuto.

Le pasó la barbilla por el cuello y ella se encogió con un estremecimiento.

—¿No dices que te gusta que raspe?

Ella le cogió la cabeza con las dos manos y se inclinó hacia atrás, colocándole los pezones a la altura de la boca. Massimo rio suavemente.

—¿Cómo te gusta? —preguntó restregando la mandíbula por sus botones rosados—. ¿Así? —repitió; y atrapó uno ente los labios—. ¿Y así?

Cerró los ojos y le mordisqueó la garganta cuando Martina comenzó a mecerse sobre él con excitante alegría. Y entendió que, más que gustarle, sus rudas caricias mañaneras la volvían loca.

En Civitella, Enzo respiraba tranquilo al leer el WhatsApp de Rita. Ir a por un bebé era algo que ambos querían decidir sin prisas. Por ello sintió tanto alivio al leer en la pantalla del móvil que no iban a ser papás de un pequeño maquinista de tren. Contento como estaba, quiso darle una alegría al padre de su chica. Para decepción de Enzo, el señor Etore no se entusiasmó nada al ver los montoncillos de billetes en la mesa del despacho.

—¿De dónde ha salido este dinero? —indagó, alarmado.

—De sobres que fui encontrando en el fondo de los cajones.

—Ah, caramba —recordó dándose una palmada en la frente—. A veces no veo el momento de ir al banco a ingresarlo y al final se me olvida. ¿Tanto había?

—Lo más gordo me lo dio su mujer. Estaba guardado en una caja de zapatos en el fondo del armario de su cuñado.

—¿Gigio? —cuestionó con los ojos muy abiertos.

Enzo lo frenó con la mano alzada antes de que conjeturara lo peor. Que el difunto tío Gigio opinara que el único banco de fiar es un calcetín bajo el colchón, no significaba que albergara malas intenciones.

—El hombre llevaba las cuentas a su manera. —Abogó a favor del muerto—. Esto debió guardarlo como fondo de reserva por si venían épocas malas.

El señor Etore cogió un fajo de billetes de cincuenta euros.

—Bueno, pues eso que nos hemos encontrado. Ya sabes que tienes libertad para decidir, haz lo que creas conveniente.

—No, esta vez prefiero que decida usted.

El hombre lo miró indeciso.

—Ingrésalo en el banco.

—Eso precisamente es lo que no debemos hacer. Hacienda no sabe que existe este dinero.

—¿Dinero negro? —siseó como si la Guardia de Finanza hubiese llenado el despacho de micrófonos ocultos.

—Dinero B suena mejor. Beneficios no declarados —aclaró Enzo—. ¿Comprende por qué no puedo ingresarlo?«Rompí la hucha del cerdito y esto me encontré» no va a colar. Gástelo, hágame caso. Hay cerca de treinta y cinco mil euros.

—¿En qué?

Enzo no entendía la expresión cada vez más amilanada del señor Etore. Cualquier otro en su lugar daría volteretas si encontrara un dinero que no sabía que tenía por arte de birlibirloque.

—Yo qué sé, váyase con su mujer de crucero, o al Caribe y regálese la vista con las mulatas en bikini —sugirió; el señor Etore lo miraba poco convencido—. Aproveche para renovar la maquinaria.

—Es casi toda nueva.

—¿Un tractor?

—Los que tengo están bien y con esto no da ni para pagar la mitad de uno.

—Ese no es un problema, sus cuentas están más que saneadas y dispone de liquidez. Además de esto —señaló, poniendo la mano sobre los montones del escritorio—, las camionetas son bastante viejas. —Sugirió, descartada la idea de un nuevo tractor.

—Hacen su papel —rebatió—. Se ven viejas y polvorientas por fuera pero el motor lo tienen impecable, que es lo que cuenta. Para el uso que les damos, son perfectas.

Enzo estaba de acuerdo. Para recorrer distancias cortas no se precisaba más. La prudencia a la hora de gastar del señor Etore era parte del éxito de aquel negocio. Sonrió sin querer porque aquel hombre le recordaba mucho a su padre, conductor de autobús con tres hijos que alimentar. Siempre llevaba a reparar el coche, el horno o incluso un despertador en lugar de tirarlo y cambiarlo por uno nuevo. Todo cuanto se estropeaba, intentaba arreglarlo antes de darlo por perdido. «Haz lo mismo cuando te cases y tu matrimonio durará toda la vida; míranos a tu madre y a mí», le decía siempre. Un sabio consejo que no tenía intención de olvidar.

—Sí me gustaría comprar un coche para Beatrice —sugirió por fin el señor Etore.

—No está mal pensado. Así podría ir y venir al pueblo sin tener que conducir una de las furgonetas —opinó Enzo.

—Y de paso, dejaría de pedirme las llaves del mío. Claro que, me preocupa. Le gusta mucho pisar el acelerador.

—Elija un vehículo sólido.

—Un todoterreno estaría bien. Aunque no sé si le gustaría a ella.

—¿Ha pensado en un *pickup truck*? Le sacaría doble rendimiento.

—No se me había ocurrido. Por aquí no se ven muchos de esos, si los traen de Estados Unidos serán muy caros.

—Ahora fabrican pickups desde Ford hasta Volskwagen. Son una pasada —comentó, a la vez que tecleaba en el portátil.

Giró el ordenador y le mostró las imágenes de varios modelos; en la caja descubierta cabían dos balas de forraje e incluso una pareja de terneros. A Etore le agradó la idea. Su mujer dispondría coche propio, que además podía utilizarse en la hacienda si fuera menester. Y lo más importante era la sorpresa que iba a darle. Esperaba que su esposa lo recompensara con una vueltecita por los alrededores para estrenarlo, que bien podría acabar con un revolcón en la trasera, bajo la luna o al calor del sol. Suspiró recordando cuando eran novios, aparcaban una camioneta del suegro en el prado y distraían a las vaquitas con el ñic y ñic de los amortiguadores.

—¿Ahora tienes un rato? Podríamos acercarnos los dos a Arezzo, al concesionario. Para no elegir yo solo.

Enzo aceptó de inmediato.

—Claro que sí. En cuanto guardemos esto bajo llave —dijo, abriendo el primer cajón del escritorio.

La *pickup* iba a tardar un par de semanas en llegar a Arezzo. Quince días eran mucho tiempo, así que el señor Etore no quiso demorar hasta entonces, como guinda a la sorpresa, la puesta en práctica de sus nuevos conocimientos sobre artilugios eróticos.

El empujón que necesitaba se lo dio el cambio de gusto literario de su querida esposa. Como quien no quiere la cosa, un día descubrió que los libros que Beatrice solía leer en la cama para conciliar el sueño, habían cambiado de manera radical. Las portadas con damas desmayadas y bucólicas imágenes de la campiña escocesa fueron desapareciendo de repente para ser sustituidas por flores solitarias sobre fondo negro o sugerentes frutas partidas con títulos como Tiéntame, Apretújame o Cómeme toda. Etore no puedo resistirse a la tentación de abrirlos y, con sorpresa mayúscula, leyó al azar algunos pasajes que, a pesar de ser un hombre curtido, lo hicieron sonrojar como a un colegial.

Reflexionó entonces y achacó a ese cambio en sus gustos literarios, la transformación obrada en su esposa, que parecía haber redescubierto que su marido existía. Con frecuencia perdía el hilo de la conversación y se quedaba mirándolo con ojos hambrientos, propiciaba roces casuales cuando estaban en la cocina, o lo dejaba sin habla con una palmadita en el culo o con un sorpresivo apretujón en la zona genital.

Esa noche, en vista de que compartieron el cuarto de baño como tantísimas veces y, por primera vez en mucho tiempo, Etore no se sintió invisible, se cargó de valentía, le arrancó la toalla y la secó de cabeza a pies como un lacayo al servicio de su dama. Y aprovechó el momento en que Beatrice se secaba el pelo para destapar el frasquito del gel frío-calor. Se colocó de medio lado sobre ella y, sin mediar palabra, se dedicó a juguetear con el frasco entre sus piernas mientras la besaba en el cuello. El primer gritito de sorpresa de Beatrice fue sustituido por jadeos. A pesar de lo bien que lo estaba pasando y del explosivo efecto que el gel milagroso obraba en él sin haber entrado en contacto con su cuerpo, detuvo las caricias cuando los gemidos de su esposa amenazaban con romper la paz nocturna de la casa y su erección se erguía con un entusiasmo inusitado.

Como una mirada de cazador, la dejó huir del baño sin dejar de contemplar su soberbio culo camino de la cama. Fue hacia el equipo de música, mientras ella se tumbaba sobre las sábanas. Y aprovechó la penumbra para calzarse el anillito farmacéutico con el que pensaba dejarla asombrada y más que contenta.

—¿No vienes? —oyó a su espalda que lo invitaba con voz acariciadora.

—¿No te apetece un poquito de música para caldear el ambiente?

Si con las vacas y el semental funcionaba, una melodía sugerente podía incitar al acoplamiento a la raza humana. Por el contrario que con el ganado, de gustos musicales eclécticos, para su nueva etapa de intimidad matrimonial escogió la única canción que podía excitarlos a los dos. Nada de baladas ni letras melosas ni voces susurrantes. Pulsó en el reproductor hasta llegar a la pista seis del CD y la voz de Massimo Ranieri llenó la habitación.

—¡Ay, mi Massimo!

El señor Etore mandó al cuerno al cantante guaperas y se aplaudió a sí mismo por listo. «O surdato nnammurato» lograba estremecer a Beatrice porque esa fue la canción napolitana que bailaron ante todos los invitados el día de la boda. Y a él lo enardecía porque se había convertido en el himno oficioso de su amado equipo de fútbol. Se dio la vuelta y contempló a Beatrice, esperándolo con ganas en el centro del colchón. Encomendándose a San Maradona, pulsó el botón del anillo vibratorio. La letra de la primera estrofa, donde el soldado en la trinchera recordaba a su amada, disparó en el pecho de Etore el pistoletazo de las emociones desatadas.

Oje vita, oje vita míaaaaaaaa...

¡Dios, qué estribillo! Su Beatrice lo llamaba con el dedito y la deseó más que nunca.

—¡*Forza* Napoli! —gritó lanzándose en plancha sobre ella.

Ella lo recibió en sus brazos con una risilla de excitación.

—¿Qué es ese zumbido? Cariño, debe ser tu móvil. ¡Ay!, pero... ¡Uy! ¡Uuuy!

Etore le mordió el cuello con un gruñido y Beatrice le clavó las uñas en las nalgas de la emoción cuando descubrió que no era el teléfono lo que vibraba.

Como le ocurría todos los días, Martina sonrió al llegar al aula de juegos. Massimo era un increíble encantador de niños. Ella estaba realizando sus prácticas universitarias en Corazones Blancos, cuatro horas cada mañana. Pero todas las tardes iba a recogerlo a los locales de la Fundación y siempre encontraba la misma escena: Massimo rodeado de críos pequeños, a veces se le subían al hombro. En ese momento los tenía entretenidos lanzando aviones de papel que previamente habían doblado.

—Concurso de vuelo. —Aclaró al verla.

Con un par de palmadas animó a los chavalines a recoger todos los avioncitos esparcidos por el suelo. Sería la novedad de su presencia o sus dotes de mando, la cuestión es que obedecían sin rechistar. Mientras ellos se afanaban con cuidado de no destruir su creación, «aerodinámicamente perfecta», según les había recalcado Massimo para que no lo olvidaran, explicó a Martina que había convertido aquella ocurrencia en una especie de taller de manualidades, alabando de paso lo inteligente de su idea que ahorraba en materiales didácticos, ni pinturas y gastos extras.

—Para tenerlos contentos sólo hace falta un puñado de folios del montón de reciclar —concluyó satisfecho.

—Nicoletta estará encantada contigo.

Se trataba de la responsable de la Fundación y coordinadora de las prácticas de Martina. Era una mujer emprendedora que había rebasado la cincuentena. Un ama de casa de familia acaudalada que no comulgaba con la caridad a distancia ni con la beneficencia que evita mirar a los ojos a los beneficiados. De acuerdo con su marido, había fundado una organización humanitaria dedicada a dar desayuno, atender y cuidar a niños hijos inmigrantes que aún no tenían edad de ser escolarizados; también se hacían cargo de niños más mayores, como los que rodeaban a Massimo en ese momento, fuera del horario escolar. Una suerte de respiro gratuito para sus padres, la mayoría rumanos y búlgaros que ejercían de músicos callejeros. Muchos eran hijos de madres solas, empleadas del servicio doméstico o de locales hosteleros de tercera cuyos horarios abusivos eran incompatibles con el cuidado de sus hijos.

Martina reaccionó con mucha alegría cuando le asignaron aquel lugar para hacer sus prácticas, ya que adoraba trabajar con niños. Y aquellos pequeños revoltosos eran tan agradecidos que una sonrisa suya valía por mil premios.

Tanto le hablaba a Massimo de lo mucho que disfrutaba en la Fundación que a él se le despertó el gusanillo. Mientras durara su lesión, acordó con Ada que no se haría cargo de Iris. Y como durante el día veía tan poco a Martina, entre sus prácticas de mañana, el trabajo y las tutorías, se aburría solo en el apartamento. Una tarde se acercó a Corazones Blancos por curiosidad y desde ese día no faltaba ninguna, mientras ella estaba en la universidad.

Massimo se puso de pie, con ayuda de las muletas y se despidió de la monitora voluntaria a la que había echado una mano ese día.

—¿Cogemos un taxi o nos arriesgamos con el autobús? —preguntó Martina.

Massimo se las apañaba bien con las muletas, pero prefería que ella lo acompañara.

—No tenemos prisa, ¿o sí? —cuestionó dudoso, dado que en casa se pasaba horas pegada a los libros.

—Ninguna.

—Vamos —propuso, señalando la cafetería de la esquina—. Me muero por un café, estos niños pueden conmigo. Me agotan.

Por las tardes, solían hacer una cafetera para los voluntarios pero ese día los pequeñajos lo agobiaron de tal manera con el entusiasmo del concurso de aviones que no le dieron tiempo ni a tomar una taza.

A Martina la enternecía el trato que deparaba a unos niños a los que la mayor parte de la gente de aquella ciudad miraba con aprensión, con compasión o directamente ni los miraba, convirtiéndolos en habitantes invisibles de la monumental y turística capital de Italia. Massimo los trataba con cariño, con un interés cordial, nada distante; se preocupaba por escuchar lo que tenían que decir.

Se sentaron dentro, junto a los ventanales, ya que ese día hacía bastante viento y la temperatura había bajado. Martina se despojó del anorak y ayudó a Massimo con las muletas para que él se quitara la cazadora de cuero. Todo ello, lo amontonó en la silla del rincón. Mientras tanto, él ya había pedido dos *manchiattos* haciendo señas a una chica de la barra.

Martina notó que Massimo la observaba muy fijo mientras la camarera dejaba los cafés sobre la mesa.

—¿Me he pintado un ojo sí y un ojo no? —preguntó para saber a qué venía aquel escrutinio.

Massimo se mordió el labio inferior y premió con un golpecillo en la nariz su ironía arisca.

—No erices el lomo como una gata naranja.

Para mayor mortificación, Martina notó cómo le iban subiendo los colores.

—Remueve el café que se te va a enfriar —pidió entre abochornada y contenta; le gustaba la complicidad que compartía con Massimo.

—¿Vas a contarme el motivo de esa cara de preocupación que intentas disimular delante de mí desde que llegué?

Martina se mordió los labios. Era muy transparente, siempre había sido así. El estado de ánimo se le reflejaba en la cara. Y Massimo era muy intuitivo, con lo cual, empeñarse en guardárselo para ella era una batalla perdida. Además, reconoció que tenía ganas de desahogarse con él y contarle el atolladero en el que se veía sin salida posible.

—No sé cómo salir de esta, Massimo.

—Sea cual sea el problema que te agobia, me tienes para ayudarte. Creo que lo sabes.

Ella se lo agradeció acariciándole la mano por encima de la mesa.

—No quiero involucrarte, eso es todo.

—Ya estoy involucrado. Todo lo que te afecte, me afecta a mí también.

Martina bebió un sorbo de *manchiatto* dispuesta a sincerarse con él.

—Mis padres me dejaron una casa maravillosa en Roma, creyendo que hacían lo mejor por mí y, sin saberlo, me metieron en una trampa.

—Sí, ya me has hablado de ello.

—A mi tía no le sentó nada bien que rechazara su ayuda económica cuando dejé la residencia. Y mucho peor le sentó que me alquilara un apartamento sin recurrir a su dinero. Sabe que no la necesito y eso la enfurece.

Massimo asintió. Ya sabía que el abuelo de Martina pagaba los gastos de la Universidad. Y que, para no abusar además de por amor propio, Martina trabajaba en la pizzería para costearse la manutención por sí misma.

—Es una egoísta —opinó Massimo sin contemplaciones— cosa que sabes mejor que yo. ¿Qué te ha hecho esta vez?

—También le sentó como un tiro saber que Rocco tiene problemas con la justicia. Supongo que por las posibles consecuencias que pueda tener para ella, porque alguna vez han compartido negocios.

—Negocios sucios —matizó cada vez más caliente—. Empiezo a tener muchas ganas de ir a decirle cuatro cosas a la bruja de tu tía. Como me toque las pelotas vengándose contigo puede que siga el camino de su amigo Rocco.

—No es eso lo que me preocupa, ni él ni ella, para mí forman parte de un pasado que espero que no vuelva. Si han hecho algún negocio oscuro, cada cual que asuma las consecuencias de sus actos —afirmó rotunda—. Ella no es pasado —rectificó—. Sigue como una presencia odiosa en mi vida. Ese es el problema. Cuando me marché de casa, ya sabes que dejó de pagar mi matrícula y, bueno... tuve que repetir el semestre.

Massimo guardó silencio. No quería volver a insistir en la estupidez que cometió no pidiendo ayuda a nadie por orgullo, ni a él ni a su abuelo.

—Yo hacía tiempo que tenía el Fiat Punto averiado —prosiguió—. Por eso Rita y yo tuvimos que ir en tren a Civitella en Nochevieja.

—Cómo olvidarlo.

Ella detuvo su ironía con una mirada de súplica, no quería volver a revivir disgustos pasados. Massimo le apretó la mano para transmitirle su tranquilidad; ese era un tema muerto y enterrado.

—Yo podría trabajar a tiempo completo, pero no quiero descuidar mis estudios ahora que estoy a así de acabarlos —le mostró un espacio diminuto entre el índice y el pulgar—. El mecánico se cansaba de tener el Fiat ocupándole sitio en el taller y yo no gano lo suficiente para reparar una avería en el cambio de marchas que cuesta más de dos mil euros.

—Yo te los presto —dijo rápido—. Y esta vez no me digas que no.

Martina sacudió la cabeza y se recolocó los rizos detrás de las orejas.

—Ya no es necesario. Pedí consejo a Enzo, que también se ofreció a dejarme el dinero. Como me negué a adquirir deudas, seguí su consejo y me deshice de un vehículo que no puedo mantener.

—¿Por qué Enzo y Rita no me dijeron nada de esto? —indagó, tratando de no mostrarse furioso al constatar que era el último en enterarse de que se había visto obligada a vender su Fiat Punto.

—Porque no es un problema tuyo, Massimo. O era, mejor dicho. Tenía diez años ya, más adelante ya me compraré un coche. Cuando pueda y me haga falta de verdad. Aquí en Roma no lo necesito porque me muevo en un radio de cuatro calles.

A regañadientes, aceptó su decisión. Sentía saber que no andaba sobrada de dinero. No es que él fuera millonario, pero en pocos meses Martina había pasado de la comodidad a la estrechez y, a pesar de lo satisfecha que la veía con el cambio, no era algo que lo pusiera contento.

—Resumamos —indicó con un gesto de la mano—: Vives con lo justo, como algo temporal hasta que te examines y obtengas un empleo acorde con tu formación. Y, si las cosas se ponen negras, siempre cuentas con la ayuda de tu abuelo. Vendiste tu coche, un problema menos. ¿Qué es entonces lo que te preocupa?

—Hace poco recibí un requerimiento del Ayuntamiento. Mi tía sabe que, ahora que soy independiente, puedo recurrir en cualquier momento a un abogado para que anule la disposición testamentaria —reveló inquieta—. Ha dejado de pagar los impuestos. Es su obligación como usufructuaria, pero si la casa fuese embargada soy yo quien la pierde porque la propiedad es mía. ¿Entiendes ahora por qué me dejaron mis padres una trampa?

—Mientras obrara de buena fe, no tendrías que tener problemas y eso es lo que pensaban tus padres. No les culpes.

—No lo hago, pero puedo perderlo todo si no hago frente a los impuestos. Y no son los únicos que debo abonar, según he sabido después —detalló sin guardarse nada—. Enzo me aconsejó que pidiera un préstamo bancario. Puedo avalarlo con la casa, pero con un empleo tan precario haciendo pizzas por horas me niego a contraer deudas con los bancos.

—No te agobies, tienes el dinero que te dieron por el coche.

—No, no lo tengo. Con eso pagué el alquiler por adelantado de varios meses.

—Estás sin blanca —resumió, molesto.

—Con el sueldo del mes, que viene a ser lo mismo.

Massimo levantó la mano para pedir un segundo *machiatto*.

—¿Otro?

Martina asintió y él levantó dos dedos señalándole la mesa a la camarera. Su cerebro de piloto, acostumbrado a estar alerta y pendiente de muchas cosas a la vez tuvo tiempo de cavilar, en ese breve lapso, una posible solución.

—¿Me escucharás si te digo lo que se me acaba de ocurrir?

—Adelante, claro que sí.

—¿Hasta qué punto te importa el dinero?

—Con tener las necesidades cubiertas y un capricho de vez en cuando, me sobra.

—Estamos hablando de tu casa, una propiedad muy valiosa en la ciudad de Roma.

Martina reaccionó con expresión de fatiga.

—Venderla me sería imposible. Mi tía impugnaría cualquier decisión judicial y ya sabes cómo va de lenta la justicia, pasarían años antes de que un juez la obligara a salir de allí. Enzo ya me lo propuso, advirtiéndome que sería más lento y largo que echar a un inquilino moroso.

—No estaba pensando en una venta. Ya supongo que con tu tía dentro se convertiría en un intento eterno.

—Entiende mi situación. La casa es mía, pero no la puedo vender; vale mucho, pero me cuesta dinero. ¿Sabes que me negaron una beca porque poseo una propiedad de mucho valor? Soy una rica propietaria que trabaja haciendo pizzas por horas y vive en una ratonera.

Massimo lamentó que fuera tan cierto.

—Sé sincera, ¿hasta qué punto te importa tener una cuenta abultada en el banco?

—Te lo he dicho. Me conformo con no tener necesidades y con poder comprarme algún capricho o tomarme una cerveza sin que se me descalabre el presupuesto.

—Ya lo sé. Pero quería oírtelo decir en voz alta —confirmó antes de revelarle su idea—. A cualquier otra persona le parecería una estupidez grandísima. Mi sugerencia es que regales la casa. Te quitarás de encima todos los problemas.

—¿Una donación?

—Exacto. Tú conoces los locales de Corazones Blancos: no están mal, pero no hay ventanas y la única luz natural es la que entra por las puertas de cristal. Con una sede más grande, podrían ampliar sus servicios. Qué sé yo, comedor social, incluso albergue en casos de necesidad… Tú sabes más que yo de estos temas.

—¿Te imaginas a mi tía conviviendo con los niños rumanos?

—Tu tía se largaría con viento fresco. Si su imagen es tan vital para los negocios que dices que tiene, de los que prefiero no saber nada, no querrá que la prensa se haga eco de una mujer empeñada en arrebatar una casa que ha sido donada por su legítima propietaria a una fundación humanitaria.

—Puede que no. Quedar como la bruja mala no le conviene, mucho menos cuando hay niños por medio —opinó con lógica—. Pero me juré que conservaría hasta mi muerte la casa de mis padres.

Massimo le cogió las dos manos por encima de la mesa.

—Martina, has empezado casi de cero. Deja de una vez esa parte de tu pasado atrás también. Tus padres encontraron la muerte mientras intentaban que la vida de otras personas fuera un poco mejor. ¿Esa donación no sería la manera más bonita de honrar su memoria?

Martina bajó la vista; cuando volvió a mirar a Massimo tenía los ojos brillantes.

—Sí, creo que es una buena idea.

Massimo le sacudió las manos con aire travieso para que recobrara la alegría. La soltó y vertió su sobrecito de azúcar en el café.

—Luego llamaremos a Enzo. Él sabrá qué pasos legales tienes que dar; ya verás cómo se encargará de todo —aconsejó—. Y Nicoletta se va a morir de alegría cuando se lo digas; ya verás cómo se hará cargo encantada de la deuda con el Ayuntamiento y de los gastos que lleve el cambio de titularidad.

—Yo creo que sí.

—Seguro; aunque Enzo ya te aconsejará si es conveniente que lo pactes en los documentos de la donación. No estaría de más.

Martina sonrió llena de ilusión.

—¿Te imaginas el jardín de mi casa lleno de columpios?

Volvía a tener los ojos brillantes.

Amor ciego

Enzo salió de la ducha fría aún más caliente que cuando entró. El jueguecillo provocador de Rita lo ponía muy cachondo, tanto como para hacerle esconder las ideas sensatas en el rincón más helado de su cerebro.

—Siesta, siesta, siesta —repitió mientras se secaba la cabeza, con una idea clara en mente.

Iba a darle a su dulce conejita una sorpresa. A medias, porque ella le había dejado claras sus intenciones y ya debía imaginar que él acudiría al asalto a su dormitorio dispuesto a lanzarse como un tigre sobre su presa. Sonrió a la imagen que le devolvía el espejo, imaginando las diabluras que iban a suceder en cuanto la tuviese al alcance de la mano.

Ni se molestó en pasarse un peine. Con el pelo revuelto y completamente desnudo, abrió la puerta del baño y oteó a un lado y a otro del pasillo. Maldijo entre dientes, porque había dejado las gafas en el dormitorio. Pero no iba a perder el tiempo en regresar a por ellas, para el asunto al que iba a dedicarse, no le hacían ninguna falta. Corretear en pelotas a media tarde por la casa de los padres de su chica era la mayor temeridad que había cometido desde los doce años, cuando tuvo la ocurrencia de meter un petardo encendido en un buzón de correos. Pero el peligro lo excitaba, asumió acariciándose el miembro más duro que el pedernal.

Aguzó la mirada y contó hasta tres puertas borrosas que percibía a la derecha del cuarto de baño. Sin pensárselo dos veces, corrió por el pasillo, abrió la tercera y se metió dentro en un visto y no visto. El cuarto estaba casi a oscuras, porque las contraventanas permanecían entornadas. Sin hacer ruido ni para respirar, trató de enfocar la vista, ayudado del estrecho haz de luz que se filtraba entre los portones entrecerrados del balcón. En el centro de la habitación se adivinaba la cama, su sexo brincó de contento al distinguir lo amplia que era. De puntillas se aproximó para atacar por la espalda a Rita, aunque sin las gafas sólo veía un bulto oscuro tumbado del lado derecho, de cara al balcón. Su chica iba a llevarse una sorpresa de lo más excitante. De un salto se tumbó en el colchón.

—¿Me estabas esperando, conejita? —susurró pegándose completamente a su espalda.

En cuanto sus cuerpos entraron en contacto, a Enzo se le desencajó la mandíbula, muerto de espanto. Y deseó que lo tragara la tierra.

—No soy tu conejita, pedazo de golfo —murmuró una voz cavernosa y somnolienta—. Y aparta ese bulto de mi culo o eres hombre muerto.

Enzo bajó de la cama de un salto, al tiempo que el padre de su dulce rubia hacía lo propio por el lado contrario. Cuando este abrió de par en par las contraventanas, tuvo que entornar los ojos para adaptar las pupilas a la súbita claridad que dejó todo a la vista. Su desnudez incluida. El señor Etore se dio la vuelta con una mirada que, aunque a esa distancia no distinguía del todo, Enzo imaginó muy poco amistosa. Como movido por un resorte se cubrió la entrepierna con ambas manos.

El padre de Rita lo barrió con ojos de peligro, fue hasta el cajón de la mesilla más próxima, extrajo unos calzoncillos y se los lanzó al aire. Enzo, a pesar de ver borroso, no la pifió y los cazó al vuelo.

—Póntelos —ordenó el señor Etore—. No estoy dispuesto a hablar con un tipo que me enseña las vergüenzas. Porque vamos a hablar. Tú y yo.

Enzo observó el espantoso slip color carne de los que remarcan el paquete, que en otra situación no se habría puesto ni muerto, pero optó por no discutir o corría el riesgo de acabar justamente así: muerto a manos del padre de su amada. De paso, ocultaría el bochornoso arrugamiento de su pene que, por culpa del susto, había pasado de posición de firmes a flácido descanso en cuestión de segundos.

Y mientras se colocaba el más espantoso modelo de ropa interior masculina que podía imaginarse, pensó en decirle cuatro cosillas a Rita en cuanto se topara con ella. ¿No había dicho tercera puerta a la derecha? A lo mejor quiso decir mirando hacia la puerta del baño, ¿o de espaldas a ella? Qué más daba ya, concluyó con un apretón para acomodarse el paquete.

—Siéntate —volvió a ordenar el señor Etore, a la vez que le señalaba una silla junto a la cómoda.

Él obedeció y el hombre lo hizo en la cama, justo enfrente de él. Enzo observó sin disimular su torso peludo, la más que prominente barriguilla y los slips idénticos a los suyos que se perdían debajo de esta. Pero en color verde botella, según dejaba bien a la vista el abultamiento de ese color que se distinguía entre sus piernas abiertas. Alzó la vista del cuerpo semidesnudo que tenía enfrente hasta llegar a los ojos y decidió ir al grano.

—Antes de nada... —trató de explicarse Enzo, alzando la mano con aire apaciguador.

—Antes de nada me vas a escuchar tú con mucha atención, ¿entendido?

Enzo asintió con la cabeza y optó por cerrar el pico, no fuera a ser que el señor Etore se soliviantara todavía más.

—¿Qué venías buscando y quién es esa conejita?

El orgullo de macho envalentonó a Enzo, porque alzó una ceja y le sostuvo la mirada con cara de tener un póquer de ases.

—Me parece que es usted lo suficiente inteligente como para no necesitar explicación ni a lo primero ni a lo segundo.

Aquel arranque de osadía dejó patidifuso a su interlocutor, que se quedó mirándolo con la boca entreabierta. Acto seguido, el señor Etore se echó a reír entre dientes, sin disimular su admiración.

—¿Has pensado qué podría haber pasado si, en lugar de conmigo, en esta cama —indicó dando una palmada sobre el colchón—, hubieses encontrado a mi mujer durmiendo la siesta? Yo te lo diré: ella te habría castrado y a estas horas estaría cortando tu salchicha en rodajas.

A Enzo se le erizó el vello de la nuca y le ordenó a su cerebro que borrara de inmediato aquella espeluznante imagen de su mente.

—¿Puedo hacerle una pregunta de hombre a hombre? —pidió mirando al señor Etore a la cara. Este lo invitó a hacerlo con un leve cabeceo—. De estar en mi lugar, ¿no habría intentado lo mismo?

—Yo soy un caballero decente, respetuoso y...

—Déjese de rodeos.

—Mi suegro tenía una escopeta.

Permanecieron mirándose a los ojos y de pronto se echaron a reír como un par de zorros.

—Por suerte para mí, usted no es aficionado a la caza —comentó Enzo.

—Me bastan con estas dos manos para retorcerte el pescuezo —avisó, mostrándoselas.

Enzo ladeó la cabeza con suficiencia y se lo jugó todo a una carta.

—No le creo capaz de darle un disgusto semejante a su hija.

—No, en eso te doy la razón —refunfuñó, aceptando lo evidente—. Parece que te tiene cierto aprecio.

—Sí, eso parece —recalcó Enzo, sonriendo de medio lado.

El señor Etore se quedó observándolo pensativo. Antes de revelarle la idea que tenía en mente, se cruzó de brazos.

—He notado que Rita y tú os lleváis muy bien.

—Es una manera de decirlo…

—No me interrumpas —rogó—. Hoy justamente tenía intención de hablar contigo. Aunque no lo creas, he estado observándote durante las últimas semanas y tengo que reconocer que cada día me sorprende más tu manera de trabajar. Me gusta tu prudencia.

—Gracias.

—No es un cumplido —recalcó—. Posees fuerza, decisión, dotes de mando… Y una visión de futuro que ya me gustaría para mí. Yo tengo la experiencia que a ti te falta y tú el empuje para continuar con un negocio que quiero dejar en manos de mi hija. Pero ella sola no sabría llevar la parte económica, todos los papeleos legales y esa mandanga de los impuestos.

—Para eso me contrató, ¿no?

—Quiero proponerte que trabajes aquí a tiempo completo.

—¿En exclusiva?

—Sí. Piénsalo bien antes de tomar una decisión. Sé que es mucho lo que te pido, porque tu empleo actual es un puesto de élite en un gran banco. Y la mía es una explotación modesta y familiar —hizo hincapié la palabra para que a Enzo no le pasara desapercibido el mensaje implícito en su oferta—, requiere una dedicación en cuerpo y alma.

—No soy imprescindible.

—Yo sí creo que lo eres —opinó el señor Etore—. Vamos a ver, tú entiendes del mundo de la empresa y, ahora que conoces la nuestra, ¿qué se necesita para que la hacienda funcione?

—Una cabeza sensata.

—Esa es mi mujer. ¿Qué más?

—No subestime la suya, que es la que más valoro. Conste que es mi opinión profesional y aséptica, no crea que lo halago porque sí —aclaró; el hombre asintió complacido y muy agradecido—. Se necesita también una persona con dotes de mando y a la vez querido y respetado por los empleados. Obviamente, experto también en la crianza de ganado y las labores agrícolas.

—Muy bien, ese soy yo. ¿Qué más necesitamos?

—Una imagen moderna, con ideas innovadoras y mano izquierda para las relaciones públicas y para tratar con los clientes.

—Esa es Rita. ¿Y?

—Alguien que lleve al día la documentación, vigile las inversiones y controle las cuentas con un poco sentido común.

—Ese eres tú —aseveró mirándolo fijamente.

—Eso lo puede hacer cualquiera. Un gestor externo, sin ir más lejos.

—Yo no me fío de cualquiera. Confío en tu criterio.

—Me halaga saberlo.

—Pues que no te halague, que no es lo que pretendo. Te quiero aquí al pie del cañón, porque sé que mirarás por esta hacienda como si fuera tuya. Y eres abogado además, no dejarás que nadie te tome el pelo.

—No es mala oferta. Pero quiero aclararle, antes de decidirme, que la banca Sanpaolo no es mía y me dejo la piel. No necesito que esta finca me pertenezca para desempeñar mi trabajo del modo más competente.

—Es una cuestión de honestidad, ¿no es así? —asumió el señor Etore.

—Y de ser leal. Con ustedes, con Massimo y, muy en especial, con Rita.

El señor Etore se sintió orgulloso de él, sólo con escucharlo hablar con tanta seriedad y madurez.

—Me gustaría pensar que en el futuro esto estará en manos de alguien como tú, que velará con la razón y el corazón por estas tierras y por el negocio al que he dedicado toda mi vida. ¿Lo pensarás?

Enfrascados en la conversación, no se dieron ni cuenta de que la señora Beatrice los miraba desde el quicio de la puerta con los brazos en jarras.

—¿Puede explicarme alguien qué hacen dos hombres desnudos en mi dormitorio?

Ambos giraron la cabeza hacia la recién llegada, sin saber cuánto tiempo llevaba allí plantada.

—Hablar de negocios —explicó el señor Etore con mal talante, abochornado de que su mujer le estuviera lanzando aquella mirada reñidora en presencia de Enzo.

—¿En calzoncillos? —cuestionó ella con un tonillo viperino.

—Sí —gruñó su marido—. ¿Algún problema?

—Odio las despedidas, pero es inevitable. Ahora sí debo marcharme.

Le habría gustado demorar más su estancia en el pequeño apartamento, pero el traumatólogo del hospital militar aseguró que estaba recuperado del esguince y el deber lo reclamaba en la base aérea. Lo habían convocado para una nueva misión. Debía brindar vigilancia y seguridad a los pesqueros italianos que faenaban en los grandes bancos de emperador y pez espada del Índico, ante los reiterados ataques de piratas somalíes. Y antes de volar rumbo a África quería pasar un fin de semana en Civitella con Iris, para que sus padres disfrutaran también de su nieta.

—No es tan malo. —Sonrió, acariciándole la mejilla—. Al menos veré las Seychelles desde allá arriba.

Martina, que tampoco podía disimular cuanto sentía su marcha, lo miró con resignación. Aquellos días de convivencia habían sido una especie de oasis de felicidad compartida donde no hubo cabida para Ada ni para tía Vivi. Ni siquiera para Iris. Intimidad que les permitió descubrirse el uno al otro mediante pequeños detalles cotidianos, largas conversaciones o cuando se sumían durante horas en una espiral de lujuria y deseo.

—¿Cuándo volverás de la Toscana?

—El martes.

—Quiero pasar contigo la última noche antes de tu partida.

Massimo se miró los zapatos y sacudió la cabeza con gesto rotundo.

—No, Martina. Eso sería como una despedida y en la cama contigo no quiero miradas melancólicas ni silencios tristes.

—De acuerdo —aceptó—, cuando regreses.

—Volveré con muchas ganas de ti —sonrió besándola en los labios—. Vente con nosotros este fin de semana a Villa Tizzi.

—No, mejor no.

Massimo le cogió las mejillas con las manos.

—Mis padres te aprecian, ya lo sabes —rogó—. No los hagas pagar por un error que yo cometí.

—Me duele que pienses así de mí, Massimo, porque no hay nada de verdad en lo que dices. Yo también les tengo mucho cariño, pero no quiero volver a tu casa. De momento, no.

—No me gusta escuchar eso.

—Me da vergüenza presentarme allí después de cómo me marché en Nochevieja, sin siquiera despedirme.

—Eso está olvidado. Tendremos muchos defectos pero los Tizzi no somos rencorosos.

Martina prefirió zanjar el tema para que no insistiera. Sonriendo al ver el azul de sus ojos que conseguían hacerla soñar despierta, le acarició la firme musculatura del torso por encima de la camisa.

—¿Cuándo podré verte con el uniforme elegante, como en *Oficial y caballero*?

La expresión afable de Massimo se endureció. Le cogió las manos e hizo que las bajara para dar fin a las caricias.

—Esa parte de mi vida prefiero no compartirla contigo. No mientras pienses que soy un payaso disfrazado de héroe.

Martina le cogió las manos para que la escuchara con atención.

—Aquel día dije cosas de las que me arrepiento.

Massimo soltó aire, con una frustración inevitable. Odiaba que aquellos días compartidos acabaran con una conversación que habría preferido no abordar.

—Martina, yo admiro a qué te dedicas y la meta que persigues en la vida. Yo no quiero tu admiración, porque no quiero salvar ninguna patria. Me conformo con acostarme cada noche con la conciencia tranquila y la satisfacción de saber que he hecho algo por los demás. Para ti no significa nada y para mí lo es todo.

—Acabas de decir que no eres rencoroso. ¿Puedes hacer un esfuerzo por olvidar lo que dije?

—No te guardo rencor, Martina. Si lo hubiera dicho otra persona, me resbalaría. —Confesó—. Es difícil que lo olvide porque lo escuché de tu boca y tú me importas. No necesito que me admires pero al menos respeta lo que soy.

—Claro que te respeto —confesó besándole las manos—. Y te admiro, ¿cómo puedes dudarlo cuando estás apunto de marcharte y no sé si volverás?

Massimo ladeó la cabeza y sonrió. El temor en sus ojos era la prueba de cuánto significaba para ella.

—Vaya manera de darme ánimos —bromeó dándole un beso rápido y castigador.

—Me importas muchísimo —murmuró reclamando de nuevo sus labios; Massimo la besó despacio, saboreándola para recordar el calor de su boca cuando estuviera lejos.

—Está bien, como veo que tienes cierto fetichismo sexual con los uniformes —dedujo con tono bromista—, algún día te llevaré a la base y tendrás tu momentazo de película.

—Te tomo la palabra.

—No quiero irme, pero se me hace tarde —anunció mirando el reloj—. Piénsalo, bella, si yo puedo olvidar las palabras duras, tú también puedes hacerlo. Y me refiero a la noche de Fin de Año. No dejes de venir a la hacienda.

—Algún día, de verdad.

Massimo sonrió y le dio un dulce beso.

—Aunque veo que el uniforme alimenta tus fantasías —dijo haciéndole cosquillas para arrancarle una sonrisa de despedida—, si mañana o pasado necesitas a ese tipo corriente que va dentro, sin los galones, en la Toscana te estaré esperando.

Cuando lo hicieron salir del hangar, a menos de media hora del despegue, con el aviso de que había una chica empeñada en acceder a las instalaciones militares, de inmediato pensó que era ella. Massimo abrió los brazos para que corriera hacia él.

—Necesitaba venir a despedirte —dijo Martina, abrazándolo con fuerza.

—¿Despedirme, por qué? No me voy a la guerra.

—Pues a mí me asusta.

Massimo aguzó la mirada con expresión hambrienta.

—Si querías darme una despedida en condiciones, podrías haberlo pensado antes y haber venido conmigo a Civitella —dijo acercando los labios a su oreja para darle unos cuantos besos traviesos y lamerle el lóbulo—. Me habrías dado una alegría con un adiós en privado más cariñoso... —Intensificó las caricias con la lengua—. Y más ardiente.

—No empieces —murmuró, con la piel erizada desde el cuello hasta el escote.

—Ssshh, aguafiestas.

Martina lo obligó a levantar la cabeza para que parara.

—Lo he pensado en el último momento. No me decidí a llamarte ayer porque me daba un poco de vergüenza pero...

—Pero ¿qué?

—Quería darte esto.

Se separó de él para abrir el bolso. Rita era la culpable. Desde el día que le señaló la coincidencia, no podía pensar en otra cosa cada vez que veía la marca en un supermercado o en los kioscos.

Massimo arrugó la frente al verla sacar un paquete amarillo chillón de cacahuetes de colores.

—¿Has venido para darme una bolsa de M & M's?

—Lee. —Pidió ella señalando el logotipo—. Massimo y Martina. Prométeme que la llevarás contigo hasta que regreses. Parece una tontería pero sé que te dará suerte.

—Massimo y Martina... —repitió sonriente—. Eres increíble.

La atrajo para besarla con una pasión inusitada. Se oyeron algunos silbidos del personal de pista y el resto de militares. Massimo aún la abrazó más fuerte. Martina le enroscó los brazos alrededor del cuello, cediendo al impulso de impedir que marchara a Somalia.

—No les hagas caso, me tienen envidia. Yo también la tendría —susurró orgulloso, mientras le repasaba con el dedo el contorno de los labios enrojecidos

—¿Pensarás en mí cuando te los comas?

Massimo le cogió la cara entre las manos y le acarició los pómulos con los pulgares.

—Pensaré en nosotros —prometió en respuesta al ruego que vio en su mirada—. Me vuelve loco el chocolate, pero aunque me muriera de hambre, no me comería mi talismán de la buena suerte.

Martina le desabrochó el bolsillo del uniforme de vuelo a la altura del pecho y guardó la bolsita amarilla. Después, se dedicó a mirarlo con deleite. Estaba para comérselo despacito, así vestido de aviador.

—Qué bien te sienta el uniforme —dijo con una mirada hambrienta.

—No sigas.

—Deja que disfrute de mi momento *Top Gun*. —Exigió con una sonrisa traviesa.

—Ah, eso quiere decir que ya has olvidado al marine de *Oficial y caballero*.

—Si tú te niegas, tendré que pedírselo a cualquiera de esos soldados... —sugirió, mirando con malicia a los que se veían en las puertas del hangar.

Massimo efectuó un rápido giro estratégico.

—Buena idea —sonrió mirando como un halcón hacia el grupo del hangar; no sólo había hombres, sino también chicas soldados y oficiales—. Yo les pediré a ellas que cumplan algunas fantasías que...

—En el curso aquel de España, ¿había mujeres también? —recordó, con un ligero mosqueo.

Massimo sonrió con maldad.

—Sí.

—Nunca lo mencionaste cuando me llamabas por teléfono.

—Esa teniente de ahí y aquella capitana también...

—¡Eh!... —protestó ella girándole la cara para que la mirara a ella.

—¡Eh! A esos ni los mires —contraatacó antes de estrechar el abrazo para besarla reclamando su posesión delante de todos.

Cuando Massimo se separó de ella, Martina sentía en los labios los latidos del corazón.

—Prométeme que volverás —rogó en un susurro.

Él quiso alejar sus miedos con una sonrisa confiada. Ninguna misión estaba exenta de riesgos, pero la que tenía por delante no revestía un peligro serio. A pesar de ello, la mujer que tenía entre los brazos y lo miraba con ojos llenos de anhelo no sospechaba que era parte de su aliciente para regresar sano y salvo.

—Si tú me esperas, volveré —afirmó antes de despedirse de ella con un último beso que fue más que una promesa.

—A mí no me preguntes —refutó Rita—. Ábrela y lo sabrás.

Martina no hacía más que dar vueltas a la cajita de regalo sin atreverse a abrirla; en parte también para demorar el cosquilleo interior que le provocaba tener aquella sorpresa de Massimo en las manos.

—Y dices que no te contó de qué se trata —asumió, acariciando con el dedo el lazo dorado.

Hacía una semana que Massimo estaba destacado en la costa índica del cuerno de África. Martina sabía que él ya estaba al tanto de cuánto le gustaban las sorpresas. No tenía la menor idea de qué podía ser. La caja era de joyería, pero no podía tratarse de algo íntimo, puesto que se la había hecho llegar con Rita como mensajera.

—¡Ábrela de una vez y saldremos de dudas!

Antes de hacerlo, la hizo sonar agitándola cerca de la oreja. Por un segundo lo imaginó conduciendo hasta Florencia y escogiendo para ella un detalle especial. Pudo hacerlo cuando estuvo en Civitella el fin de semana anterior a su partida. Pero el ruido la hizo descartar la fantasía romántica, las joyas finas no sonaban como una hucha medio vacía.

Deshizo el lazo y la abrió por fin.

—¿Qué? —preguntó Rita.

Sin decir palabra, Martina le mostró el contenido.

—¿Y? —la instó Rita otra vez, casi en ascuas.

—Pues eso digo yo, ¿qué significan estas dos llaves viejas?

—¡Ay, Martina, no seas taruga! ¿Qué no ves que son las llaves de un coche? ¡La del motor de arranque y la otra para la puerta y el maletero!

Martina la miró perpleja, acostumbrada a las modernas tarjetas electrónicas de puesta en marcha y control de cierre, ya no recordaba cuando fue la última vez que vio una desusada llave de auto.

—¿Vas a asomarte al balcón o tengo que empujarte yo? —rebufó Rita, con los brazos en jarras.

Martina se levantó del sofá de un salto y fue corriendo a abrir el balcón. Un montón de curiosos rodeaban su sorpresa. Emocionada, se llevó las manos a la cara al ver el viejo Fiat Seiscientos. Ya no era color crema, ¡lo habían pintado de rosa! El mismo con el que Massimo aprendió a conducir, ese que llevaba reparando tanto tiempo durante sus ratos libres. La gente hacía fotos al cochecito, porque lucía un lazo enorme en el techo; parecía un juguete envuelto por las manos de un gigante.

Un segundo después, las dos bajaban las escaleras a saltos y atropelladas, vestidas de trapillo y con zapatillas de ir por casa.

—¡Ay, Rita! El corazón me va tan rápido que se me va a salir del cuerpo. Conque no lo sabías, ¡te voy a matar!

—Sin mentirijilla no había sorpresa. Quería dártelo él en persona antes de partir a la misión, pero no terminaron de pintarlo a tiempo —se escudó contenta de verla tan emocionada—. Te ha gustado, ¿a que sí? Ya puedes darle las gracias a Enzo que fue quien lo trajo hasta aquí desde Civitella. Y le ha costado dos horas hacer el lazote este, pero ha quedado divino. Mi chico tiene unas manos… —dijo con un suspiro.

—¿Tú estás segura de que el coche es mío?

—¡Créetelo, tuyo para siempre!

Como un par de locas, comenzaron a arrancar el papel continuo azulón del techo y de los laterales del coche que Enzo había colocado con tanto esfuerzo simulando una lazada. Aún con restos de papel enganchados con cinta adhesiva, Martina abrió la portezuela. Tuvo que doblarse para meter medio cuerpo y contemplar el habitáculo. Dentro olía a abrillantador y a *skay* añejo. En la parte trasera había un tapetito de ganchillo de colores, imaginó que era una vieja reliquia. Un regalo de la novia al novio de cuando Etore lo compró, a punto de casarse con Beatrice.

—Mensaje del capitán Tizzi —anunció Rita.

Martina salió tan deprisa al escucharla que se dio un golpe en la cabeza. Frotándose el cogote dolorido, vio que Rita le mostraba la pantalla del móvil, pero a esa distancia no fue capaz de leerla.

—Dice que allí son las tres y ya han comido. Me pregunta que si te ha hecho ilusión.

Sólo fue capaz de asentir con la cabeza. Giró en redondo y fue corriendo hasta el portal. Una vez allí, sacó su móvil y se sentó en la escalera para hablar con él. En Roma eran las once pero por lo que Rita había dicho, allá lejos Massimo debía estar disfrutando del tiempo de descanso tras el almuerzo.

—Hola, bella. ¿Te gusta?

—Mucho. Y no te extrañes si te cuelgo porque estoy a punto de llorar como un bebé gritón.

Martina oyó su risa suave al otro lado de la línea.

—Cuídalo por mí, ¿de acuerdo?

—Pero no puedo aceptarlo.

—Tú necesitas un coche y yo tengo dos, ¿dónde está el problema? Como comprenderás, el grande me lo quedo para mí.

Martina hizo una mueca al oírlo bromear, como si ella pretendiera que le regalara el BMW.

—No, Massimo... Escúchame —rogó para acallar sus protestas—. El Seiscientos es una joya de familia.

—Es una cafetera con ruedas.

—Pero es una tradición...

—Es mío y se lo regalo a quien me apetece, se acabó la discusión.

—No estamos discutiendo —alegó para que la escuchara—. La primera vez que nos vimos en Villa Tizzi, ¿te acuerdas?

—Como si fuera hoy.

—Aquella tarde me dijiste que ibas a hacer que volviera a funcionar para que algún día Iris aprendiera a conducir con él.

—Para eso faltan unos cuantos años —argumentó Massimo para que aceptara el regalo de una vez—. Y un pequeño detalle que se te ha pasado por alto. ¿Aún no has notado que ha salido del taller bastante femenino?

Martina sonrió, ¡como para no darse cuenta con el color rosa que había escogido!

—Dije un color alegre, para una chica, y ya ves el resultado.

—¡Ha quedado monísimo!

Martina lo oyó reír al otro lado de la línea.

—Al final el chapista va a tener razón. Me dijo que te encantaría.

El corazón le latió más rápido al descubrir cuánto significaba aquel tono escandaloso. Massimo había transformado el coche de los hombres Tizzi en un coche de chica, el de sus dos chicas.

—Confío en que lo cuides muy bien durante los próximos diecisiete o dieciocho años y que se lo prestarás a mi hija el día que decida sacarse el carnet de conducir.

Con un nudo en la garganta, Martina le aseguró que ese día sería ella quien se lo regalaría a Iris y que ya haría cuanto estuviera en su mano para que funcionara mejor que si fuera nuevo. Cuando se cortó la conexión por algún fallo en la cobertura, dejó el móvil a su lado en el escalón. Lo echaba tanto de menos que odió tenerlo a miles de millas en un momento tan especial. Acababa de regalarle el coche que siempre quiso que fuera de su hija. Pudo haberle comprado uno nuevo; cualquier modelo pequeño y económico, o uno de segunda mano en buen estado, pero no lo hizo. Massimo prefería que fuera suyo aquel cacharro enano con más años que ella, a pesar del valor sentimental que tenía para los hombres de la familia Tizzi. Massimo sabía bien que no era el dinero ni las cosas lujosas lo que la hacían feliz. Recordó la cajita de joyería donde encontró las llaves, que la hicieron sospechar otra clase de regalo, y se presionó los párpados con las manos para no llorar. El viejo Seiscientos de Massimo, tuneado como el coche de la muñeca Barbie, significaba para ella mucho más que todas las joyas del escaparate más lujoso del Ponte Vecchio de Florencia.

La sombra de una duda

—¿Seguro que no te arrepientes de haber dejado la Banca Sanpaolo? —preguntó Rita, apoyada en la ventanilla antes de que arrancara el coche y lo perdiera de vista por otros largos siete días.

Ya hacía dos semanas que había cumplido el plazo de preaviso dado por Enzo a la dirección del banco.

—No podría arrepentirme, tomé una decisión meditando bien los pros y los contras. Es más, creo que es lo más sensato que he hecho en mi vida. Todo esto —señaló con la mano la fachada de la casa— me ha traído la paz.

Rita temía que un hombre como él, acostumbrado al frenesí estresante de la gran ciudad, acabara aburriéndose sin otro horizonte que las vacas chianinas moviendo el rabo, las gallinas poniendo huevos y el gallo dando la murga todas las mañanas con su quiquiriquí. Él adivinó el motivo de su expresión preocupada y le cogió la barbilla exigiendo un beso más de despedida que Rita añadió a los muchos que ya le había dado antes de ponerse al volante.

—Me harta este noviazgo de fin de semana —protestó ella, separándose de la ventanilla con triste conformismo.

Aunque ya no formaba parte de la plantilla, Enzo se brindó a poner al día a su sustituto cuando este, compañero desde hacía mucho, le pidió el favor. Detalle que también agradó a sus antiguos superiores. Enzo era consciente y le convenía que recordaran con agradecimiento su marcha de la entidad ya que, como buen abogado, era partidario de tener amigos hasta en el infierno.

—Yo también odio tenerte tan lejos —aseguró él, cogiéndole la mano para que no se alejara demasiado—. Por suerte, estas separaciones se acabarán muy pronto —e hizo una pausa antes de seguir—: Llevo pensando en algo… Ya hablaremos de ello cuando me instale aquí definitivamente.

Rita sonrió con malicia. No podía verle los ojos, porque acababa de ponerse las gafas de sol, pero suponía que ese algo que le rondaba la cabeza tenía que ver con el sexo.

—La semana que viene voy a escaparme unos días a Roma —anunció parpadeando despacio—. Ahora mismo llamaré a Martina y le diré que vaya preparándome el sofá-cama.

Enzo esbozó una sonrisa sugerente a la vez que ponía en marcha el motor.

—Entonces, ¿nos veremos antes de lo previsto?

—Sí —confirmó Rita.

—Puede que te prepare algo especial —dijo con tono misterioso—. *Ciao, bimba bella.*

Enzo besó al aire y se tocó el corazón. Rita dio un suspiro cuando lo vio alejarse por el camino. Ya se veía muy pequeño entre las lomas y ella seguía diciéndole adiós con la mano. Bajó el brazo sintiéndose tonta de remate pero feliz. Así era el amor.

No había hecho más que entrar en la cocina y sentarse enfrente de Patricia para ayudarla a despuntar judías verdes, cuando se escuchó de nuevo el ruido de un motor. Se levantó para escudriñar por la ventana, pensando que Enzo regresaba porque había olvidado algo. Pero al ver quién conducía el coche que giraba delante de la casa, murmuró una palabrota con fastidio. E instintivamente miró hacia atrás, Iris parloteaba en su trona entretenida con la televisión. Su madre había ido al pueblo a merendar con su grupo de amigas lectoras; como el padre de familia estaba trabajando esa tarde en una de las fincas más alejadas de la casa, había dejado a Rita al cuidado de la pequeña.

Massimo tuvo que regresar a Roma de improviso para presentarse en la base aérea. En cuanto recibió la llamada del mando superior, partió esa misma mañana y dejó a la niña en la hacienda puesto que había acordado con Ada que acudiría allí a recogerla. Rita ya estaba, por lo tanto, avisada de la llegada de esta, pero esperaba no tener que verla y que fuera su madre quien soportara el incómodo momento de recibirla y decirle adiós. Pero, en vista de que en la casa no había nadie más, salvo Patricia, cogió a Iris de la trona y se encaminó hacia el recibidor. Allí cogió la bolsa del bebé de encima de una de las sillas. Cuando salió a la explanada, Ada ya la esperaba junto al coche y con el maletero abierto.

—¡Preciosa mía! —exclamó sonriendo a su hija.

Iris literalmente se lanzó a sus brazos, entusiasmada de volver a ver a su mama.

—Hola, Ada —saludó Rita, a la vez que iba hacia el maletero y dejaba la bolsa de la niña en su interior.

—Espera, no cierres.

Fue hacia ella con la niña en brazos y cogió un biberón de agua que sobresalía de uno de los bolsillos. Rita dio dos pasos atrás para que cerrara el capó, a la vez que se decía en silencio que las madres tenían una cabeza más eficaz que un disco duro de Apple. A ella ni se le había ocurrido que la niña necesitaría beber durante el viaje. Todavía examinaba a Ada con disimulo, preguntándose cómo era capaz de conducir con aquellos tacones, cuando esta la sorprendió con una pregunta que jamás habría esperado.

—¿Ese rubio que me he cruzado antes del desvío era Enzo Carpentiere?

—Sí, era él. Qué casualidad, ¿no me digas que os conocéis? —preguntó por preguntar, puesto que ya sabía por Enzo que se conocían de los tiempos en que ella estaba con Massimo y se quedó embarazada.

—¿Qué hacía aquí? —preguntó Ada por toda respuesta.

—Trabaja aquí.

—No me lo puedo creer. Así que ese picaflor sin escrúpulos ha cambiado la ciudad por el campo.

—Ese picaflor sin escrúpulos ahora es mi novio.

Ada se entretuvo en sentar a Iris en su sillita del asiento trasero. Cuando ya la hubo asegurado, giró hacia Rita sacudiéndose un inexistente polvo de las manos.

—Qué listo, además ha cazado a la hija del amo.

Rita no le dio el gusto de replicarle con malos modos. Si lo que pretendía era sacarla de sus casillas, se iba a quedar con las ganas. No imaginaba que su silencio avivaría el veneno de Ada.

—¿Tu novio iba a Roma?

—Para volver —masculló, obligándose a no perder la serenidad.

—Él allí y tú aquí —comentó con maldad, a la vez que abría la puerta del coche—. Y tú eres tan tonta que crees que en Roma permanecerá fiel a tu recuerdo.

—Desde luego.

Ada se sentó al volante, cerró la puerta de un golpe seco y se abrochó el cinturón de seguridad con cuidado de no arrugarse la blusa de seda.

—Sigues siendo la misma tonta inocente de siempre, bonita. No me extraña que todos los hombres te la peguen.

Rita odió en ese momento que aquella mujer estuviera al tanto de su vida sentimental, algo inevitable teniendo que soportarla en la familia como un incordio. Ada no era un apéndice de los Tizzi, era la mismísima apendicitis.

—Te equivocas con Enzo, Ada. Él no es así.

—Eres tú quien se equivoca. Mientras tú lo esperas, él está hoy con una y mañana con otra; pondría la mano en el fuego y no me quemaría.

—¿Has acabado de soltar veneno, Ada? —preguntó con cordial antipatía.

Esta la miró de refilón.

—Los seductores sin escrúpulos no cambian. Hazme caso, que yo lo conozco mucho mejor que tú y sé cómo se las gasta cuando se le ponen a tiro un par de tetas.

—Que tengáis buen viaje, Ada —dijo sin responder a su puya—. Yo vuelvo dentro; Patricia y yo tenemos mucho que hacer.

Esa vez no se despidió de Iris con un beso como siempre hacía. Giró talones y caminó deprisa hacia la casa.

Roma, bellísima Roma. Qué triste llega a ser la ciudad eterna cuando el corazón no está por ver lo hermosa que es.

Un par de días después del desencuentro con Ada, caminaba a pie y cuesta arriba. Una tortura que para Rita constituía la mejor manera de hacer ejercicio. Por eso decidió regresar a pie de su periplo por las tiendas de via Nazionale. Al menos allí encontraba ropa bonita sin dejar la tarjeta de crédito temblando como le ocurría cada vez que pisaba las elegantes boutiques de via Veneto, e incluso las menos caras pero igual de tentadoras que abarrotaban corso Vittorio Emanuele.

Pero el rato de compras resultó un fracaso. Del montón de prendas que se probó, ninguna le encajaba. O no le gustaba cómo le quedaba puesto, o no le gustaba el color, o el modelo no era el que buscaba... Un desastre total y absoluto. Una vez en República, Rita cruzó a la altura del Hotel Boscolo y miró hacia las nubes. El cielo gris barruntaba un chaparrón inminente. Tal cual se sentía ella por dentro.

Y ese estado tormentoso tenía la culpa de que no hubiese disfrutado de su tarde de tiendas. No tenía el ánimo para modelitos cuando en la cabeza le retumbaban como un runrún desazonador las palabras de Ada. Rita creía en Enzo. Él no era de esa clase de cerdos. Él no era como Salvatore, se repetía una y mil veces. Se negaba a creer que fuera capaz de traicionarla, y aún más: se prohibía a sí misma pensar que hubiese sido capaz de tropezar de nuevo con la piedra traicionera de elegir a un hombre capaz de engañarla.

Pero a pesar de tanta prohibición y de todos los pensamientos positivos que le enviaba la mitad sensata de su cerebro, la otra, la tendente al pesimismo, estaba ganándole la partida gracias a la insidia de Ada. Acababa de emprender el camino entre los árboles, dispuesta a sortear los puestos de *souvenirs* que abarrotaban la plazoleta, cuando se le escapó un suspiro cansino. Puede que las dudas la consumieran por dentro, pero algo sí tenía claro como el cristal: las mujeres como Ada no eran buena compañía, con su continua siembra de discordia y malos augurios. A las personas dañinas como ella, cuanto más lejos las mantuviera, mejor que mejor. Y a esa mujer en especial, lo más conveniente para su paz interior era tenerla a kilómetros de ella. Ojalá fuera posible. Pero era la madre de su única sobrina, un hecho que la mantenía cerca de ella y de su familia le gustase o no.

Justo ante la última parada de recuerdos, se quedó petrificada. Quizá había sido demasiado severa al juzgar a Ada porque esa vez había acertado en sus predicciones. A Rita se le encogió el estómago hasta el punto de la náusea, porque el coche que acababa de detenerse ante la misma puerta de la estación Termini era el de Enzo. Sí, aquel era su Lancia Ypsilon, no le cabía la menor duda. Rita se mordió los labios al observar que no iba solo. Su mente se repetía a gritos qué hacía precisamente ahí y quién era esa rubia que bajaba por la puerta del copiloto. Con las sienes palpitándole como un tam tam, se parapetó detrás del expositor de imanes para espiarlos sin ser vista. Y para mayor mortificación, constató que ese día estaba más guapo que de costumbre, el muy puerco. O eso le pareció a ella, en pleno desvarío celoso.

—¿Cuál gusta? —oyó que decía el vendedor.

Ella miró al hindú de soslayo, que le señalaba una infinidad de colgantes de cristal y, sin hacerle el menor caso, retornó la vista a los dos que acababan de apearse del Lancia. Enzo acababa de sacar una maleta fin de semana del maletero y, tras estirar del asa para alargarla, se lanzó a la rubia que lo aguardaba con los brazos abiertos. Rita bajó la vista al verlos abrazados y apretó los párpados. Su dignidad le impedía seguir contemplando aquella nueva muestra de su propio fracaso.

—Auténtico cristal de Murano —dijo el hindú de los colgantes fabricados en Taiwán.

—Ya —masculló mirándolo furiosa.

Otro espécimen del género masculino que quería engañarla.

—Bonito un corazón. Uno, tres euros, dos corazones, cinco euros.

—Pues no, no quiero —bramó con malos modos—. Los corazones se rompen, ¿sabes?

Inmediatamente se arrepintió de haberse mostrado tan antipática con el pobre nombre, que no tenía culpa de nada. Con las lágrimas asomándole en los ojos, cogió un corazoncito de cristal con volutas color violeta, sacó tres euros del monedero y se los puso en la mano. Y sin pararse a escuchar al vendedor que le daba las gracias, a la vez que le ofrecía una cajita de regalo para guardarlo, giró en redondo hacia via Solferino, para evitar que Enzo y aquella mujer la vieran y se alejó a toda prisa para llegar cuanto antes al apartamento de Martina.

A mitad de camino, se dio cuenta que aún llevaba en el puño el pequeño corazón y, pensando en el suyo propio que acababa de romperse en pedazos, lo tiró a una papelera.

Después de dar varias vueltas por los alrededores, Enzo encontró un sitio para aparcar al lado de los muros del cementerio Campo di Verano. Justo cuando cerraba el coche, lo que empezó como gotitas sueltas se convirtió en una lluvia tan fina como inmisericorde. Oscureció de repente. Enzo alzó la vista y maldijo aquel aguacero que parecía lanzar agujas desde el cielo, sutiles pero que golpeaban con violencia. Precisamente esa tarde que tenía que lucir un sol radiante. Tantas horas preparando aquella sorpresa para Rita y tenía que dársela pasada por agua.

Como no veía ni a un palmo de distancia con las gafas mojadas, se las quitó para secarlas. Iba a rodear el coche para subir a la acera cuando escuchó el derrape a su espalda.

—¡Aparta, mamón!

La moto pasó rozándole y culeó unos cuantos metros hasta que la vio detenerse. El tipo de la moto se apeó y, medio borroso, Enzo lo vio aproximarse. Cuanto más cerca lo tenía, más grande le parecía.

—¿Tú que te has creído, listo?

—Perdona, te juro que...

La mole se plantó delante de él y se quitó el casco. Enzo aguzó la mirada porque aún andaba secando los cristales de las gafas con una punta de la chaqueta. Entonces fue cuando empezó a asustarse, porque el tipo, además de ancho como una casa, tenía las pupilas muy dilatadas. Debía llevar en el cuerpo un cóctel de sustancias ilegales que no auguraban nada bueno.

—Casi me caigo por tu culpa —bramó inclinando la cara sobre la suya con gesto amenazante, tanto que lo obligó a echar la cabeza hacia atrás—. ¿De qué vas, de rey de la calle?

—Lo siento, tío, es que sin las gafas no veo nada —explicó, mostrándoselas.

El otro fue rápido y se las arrebató de la mano.

—Así que la culpa la tienen estas gafitas de pijo —dijo afilando la mirada—. Pues mira lo que hago con ellas.

Las tiró al suelo y las aplastó de un pisotón. Enzo se enfureció al escuchar el crujir bajo su bota y, en un arranque de indignación, lo agarró por el cuello de la camiseta.

—¡Pero qué haces, gilipollas! —gritó a un milímetro de su cara.

Ocurrió en un visto y no visto. Enzo no había acabado de decirlo y ya sintió la punta de la navaja en la garganta

—¿Cómo me has llamado, mierdecilla?

—Tranquilo, tranquilo, tranquilo... —rogó alzando las manos.

—Quítate los zapatos.

—¿Q...qué?

—Además de cegato, sordo —dijo con una risa que a Enzo le dio muy mala espina—. ¡Que te quites los zapatos!

Con la navaja punzándole el cuello, a la pata coja y con cuidado de no enfurecer más a aquel energúmeno, se quitó el derecho y se lo dio. El tipo se lo arrancó de la mano y lo lanzó por encima de la tapia del cementerio. Enzo se quitó el zapato izquierdo, que no tardó en seguir el mismo camino.

—El móvil y la cartera —exigió—. ¡Rápido!

Enzo sacó ambas cosas de los bolsillos y se los dio. Cuando el otro los tuvo en la mano, caminó de espaldas sin dejar de amenazarlo navaja en mano.

Se subió en la moto y, pese a que Enzo estuvo tentado de correr y lanzársele sobre la espalda, su cordura le aconsejó quedarse quieto y no enfrentarse a un tipo que llevaba un arma blanca.

—¡Que te jodan, cuatro ojos!

Fue lo último que Enzo escuchó antes de perderlo de vista.

Una vez solo, descalzo y sin dinero ni teléfono, bramó mil maldiciones y juramentos. Aún conservaba las llaves del coche, pero sin gafas y lloviendo era un peligro conducir. Por fortuna estaba cerca de casa de Martina y Rita estaba allí, en cuanto la recogiera, subirían a un taxi y la llevaría al lugar tan especial que había planeado con tanto afán.

Notó los calcetines empapados, pero estaba más cerca de casa de Martina que de la suya, así que caminó por via Tiburtina hasta que llegó al portal que, para variar, tenía la cerradura rota y estaba entreabierto. Subió las escaleras con un bochorno creciente, le avergonzaba verse en esa situación. Era la primera vez que lo atracaban y podía dar gracias, pero lo de quitarle los zapatos y romperle las gafas le había vapuleado el orgullo.

Por fin llegó al rellano del primero y tocó el timbre. Unos segundos después, fue Rita quien abrió la puerta. Enzo se alegró, porque prefería que fuera ella quien lo viera en ese estado humillante antes que Martina.

—Cielo, no te vas a creer lo que me acaba...

Rita le impidió la entrada poniéndole la mano abierta en el pecho.

—Fuera de aquí.

—¿Pero qué dices?

Un portazo en sus mismas narices, que resonó en todo el edificio, fue la única respuesta que obtuvo. Aquello sacó a Enzo de sus casillas. Aporreó la puerta con el puño hasta que oyó a Rita gritar desde el otro lado qué quería.

—¡Que me abras! ¿Qué otra cosa voy a querer?

—Y yo lo que quiero es que te vayas al infierno. Tú y la otra. ¡Los dos!

Enzo no podía creer que aquel numerito fuera un ataque de celos.

—¿Quién es esa otra? ¿Te has vuelto loca?

Rita guardó silencio al otro lado de la puerta.

—Mira, no estoy para gilipolleces —insistió cada vez más furioso—. Me lo han robado todo, me han roto las gafas y me han quitado los zapatos. No puedo conducir así, voy en calcetines y está lloviendo a mares. ¡Joder, Rita, abre de una vez!

La puerta se abrió por fin.

—Ay, nena, menos mal...

No tuvo tiempo de decir más, porque Rita le lanzó dos bolsas de supermercado y volvió a cerrar.

—Ahí tienes, para los pies —gritó antes de oírse un segundo portazo.

Enzo recordó la sorpresa tan especial que le había preparado para esa noche. Y sin entender el porqué de los celos de Rita, bajó las escaleras con cuatro palabras escritas en la mente: vaya mierda de día.

Rita estaba en el sofá, mordiéndose las uñas con la mirada fija en el televisor. Carlo Conti, el presentador de La Ghigliottina, ponía de los nervios a los concursantes cuando Martina salió del baño envuelta en una toalla.

—¿Dónde está Enzo? Me ha parecido escuchar su voz desde la ducha.

—No lo he dejado entrar. ¡No quiero volver a verlo en mi vida!

Martina continuó secándose el pelo con la toalla de mano, sin entender qué estaba ocurriendo, mientras la musiquilla del concurso seguía sonando en la tele.

—¿Os habéis peleado? ¿Justo hoy? Yo creía...

Rita la miró con gesto altivo y furioso.

—Lo he visto con otra, ¿sabes? Me la ha pegado como a una idiota. ¡Todos los hombres son unos cerdos! Yo confiaba en él, le entregué mi corazón y mi alma...

—Pero Rita...

—En la puerta de la estación, delante de todo el mundo, el muy sinvergüenza. Cuando lo he visto abrazar a esa rubia he vuelto a morir por dentro. ¡Todo se repite, pero esta vez ha sido peor porque yo...! Yo lo amo y no puedo evitarlo... —sollozó.

Martina dio un golpe con la toalla que llevaba en la mano en el brazo del sofá para que la escuchara y dejara de decir estupideces. O mucho se temía, o su amiga acababa de cometer una inenarrable metedura de pata.

—Yo no creo que Enzo sea capaz de algo así.

—Los he visto —afirmó señalándose un ojo y luego el otro.

—En lugar de montar esta película en tu cabeza, cuando lo has encontrado en la estación ¿por qué no te has acercado a él para que te la presentara?

—¿Tú estás de broma?

Martina perdió la paciencia, porque su actitud denotaba que su autoestima aún cojeaba.

—Pues no, no bromeo —la regañó—. Ayer me comentó con una ilusión que ni te imaginas que te había preparado algo para que esta noche fuera inolvidable para los dos.

—¿Algo?

—No me lo quiso decir, pero lo vi muy emocionado. Y además, óyeme bien, me contó que tenía que acompañar a la estación a la novia de su hermano, el que es médico, porque él tenía guardia y la chica iba a visitar a sus padres a Perugia.

Rita se puso de pie de golpe y se mordió la uña del pulgar con tanta ansia que se hizo sangre.

—Su cuñada. La rubia es su cuñada. La mujer de su hermano. Por eso le dio un abrazo de despedida —recapacitó frotándose el dedo con cara de dolor.

—Sí te hubieses acercado a saludarlos, que es lo correcto, lo sabrías. Seguro que era ella y ese fue el motivo de que Enzo estuviera en la estación.

—Y yo acabo de echarlo... Descalzo...

—¿Cómo que descalzo?

Rita bajó la vista, a punto de echarse a llorar.

—Creo que lo han atracado —confesó compungida.

—¡Rita!

—Le han roto las gafas... —lloriqueó.

Martina se acercó a ella, la agarró por los hombros y le dio una sacudida.

—Llorar no sirve de nada —la increpó—. Sin gafas no puede conducir y sin dinero no puede coger un taxi. Dios mío, tendrá que ir caminando hasta su casa con esta lluvia.

—Y en calcetines —añadió con un murmullo culpable—. ¿Qué puedo hacer?

Martina era mucho más resolutiva. Cogió el mando a distancia e hizo callar a Carlo Conti de un golpe de pulgar. Agarró a Rita de la mano y tiró de ella hacia su cuarto.

—Tengo que vestirme rápido. Yo te diré lo que vamos a hacer, salir corriendo a buscarlo —rebufó con aire apresurado—. Y quiero ver con mis propios ojos cómo le pides perdón.

Pan, amor y fantasía

Les costó muy poco encontrarlo. Rita y Martina calcularon todas las posibilidades y llegaron a la conclusión de que para ir andando desde allí hasta el Trastevere cualquiera escogería un recorrido cuesta abajo. El más corto pasaba por atravesar via Cavour, rodear el Coliseo hasta el Circo Massimo y desde allí, recto en busca del puente Palatino. Un par de vueltas les costó dar con él. Entre la cortina de lluvia, vieron su figura caminando por la acera izquierda de via Cavour. Martina aminoró la velocidad al llegar a su altura y bajó la ventanilla, e inmediatamente el agua empezó a mojar el interior del coche y a ella. A pesar de ello, sacó la cabeza para llamarlo.

Enzo giró la vista un segundo y continuó caminando como si no la oyera.

—Enzo, por favor, escúchame —pidió, ocupada en conducir con una mano sin estamparse.

Un coche pitó detrás de ella por ir a paso de tortuga en pleno aguacero. Cuando rebasó el Seiscientos, Martina hizo caso omiso a los insultos que le gritó su conductor.

—Enzo, que estoy parando el tráfico —rogó—. Vamos, sube al coche.

—No.

—Vas a pillar una pulmonía con los calcetines mojados.

—¡Mejor! —Gritó.

Martina empezaba a arrepentirse de haber adoptado el papel de arregladora sentimental, porque entre los lloros de Rita en el asiento trasero y la cabezonería de Enzo... Le dio pena, porque con todo el enfado que llevaba, Enzo dio un resbalón en los adoquines que lo hicieron bailotear como una marioneta antes de recuperar la verticalidad. Sin descuidar el volante, volvió a llamarlo.

—Enzo —casi suplicó—, Rita sabe que ha cometido un error. Se ha equivocado contigo y quiere pedirte perdón.

La súplica no obtuvo respuesta, porque él continuó caminando sin inmutarse.

—Venga, hombre, que la estás haciendo llorar.

—Menos meará.

Aquello acabó con el aguante de Martina. Rita no hacía más que gimotear y sonarse la nariz. Estaba visto que o actuaba ella o la disputa de coche a peatón tenía trazas de continuar hasta el mismo Trastevere. Detuvo el coche de un frenazo, tiró del freno de mano con el inconfundible chirrido y bajó del coche.

—Toma el paraguas —ofreció Rita, tendiéndoselo.

Martina la miró con mala cara. Menos mal, al fin una reacción útil y sensata. Abrió el paraguas y corrió a alcanzar a Enzo que caminaba unos pasos por delante de ella. Lo agarró del brazo y él se giró terriblemente enfadado. Martina lo invito a cobijarse, aunque el pobre estaba ya empapado de arriba abajo. Por no humillarlo más, evitó mirarle los pies.

—Se ha equivocado, Enzo —le explicó con tono conciliador—. Pero ¿quién no comete errores alguna vez? Te ha visto con una chica en la estación.

Enzo lanzó una mirada asesina hacia el coche; en realidad, hacia su única ocupante.

—¿Por qué está celosa de mi cuñada? ¡Nunca le he dado motivos, joder!

—No chilles —rogó—. Rita no la conoce.

Él bajó la cabeza, con las manos en los bolsillos. Martina aprovechó ese pequeño momento de duda para atacarle la fibra sensible.

—Rita te ama. Tiene miedo de perderte y ya sabes que lo de creerse la mejor nunca ha sido su fuerte.

—Ese no es mi problema.

—Sí es tu problema —rebatió recalcando mucho las palabras—. ¿Qué? ¿Preparo el sofá—cama con sábanas perfumadas para dos?

Funcionó. Martina tuvo ganas de cantar y bailar «Singing in the rain» cuando Enzo dio media vuelta y fue hacia el coche. Ella lo siguió procurando mantenerse junto a él debajo del paraguas. Y lo invitó a entrar por la puerta más cercana, para que no rodeara el Seiscientos. No le importó no llevarlo de copiloto, lo que necesitaba la parejita en ese momento de reconciliación era ir lo más juntos posible. Y el minúsculo habitáculo del utilitario garantizaba que viajarían, más que juntos, amontonados. Enzo abrió la portezuela, tiró de un manotazo el asiento hacia delante y se sentó casi aplastando a Rita.

Con un suspiro de alivio, Martina plegó el paraguas, lo puso en el asiento de su derecha y se sentó dispuesta a llegar a casa y cambiarse cuanto antes la ropa mojada. Puso el motor en marcha y se incorporó al tráfico. De paso, escudriñó por el espejo retrovisor al par de tórtolos mojados de detrás.

Enzo miró a Rita, sentada a su lado más tiesa que un maniquí. Él acomodó las rodillas como pudo en aquel mini vehículo que tenía más años que ellos tres.

—Estoy esperando una disculpa —requirió, sintiendo que el asiento vibraba como si tuviera el chasis justo debajo del culo.

—Perdón.

—Una disculpa más larga, estírate.

—Lo siento, he metido la pata y he sacado conclusiones equivocadas.

—¿Y?

—Perdón también por darte un portazo en la cara.

—¿Y?

—Perdóname por echarte descalzo con esta lluvia.

—¿Y?

Martina no pensaba entrometerse, pero un poco harta de que Enzo machacara a su amiga de aquella manera, dio una frenada brusca innecesaria para ver si la perdonaba de una vez. Los de atrás se precipitaron sobre los asientos delanteros; Enzo casi se come el cogote de Martina. Con la arrancada, volvieron a la posición anterior como dos muñecos con resorte mecánico.

—No he debido dudar de ti, Enzo.

—¿Te he dado motivos para dudar?

Ella negó con la cabeza.

—¿Me perdonas? —preguntó acto seguido con la mirada fija en el parabrisas delantero.

—Ya te había perdonado cuando he subido al coche. —Informó con maligna suficiencia.

A Rita le dio risa aquella especie de venganza infantil a la que acababa de someterla. Enzo observó que reía pero al mismo tiempo una lágrima caía de sus pestañas sin que ella hiciera nada por disimular.

—Si ríes, ¿por qué lloras?

Bien sabía él que eran lágrimas de vergüenza y arrepentimiento por haber dudado de su honestidad.

—No lo sé —musitó ella—. Estoy triste cuando tengo que estar contenta, lloro cuando no viene a cuento. Y no sé por qué.

Enzo le rodeó los hombros y la atrajo hacia sí en un abrazo protector.

—Porque te has enamorado, tonta —dijo apretándola contra su pecho—. Mírame a mí, ¿no ves todas las idioteces que acabo de hacer y decir?

Por fin la oyó reír. La cogió por la barbilla y Rita le susurró que lo amaba antes de darle un beso.

—Martina —decidió Enzo—, ¿te importa llevarnos al puente Milvio?

—¿Ahora? ¿Con el aguacero que cae? Pero si está lejísimos.

—Ahora, sí —concluyó a la vez que reclamaba un nuevo beso de Rita.

A petición de Enzo, Martina marchó de regreso a casa y los dejó solos, aunque ella se ofreció a esperarlos en el coche porque le sabía fatal abandonarlos bajo la lluvia. Con todo, entendió que necesitaban intimidad, así que les dio el paraguas. La última imagen que vio antes de volver a meterse en el coche fue la de los dos muy juntos, diciéndole adiós.

Una vez solos, Rita cogió a Enzo de la mano. La tenía fría y mojada. Él le apretó los dedos y la retuvo bajo el paraguas para que no se moviera de la acera.

—No sé a qué hemos venido, aunque lo imagino —comentó Rita mirando de reojo los miles de candados que adornaban el puente—. Cariño, llevas los calcetines chorreando y te vas a resfriar. Si quieres, lo dejamos para otro día.

—No, ahora.

—Pues vamos deprisa.

Hizo amago de caminar hacia el puente pero Enzo le sujetó la mano aún más fuerte para que se quedara allí.

—Antes que nada —anunció mirándola a los ojos—, quiero que me prometas que no habrá más dudas sobre mi amor por ti del mismo modo que yo no dudo del tuyo.

—Prometido.

—No vayas tan rápido, que lo que te estoy pidiendo es muy serio. —Exigió—. Tienes que prometerme que vas a creer que tú eres la única mujer que quiero y que, para mí, no existe en el mundo ninguna mejor.

—Enzo —murmuró emocionada.

—Eres buena, eres divertida, ocurrente, generosa, leal, por no hablar de lo buena que estás —concluyó dándole un apretón en el culo y un beso en el cuello que la hizo reír.

—Te lo prometo.

Enzo negó con la cabeza.

—No estoy seguro de que vayas a poder cumplir esa promesa. ¿Y sabes por qué? Porque no lo creerás mientras no aprendas a reconocer cuánto vales —razonó—. Así que, antes de dar un paso más, quiero que me prometas también que vas a quererte a ti misma. Tanto como yo te quiero, porque es lo que te mereces.

—Lo primero, prometido de corazón. Lo segundo, prometo intentarlo.

Él la sacudió por la cintura.

—No basta con que lo intentes. Quiero una promesa firme.

—Te prometo... que lo intentaré. Y sé que podré conseguirlo, si tú me ayudas.

—Bien. Ahora ya podemos seguir.

La cogió de la mano y la llevó hasta el centro del puente. Camino que recorrieron entre palabrotas de Enzo cada vez que resbalaba en los adoquines. Patinazos que hicieron peligrar el equilibrio de ambos, cogidos como iban bajo la copa del paraguas.

—Y bueno —dijo Rita con una sonrisa—, ¿vas a decirme por fin por qué me has traído hasta aquí?

—Tienes que buscar nuestro candado.

A Rita se le iluminó la mirada. No esperaba un gesto tan romántico. Alguna vez había dejado caer el asuntillo de las novelas de Federico Moccia, con la esperanza de que tuviera el detalle de colgar uno con sus iniciales, como hacían todas las parejas. Pero Enzo nunca mostró ningún interés.

—No sé cómo voy a encontrarlo —comentó señalando a su alrededor—, ¡hay miles!

—El nuestro es diferente.

Ilusionada con el juego que le proponía, Rita se subió el cuello de la chaqueta para cubrirse la cabeza y recorrió el puente hacia la orilla mirando en todas direcciones. Si era diferente, destacaría entre el resto. Y se le escapó una carcajada al llegar casi al extremo del pretil, porque de la última farola colgaba un candado de cartulina roja de medio metro por medio metro. Lo desenganchó de un tirón de la cinta carrocera que lo sostenía y corrió a cobijarse bajo el paraguas. Enzo le apartó los mechones mojados de la frente.

—Léelo, por favor.

—No se entiende nada, se han corrido las letras —dijo, mostrándoselo.

Entre churretones azules, apenas se distinguía una gran R desdibujada y una E del mismo tamaño, entre las cuales se adivinaban los restos de lo que parecía una Y.

—Da igual. Creo que me acuerdo de todo lo que escribí —dijo haciendo memoria para no olvidar ni una sola palabra—. Rita, tú y yo no necesitamos candados para saber que nos amamos. A mí me basta con ese candado invisible que me une a ti. Y esta noche, con las estrellas por testigos... Se suponía que no iba a llover.

—Sigue —pidió cogida a las solapas de su chaqueta.

—... con las estrellas por testigos, quiero que seas tú quien lo cierre para que nos mantenga unidos siempre. Rita Tizzi, ¿quieres tomar mi apellido y ser mi esposa?

—Sí, Enzo —musitó dándole un beso tras otro en los labios—. Mi respuesta es sí, es lo que más deseo en el mundo.

—Dime cuánto me quieres.

Rita se lo dijo muchas veces, en susurros al oído, en la mejilla, en la boca, a la vez que esparcía besos por su rostro mojado. Permanecieron abrazados bajo el paraguas hasta que Enzo dio un estornudo que lo sacudió de pies a cabeza. Rita notó que estaba temblando.

—¡Ay, si ya lo sabía yo! —exclamó preocupada—. Ya te he dicho que ibas a pillar un resfriado. Tienes que cambiarte de ropa enseguida, ¡y calzarte! Vamos a tu casa cuanto antes.

—Tienes razón —convino Enzo con un carraspeo—. Esto... ¿Llevas dinero para un taxi? Es que el muy cabrón me robó también la cartera.

Como era de esperar, Enzo llegó a su casa con unas décimas de fiebre que fueron subiendo y subiendo, hasta tal punto que las sábanas perfumadas en el sofá cama de Martina se quedaron sin estrenar. Una hora después del momento estelar en Ponte Milvio, el héroe romántico de la noche se encontraba postrado en la cama tapado hasta el cuello. Rita sufría viéndolo bañado en sudor con las tiritonas de la muerte. Su madre llamó corriendo al médico de urgencias, que le prescribió antitérmicos y un antiinflamatorio para la garganta.

Una semana tardó en recuperarse y, durante ese tiempo, Rita no se separó de la cabecera de su cama salvo por las noches, cuando marchaba a ducharse y a dormir al apartamento de Martina. Pero en cuanto despertaba, agarraba un autobús y regresaba a su lado para hacerle compañía. Siete días en los que se ganó el corazón de la familia Carpentiere, en especial de su futura suegra, que observaba emocionada con qué abnegación cuidaba de su hijo y el amor que ambos se tenían. Rita se convirtió en una más de la casa. El padre de Enzo trabajaba como conductor de un autobús de la red pública de Roma; le cayó fenomenal por lo campechano y simpático. Conoció también a sus dos hermanos. Roberto, el mayor de los tres, era médico de familia e iba a casarse con una colega que conoció haciendo las prácticas en el hospital de San Giovanni. Martina casi muere de vergüenza cuando conoció también a Angélica, la rubia del ataque de celos, que por cierto era una chica encantadora. En cuanto al benjamín de los hermanos, estudiante de último curso de bachillerato, sólo pensaba en las chicas y en tirarse horas ante el espejo del cuarto de baño.

Concetta, la madre de Enzo, tras años en la ventanilla de una entidad bancaria, fue despedida por culpa de una reducción de personal. Pero no se resignó a quedarse en casa y decidió reinventarse realizando varios cursillos profesionales. Alquiló un diminuto local muy cerca de casa y desde hacía un año dirigía su propio negocio: un salón de uñas postizas. No le faltaba clientela y, como ventaja añadida, era dueña de su horario. Rita y ella pasaron tantas horas juntas que Concetta aprovechó para decorarle las uñas, horrorizada cuando vio el estado de sus manos, y de paso conocer a fondo a la novia de su Vincenzo. Rita disfrutaba de la manicura más cuidada que había lucido en su vida ya que aquellas uñas divinas eran imposibles de roer.

En cuanto Enzo notó mejoría, decidió no postergar más la marcha a Civitella, puesto que en la hacienda le esperaba el trabajo acumulado de una semana. Tras personarse en la comisaría del Trastevere a formular la denuncia por el atraco, la pareja partió hacia la Toscana. Una vez en Villa Tizzi, Enzo decidió echarle un poco de cuento al resfriado, ya que nunca venían mal unos mimos añadidos. Beatrice, al verlo algo pachucho, pasó de atenderlo como un príncipe a cuidarlo como un rey. Y por las noches, su conejita se entregaba al juego amoroso más retozona que nunca.

Enzo era feliz. En las praderas toscanas del valle del Chiana había hallado su paraíso en la tierra. Para él no existía dicha mayor que despertar al lado de su chica. Esa mañana, abrió los párpados con los primeros rayos del sol bailando en el techo de la habitación. Se levantó con exultante despreocupación, se puso las gafas y abrió el balcón de par en par para recibir el nuevo día. Rita farfulló uno gruñidito somnoliento de protesta y él le sonrió por encima del hombro.

—Vamos, dormilona —la animó para que lo acompañara—. Mira qué día más bonito ha amanecido.

Ella se cubrió la cabeza con la almohada. La brisa era fresca y agradable, el sol brillaba en el cielo y el paisaje era el más hermoso despliegue de verde, amarillo, siena y azul.

—La Naturaleza en estado puro, qué maravilla —murmuró en el balcón.

En un acto reflejo típicamente masculino, se rascó los huevos y, de paso, palpó la pujanza de su erección matinal.

—Cierra el balcón, chico de ciudad —protestó Rita.

—Cariño, si no soy campesino, ¿dime de dónde he sacado este pepino? —bromeó, empuñando su miembro erecto con una risa jocosa.

—¡Eres un guarro!

Enzo seguía riendo como un sátiro maligno.

—*What's a pepino?*

—*Oh my God!*

Rita levantó la cabeza de golpe, al escuchar voces femeninas.

—*He's lovely.*

—*He's very sexy*

—*Hi, hi, hi…*

Enzo se cubrió con las manos los atributos de macho y miró hacia abajo.

—Señoras, no miren. ¡Un poco de recato, por favor!

Ni se acordaba de la visita a Villa Tizzi que esperaban aquella mañana de un grupo de señoras de Estados Unidos, todas ellas distribuidoras de fiambreras Tupperware que, por alcanzar sus objetivos de ventas, habían sido premiadas por la empresa con un viaje a la Toscana.

—*The Toscana is a Love Paradise* —comentó Beatrice al grupo.

Enzo comprobó con espanto que, con todas ellas, iba también su futuro suegro ejerciendo de guía y anfitrión. Y en ese momento lo señalaba con el dedo y una mirada asesina.

—Tú, tápate, ¡qué manía de ir enseñando siempre el pirulí! —lo increpó con el brazo extendido—. ¿Se puede saber que haces desnudo en el dormitorio de mi hija?

Enzo carraspeó.

—No pretenderá que responda a esa pregunta delante de todas estas damas.

Las americanas, que la tarde anterior se habían tragado hora y media de cola en Florencia ante la Galería de la Academia; y de la visita no recordaban más que las hermosas nalgas del David de Miguel Ángel, se veían animadillas y con ganas de jaleo.

—Etore, calla y deja que disfruten ahora que son jóvenes —intervino su mujer; y acto seguido se dirigió al grupo de féminas, indicándoles el balcón—. *And he's an authentic latin lover.*

Hubo un coro de risas y exclamaciones muy picantes en inglés.

—Eso, tú ponte de su parte —protestó su marido.

Beatrice lo encaró con un lento parpadeo.

—¿Te molesta que me aprovechara mejor que a ti el inglés que nos enseñaron en el instituto? Si hubieras aparecido más por la clase en vez de perder el tiempo haciendo el tonto con la moto...

Rita había salido al balcón con una bata cortísima y una sábana que su novio se enrolló a la cintura a toda prisa. Las señoras exclamaron un «¡oh!» de desilusión cuando lo vieron taparse.

—Papá, no seas anticuado —rogó Rita—. ¿No ves lo contentas que están? Seguro que volverán el año que viene, ya verás lo famosa que se hará Villa Tizzi en cuanto regresen a América y cuenten todo esto —aseguró.

—¡Vosotros dos habéis convertido esta casa en Sodoma y Gomorra!

Rita sacudió la mano al aire y, con su mejor sonrisa, se dirigió a las vendedoras que lucían unas gorritas con el logotipo de Tupperware.

—*Oh, mi sexy boyfriend.* —Anunció, señalando a Enzo.

—*I love my beautiful girlfriend.* —Añadió él, cogiéndola por los hombros.

—*Oh! It's so romantic.*

—*Oh! It's soooo charming.*

—¡Ay, qué buena pareja hacen! ¿Has visto que bien se expresan? —comentó la señora Beatrice con su marido, admirada de la británica pronunciación de su niña.

—Al menos le sacó provecho el año que pasó en Inglaterra a gastos pagados. —Farfulló.

—*We're getting married!* —anunció Rita.

Enzo agarró a su chica y la besó con ardor, tensando la musculatura de la espalda de tal modo que se le resbaló un poco la sábana y enseñó medio culo.

Las señoras gritaron alborozadas y empezaron a hacerles fotos.

—Lo que faltaba. —Masculló el señor Etore.

—*The Toscana is a very romantic place* —añadió Beatrice para enardecerlas.

—*I love latin lovers.*

—*I want an italian sexy man, oh yeah!*

—*Oh my god! ...I want a pepinoman!*

—Ha, ha, ha, ha...

El señor Etore, viendo el entusiasmo de las americanas, empezó a convencerse de que el espectáculo pornográfico del balcón acabaría por atraer más grupos turísticos. Las damas de las fiambreras tenían cara de ser de las que enseñaban las fotos de los viajes a amigas, parientes y al vecindario entero. Y lo erótico era siempre un buen reclamo.

—*Ladies, let's go to see the farm. Follow me, please* —intervino, alzando las cejas a su mujer para demostrarle que algo de inglés estudiantil también se le quedó en la sesera—. *Cows, bulls... and sexy cowboys.*

—*Like in Oklahoma?* —preguntó una señora, ilusionada.

—*All right! Let's go, beautiful misses* —aprobó, sonriéndole mucho; luego lanzó una mirada fiera hacia el balcón—. Y vosotros dos, más os vale ir eligiendo fecha para la boda.

—¿Ponemos fecha? —preguntó Rita, emocionada.

—Sí —susurró Enzo, igual de amoroso—. Cuanto antes, ahora mismo miramos el calendario. Mi hermano Roberto se casa dentro de seis meses. Qué prefieres, ¿antes o después?

—¡Antes! Mañana mismo si fuera posible. Enzo, estoy loca de ilusión, pero ¿seguro que tu hermano no se enfadará si nos adelantamos?

—Seguro que no.

—¿Y tus padres? No quiero que se agobien, dos bodas tan cerca...

Como intuyó que la preocupaba el tema económico, Enzo se apresuró a tranquilizarla; contaba con sus ahorros, igual que Roberto, para echar una mano a sus padres que bastante habían hecho por ellos.

—No te preocupes por los gastos que lo tengo todo controlado. ¿Eres feliz? —preguntó, dándole suaves besitos en los labios.

—Sí —murmuró—. ¿Y tú?

—Mucho.

Enzo miró hacia abajo al escuchar un ruidito zumbón.

—¿Qué es eso? ¡Una avispa, joder!

—Déjala, que no hacen nada —dijo mimosa, reclamando más besos.

—Que no se va —protestó Enzo apartándola con la mano.

Tanto se meneaba para esquivar a la avispa, que la sábana se le terminó de resbalar y acabó enrollada a sus pies.

—No des manotazos, que es peor.

Él no le hizo ni caso.

—¡Qué me deje en paz! —bramó; la avispa seguía revoloteando a la altura de su cadera—. Fuera… Fuera bicho —clamó a manotazo limpio—. Ajjj… ¡Puta avispaaa!

—¿Tú ves? Tanto asustarla, al final te ha picado —renegó—. Ay, pobre, a ver…

Y lo vio Rita. Y su padre. La señora Beatrice no lo hizo por pudor. Porque el accidente tomó tintes dramáticos en cuestión de minutos. Tanto, que Beatrice tuvo que llamar corriendo al centro médico del pueblo cuando su marido le confirmó la preocupante reacción alérgica que empezaba a sufrir el muchacho.

Enzo yacía en la cama de Rita, despatarrado y aullando de dolor. Porque la avispa le picó en los genitales y en ese momento su escroto tenía el tamaño de dos pelotas de tenis.

—No es para tanto. Tómatelo como un rito de iniciación. —Trataba de tranquilizarlo el señor Etore restándole importancia—. Ya te ha picado una avispa, ya eres un auténtico hombre de campo.

—¿Y tenía que picarme en las pelotas?

—Si no las fueras enseñando…

Rita y su madre llegaron con el médico más sieso y antipático de todo el Valle de Chiana. El facultativo las conminó a las dos a no pasar de la puerta, por no incomodar más al paciente que bastante tenía. Antes de entrar, la señora Beatrice quiso aprovechar que tenía al médico en casa.

—Doctor, cuando acabe de atender a Vincenzo, me gustaría que me mirara el dolor del cuello, yo creo que tengo cervicales.

—Como todo el mundo —replicó con sequedad—. Si no tuviera vértebras cervicales, llevaría la cabeza debajo del brazo como una sandía.

Beatrice le echó una mala mirada, pero se calló lo que pensaba. Sólo habló cuando el ogro entró en la habitación.

—Yo no sé si es buena idea dejar a Enzo en manos de ese matasanos de mala muerte. A ver si nos lo va a desgraciar.

—Mamá, caray, no digas eso.

Dentro del dormitorio, el aire que se respiraba no era precisamente festivo. El médico levantó la sábana, y estudió los testículos de Enzo, que se dejaba hacer exhibiendo ante el doctor y el suegro su bochornosa desnudez.

—Hummm... Un poco más y le ganas al semental de la finca —opinó, con una agudeza humorística que Enzo no encontró nada graciosa—. Podríamos esperar a que baje la inflamación con un poco de hielo, pero prefiero ir directo a la solución más rápida.

—¿Amputación? —sugirió el señor Etore con una sonrisilla vengativa.

Enzo saltó de la cama más lejos que un saltamontes y se puso a vestirse a toda prisa.

—Doctor, ya puede marcharse por donde ha venido, que a mí no me toca nadie.

El médico rio por debajo del bigote a la vez que cargaba una jeringuilla desechable con una dosis de antihistamínico.

—Venga, a ver ese brazo —exigió—. Tanto escándalo por un pinchazo de nada.

Oficial y caballero

A Martina le gustaban las sorpresas, sobre todo si quien las idea-
ba era alguien especial. Y no es que fuera una cita a ciegas. Pero
algo enfadada como estaba porque no respondía a sus llamadas
desde que había vuelto de Somalia; su mal humor se esfumó y el
corazón le dio brincos cuando recibió la invitación de Massimo.
Una nota manuscrita con tanta formalidad que, de no ser porque
la había garabateado en la cuartilla arrancada de una libreta, la
habría hecho sospechar que el coche que, según indicaba, pasaría a recogerla a las diez en punto, podía ser la auténtica carroza
de Cenicienta. Con todo, mientras se arreglaba frente al espejo,
Martina fantaseaba con la posibilidad de que se soltara enviándo-
le una limusina.

No fue así. Era un taxi el vehículo mágico que la esperaba
cuando bajó a la calle acicalada con su mejor vestido de noche de
estilo princesa, unos tacones de vértigo y el pelo recogido en un
moño elegante. Pero a Martina no le importó, se sentó con cuidado de no arrugar el vuelo vaporoso del vestido y, mientras el taxista
la llevaba a la dirección que de antemano le habían indicado, ella
abrió el bolsito y se perfumó de arriba abajo para evitar llevarse
pegado el agobiante aroma a pino del ambientador del taxi.

—Perdone, pero voy a un baile. ¿Está seguro de que es aquí
donde debía traerme? —preguntó, dudosa.

—Al número 37 de via Luiggi Luzatini, eso fue lo que me dijeron y aquí es.

Martina se apeó, tras darle las gracias. El taxi se alejó y todavía
andaba ella arreglándose el vuelo de la falda cuando escuchó que
se abría la cancela de la que, hasta hacía poco, era su casa. Alzó la
vista y se quedó sin aliento, sin voz,... Sin poder hacer otra cosa
que mirar a Massimo vestido con su uniforme de gala de capitán.

—¿No querías tu momento *Oficial y caballero*?

—Estás increíble —murmuró admirada; era tanta su ilusión
que sentía por todo el cuerpo algo parecido a chispas de elec-
tricidad.

—Tú sí que estás increíble. Esta noche eres mi princesa.

Sonrió de medio lado y le ofreció el brazo para invitarla a entrar.

—Estás guapísimo —volvió a suspirar, admirándolo a conciencia, desde la gorra de plato hasta los relucientes zapatos de cordón.

—Sólo una vez y por darte el capricho, que estos circos no me van —advirtió Massimo con un tono que no admitía discusión.

—Después de esta noche, no esperes que me conforme con una nada más.

—Si sirve para que el azul —se dio un par de palmaditas en el pecho— borre de tu cabeza el blanco US Army de tus fantasías, lo pensaré.

Martina paró para contemplar la fachada del palacete.

—¿Por qué me has traído aquí?

Massimo la abrazó por detrás y la besó en la mejilla. Martina se agarró a sus brazos; mientras contemplaba la fachada, acariciaba sus galones dorados de capitán en la bocamanga.

—Por varios motivos. El primero de ellos, porque bailo muy mal y tú eres una bailarina increíble. No me apetece hacer el ridículo delante de nadie.

Martina se dio la vuelta y apoyó las manos en la guerrera del uniforme.

—Entonces, los únicos invitados somos tú y yo —comentó acariciando con el dedo la fila de sus condecoraciones sobre el bolsillo y también las alas de oro que lo distinguían como piloto.

—Este es un baile para dos. ¿No quieres conocer las otras razones por las que he querido que fuera aquí y no en otro lugar?

Martina ojeó sobre su hombro; a través de las vidrieras de la puerta de entrada, se distinguía que las luces del vestíbulo estaban encendidas.

—Me tienes muerta de curiosidad —dijo mirándolo de nuevo a los ojos—. Y explícame de paso cómo has conseguido entrar.

Massimo rio suavemente.

—Nicoletta me prestó las llaves. En el fondo es una romántica —confesó con un guiño travieso—. Mañana esta casa dejará de ser tuya.

—Hace semanas que ya no lo es.

—Pero mañana será un hecho oficial. Démosle una despedida de las que no se olvidan. Yo miro este palacete —dijo alzando la vista hacia los tejados y la invitó a ella a hacerlo también— y veo el fruto de las ilusiones de una pareja joven, llenos de proyectos compartidos y de ganas de comerse el mundo. Pero sé que tú no la ves así.

Martina bajó la vista y él le levantó la barbilla con un dedo.

—Sé que no guardas buenos recuerdos de esta casa, Martina, y quiero que cuando pienses en ella lo hagas con cariño. Hagamos que esta noche sea también un homenaje a la ilusión que pusieron tus padres en ella.

—Gracias —dijo con un murmullo que apenas se oyó—. Por esta sorpresa tan bonita y por preocuparte por mí.

Massimo la besó dulcemente. Era tan simple de cumplir y a la vez tan difícil de creer que Martina necesitara sentir que había alguien en el mundo que se preocupaba por ella. La cogió de la mano y la llevó hacia la casa. La puerta estaba entreabierta; sólo tuvo que empujarla para sorprenderla de nuevo. Dentro los esperaban cuatro músicos con bandurria, violín y dos guitarras.

Martina pensó que debía haberlos sacado de algún restaurante del Trastevere y contratado para que hicieran unas horas extras.

—Pensaba que bailaríamos con música de tu iPad —confesó, mientras él le quitaba el abrigo.

Como Viviana antes de marchar se llevó consigo los muebles más valiosos, no le quedó otro remedio que colgarlo del pomo de la puerta de la sala grande de la derecha. Martina observó que se quitaba la gorra de plato y la colgaba encima del abrigo. Massimo había tenido la precaución de caldear la casa, gracias a que aún tenían calefacción o habría pillado una pulmonía con la espalda al aire.

—Música de iPad... —cuestionó—. Para un baile tan simple no me habría vestido de gala.

El tacto de su mano enguantada en la espalda le erizó la piel. Ella lo miró con ojos expectantes a la par que seductores.

—Creía que te lo habías puesto para mí.

Massimo entornó los ojos.

—No me líes —dijo, dándole un beso en la nariz.

Los músicos empezaron a tocar y Massimo la cogió para iniciar el baile; se alegró al notar que se acercaba a él más de lo que había previsto. Él también necesitaba ese tipo de intimidad.

—No lo haces tan mal —susurró.

—Mentirosa.

Massimo sonrió al oírla reír muy cerca de su oído.

—Me suena. Es una canción antigua, ¿verdad? Es preciosa.

Martina cerró los ojos y dejó que Massimo guiara sus pasos. Aquella melodía sonaba a azul y blanco luminoso, a sal en la boca y a noches de verano descalza en una playa griega.

—Sólo nos falta estar en Grecia —murmuró soñadora.

—¿Has ido allí alguna vez?

—No.

—Yo tampoco. Algún día te llevaré y bailaremos pensando en esta noche. Quiero que esta canción te recuerde que en esta casa también hubo momentos buenos.

Martina deseó fervientemente que ese sueño se hiciera realidad, el tiempo que tardara en llegar era lo de menos. Con la acústica que creaba la casa vacía, la música sonaba sublime.

—¿Sabes el título? —preguntó; no quería olvidarlo.

—Si te acuerdas de mi sueño. ¿He elegido bien?

Martina le dio un beso en el cuello y apoyó la frente en su mandíbula, recordando las palabras de Massimo en el jardín. Despedirse para siempre de su casa, del primer hogar de sus padres, era un bellísimo homenaje a todos sus sueños; a los que cumplieron y a los que se llevaron consigo. No podía haber escogido una canción mejor.

Los músicos se marcharon tras la quinta pieza. Ya solos, Massimo la llevó de la mano escaleras arriba. Martina lo siguió hasta uno de los dormitorios de invitados que siempre permanecía cerrado, ella no alcanzaba a recordar la última vez que se usó. Junto a la puerta destacaba el hueco vacío de la cómoda, pero el resto de los muebles permanecían allí. Vivi no debió considerarlos de valor. Sobre un velador, entre las dos ventanas, había una botella de moscato de Asti y dos copas altas.

No olía a cerrado, sino a azahar. Martina miró a Massimo con una sonrisa complacida, porque había esparcido sobre la colcha de brocado granate finísimos pétalos rosa de las petunias que trepaban por la fachada sur y hojitas blancas de las pocas flores que lucían los naranjos amargos del jardín.

Massimo se colocó detrás de ella y le bajó la cremallera lateral del vestido y desabrochó el botón joya de la nuca. El vestido se deslizó hasta el suelo y ella salió de la nube vaporosa que formó alrededor de sus pies. Massimo le abarcó el pecho desde atrás con ambas manos y, mientras la besaba en el cuello le endureció los pezones rozándolos con los pulgares. Martina sintió un calor recorriéndola entera cuando se apretó contra sus nalgas a conciencia para hacerle notar su estado de excitación. Ella sólo llevaba una tanga liviana y las medias con ligas incorporadas de encaje, y él permanecía completamente vestido. Se dio la vuelta y lo besó en los labios. Comenzó a desnudarlo y Massimo la ayudó. Las prendas fueron quedando esparcidas por el suelo. Martina le metió la mano en los calzoncillos y él gimió dejándose hacer. Cuando las caricias rozaron el límite de su contención, la cogió en brazos y la tumbó en la cama. Él mismo le quitó la tanga, demorando la mano entre las piernas. Estaba tan húmeda que el índice y el dedo medio entraron solos dentro de ella. Massimo la contempló morderse los labios y agarrarse a la colcha con los ojos cerrados. Sentado de lado, sonrió al verla levantar las caderas, con un gemido de protesta cuando deslizó los dedos fuera para terminar de desnudarse.

—Ven —suplicó Martina al ver que se alejaba.

Massimo negó con la cabeza y decidió no quitarle las medias, vérselas puestas y desnuda lo excitaba con locura. Fue hasta los ventanales, destapó el vino burbujeante y sirvió dos copas. Con ellas en la mano regresó a la cama, le ofreció una y se sentó de medio lado para poder contemplarla sobre los pétalos de flores.

Martina se incorporó sobre las almohadas.

—Por aquella noche loca que me llevó hasta ti —dijo ella, chocando su copa.

—Por aquella noche. Y por esta.

Martina dio un sorbo y lo retuvo en la boca, saboreando el dulce moscato que le hacía cosquillas en el paladar. Massimo también bebió. Con la mano libre tiró de su pierna y la hizo resbalar por la colcha hasta que quedó tumbada. Martina le entregó la copa que él dejó sobre la mesilla. Él la miró a los ojos y muy despacio inclinó la copa y dejó caer el vino espumoso como un fino hilo sobre sus pechos. Sonrió al verla dar un respingo porque estaba frío, pero se sometió obediente a su capricho. Martina contempló el reguero transparente discurrir sobre su piel. Massimo dejó la copa junto a la otra y se inclinó sobre ella. Le besó los pezones con la boca abierta, lamiendo cada rastro de moscato. La oyó suspirar cuando deslizó la lengua entre los senos hasta el ombligo para saborear hasta la última gota. Una vez agotado el festín, la agarró con rudeza por el pelo y la besó en la boca. Sabía a vino dulce mezclado con el dulce sabor a ella.

—Si fuera posible, me daría un banquete caníbal contigo y te devoraría entera —murmuró, mordiéndole el labio inferior.

Martina lo cogió por la cintura y tiró de él para que se colocara sobre ella, quería sentirse aplastada, cubierta entera por él.

Pero Massimo se irguió de rodillas, con una a cada lado de sus muslos y la miró desde arriba. Mojó el dedo índice en la gota de vino que descubrió en su ombligo y se lo metió en la boca para que lo chupara.

—Qué lástima que lleve alcohol, porque quema.

Ella se lamió los labios con codicia al adivinar cuál era la fantasía implícita en sus palabras.

—Una gota no puede ser peligrosa —sugirió señalando con la mirada el par de copas de la mesilla.

Massimo cogió una de ellas y se la puso en la boca con una orden silenciosa. Martina miró su glande húmedo, una gota transparente resbaló por la longitud de su erección. Se humedeció los labios con el moscato que Massimo le ofrecía y, agarrándolo por las caderas, lo atrajo para besarlo, para lamerlo despacio sin apenas introducirlo en la boca. Massimo echó la cabeza atrás y bramó con los dientes apretados al sentir la dulce picadura del vino que empapaba los labios de Martina. Tuvo que retirarse de golpe, pidiendo tregua. Si la dejaba hacer, no iba a durar ni medio minuto más.

—Mira lo que me haces —susurró cogiéndole la mano para que acariciara la piel erizada en la línea de vello de su vientre.

De rodillas, dio dos pasos atrás y le abrió las piernas para quedar entre ellas. Metió el dedo en la copa y le acarició el sexo con un sube y baja lento, sin dejar de mirarla a los ojos. Martina comenzó a jadear muy rápido, se dejó caer en la almohada y le tendió los brazos, suplicante.

—Te quiero ya, dentro... Quiero sentir cómo entras con fuerza.

Aunque nadie podía oírlos, se agachó, apartó los rizos con la nariz y la besó en el cuello. A ellos dos las palabras procaces susurradas al oído les sonaban a morbo privado, más cómplices. Infinitamente más excitantes.

—Te voy a follar hasta caer muerto —jadeó sólo para ella—. Pero antes quiero saciarme de ti.

Apuró de un trago la copa de vino y se mojó los labios como había hecho Martina. Agachó la cabeza entre sus piernas y oyó su grito cuando el rastro de vino le cosquilleó hasta el punto del escozor. Massimo insistió, voraz. Sus ganas de devorarla crecieron hasta límites insospechados al sentir que Martina temblaba cuando empezó a enloquecerla con la lengua. Con un movimiento ágil, resbaló hasta situarse sobre ella y la penetró de golpe haciéndola brincar con un quejido de placer. Apoyado en los brazos extendidos a cada lado de sus hombros, Massimo ensombreció con la amplitud de su espalda la luz de los ventanales y embistió con las caderas con fuerza y a conciencia. Desde su posición de dominio, se dejó llevar hundido en ella, contemplando el éxtasis en su rostro mientras le clavaba las uñas como una fiera dulce y posesiva, más hermosa imposible.

—Martina, esa mujer me parece que viene directa hacia nosotras —comentó Rita—. Uy, creo que te busca a ti. —Rectificó al ver a la desconocida arrancarse las gafas de sol Carolina Herrera de un tirón.

—¡Mierda! —murmuró Martina.

La furia hecha fémina caminaba hacia ellas con un brío nervioso que trituraba el adoquinado de la entrada a la Facultad.

—Es tu tía, ¿verdad?

—¿Cómo lo has sabido?

—El pelo.

Sí, ese era un rasgo común a las mujeres de la rama materna, aunque tía Vivi disimulara el pelirrojo escandaloso con un tono más oscuro y los rizos detrás del alisado químico.

—No puedo creer que hayas ido a la prensa —le espetó por todo saludo.

—Hola, tía Vivi. Te presento a mi amiga Rita —la desafió con una sonrisa—. Rita, esta es mi tía Viviana, la hermana de mi madre.

—Un placer —dijo Rita.

La recién llegada, demasiado indignada para perder el tiempo en relaciones sociales, se limitó a farfullar un saludo de trámite.

—No te bastaba con echarme de mi casa como a un perro viejo —continuó con los reproches.

—Mi casa —puntualizó Martina—. Y te recuerdo también que existe el teléfono. Podrías haberte ahorrado el viaje hasta la universidad a montarme uno de tus números.

—He venido para que me expliques a la cara por qué has ido a los periódicos. ¿Es necesario que toda Roma sepa que mi propia sobrina me ha puesto de patitas en la calle?

—No he sido yo. La difusión de la noticia debe haber sido cosa de la Fundación. Y deberías alegrarte, por mamá sobre todo —le recordó, ya que el futuro albergue de los Corazones Blancos, según anunciaba *La Repubblica* en primera plana, llevaría el nombre de sus padres.

Martina estaba segura de que su tía podía haber pleiteado por la casa, demandando ante la ley la decisión de su sobrina y convertido su pretensión en un litigio eterno. Algo que no haría nunca porque la convertiría ante la opinión pública en la egoísta maléfica de la función y para ella, mantener una imagen seria e impoluta era fundamental para sus negocios.

—¿Quién ha sido?

—No sé a qué te refieres.

—¿Ha sido tu amigo el militar quien te ha convencido para que te conviertas en la nueva Teresa de Calcuta?

—Será mejor que no sigas —avisó, al ver que Rita apretaba los puños.

—Cuidado con lo que dice, que está hablando de mi hermano —amenazó sin miramiento.

La única respuesta de Viviana fue una despectiva barrida de ojos que no duró ni una décima de segundo y volvió a encararse con su sobrina.

—Ya veo —conjeturó mirándola de arriba abajo—. Tú cometes la estupidez de regalar tu casa y ¿qué gana tu amigo con ello?

—Te ruego que no sigas…

—¿Qué te ha dado a cambio? Digo yo que algo le habrás sacado.

—Se acabó —concluyó Martina, a punto de estallar—. No voy a seguir escuchando insultos.

Su tía sonrió con desprecio.

—¿Nada? ¿Absolutamente nada? —sugirió de un modo que sonaba sucio—. Qué lástima me das. No sirves ni para puta.

Martina no supo cómo, pero una fuerza interior la hizo temblar y toda la adrenalina acumulada explotó. Le estampó una bofetada en plena cara y la cabeza de tía Vivi giró noventa grados por el impacto.

—Fuera de mi vida —masculló frotándose la mano, que le hormigueaba—. No quiero volver a verte nunca.

Su tía se llevó la mano a la mejilla, con la boca entreabierta, incapaz de articular palabra.

Rita miró a derecha e izquierda; le dio la impresión que La Sapienza entera las miraba en ese momento. Cogió a Martina por los hombros y se la llevó a paso rápido para sacarla del campus.

—Vamos, no la mires —ordenó al ver que Martina echaba la vista atrás.

El cuanto estuvieron en la acera de viale delle Scienze, levantó el brazo y paró un taxi. Rita era sensata y, antes que enzarzarse en una pelea de mujeres fuera de sí, prefería una huída en toda regla.

—¿Dónde vamos? —preguntó el taxista, mirándolas a través del espejo retrovisor.

—No sé, dé una vuelta mientras pensamos.

—Se ha quedado quieta como una estatua —murmuró Martina.

—Porque no se lo esperaba. ¿Qué más da ya? Tu tía forma parte de tu pasado —le recordó cogiéndole la mano.

Martina se la apretó con fuerza, agradecida.

—Me he pasado de la raya. Yo no soy partidaria de la violencia, te lo juro.

—¡Has estado grandiosa, Martina!

—No se lo cuentes a nadie, por favor —pidió—. Pero no sabes lo a gusto que me he quedado.

Rita se echó a reír al ver que empezaba a sonrojarse. Con una piel tan clara como la suya, era imposible disimular las emociones.

—Decidido —dijo Rita, apoyándose en el asiento delantero para hablar con el taxista—. Llévenos a Piazza Navona. —Luego se acomodó de nuevo junto a Martina y la miró contenta—. Has roto con una parte de tu vida que te hacía infeliz y vamos a celebrarlo con un helado de tres sabores como mínimo. Y otra cosa también... —dijo, mordiéndose la lengua; con todo el lío, no le había dicho a Martina la noticia que la tenía loca de contenta.

—¿Qué cosa?

—Ahora no. En la heladería te lo cuento.

Martina la vio meterse los dedos en la boca, nerviosa perdida, a pesar de llevar las uñas a prueba de mordiscos que con tanto esmero le ponía la madre de Enzo.

—Dímelo ya, no me tengas en ascuas.

—Que no.

—Que sí.

—¡Que me caso! —gritó incapaz de callárselo un minuto más.

Cogidas de la mano, se pusieron a chillar como un par de perturbadas. Tanto que sobresaltaron al taxista, que dio un giro brusco. Hubo frenazos detrás de ellos, con el consiguiente coro de claxon, rebasamiento con amenazas por la ventanilla e insultos varios a la parentela viva y difunta.

—¡*Vaffanculo bafanculo*! —vociferó el taxista, con la cabeza fuera de la ventanilla mientras ellas seguían de jolgorio en el asiento trasero, y retornó a su posición—. Enhorabuena a la novia —dijo con calma, como si nada hubiera pasado.

—Gracias —respondió Rita mientras Martina la abrazaba y le daba un sonoro beso en la mejilla.

—¡Ay, que creo que voy a morirme de emoción! Y eso que no me caso yo —suspiró, Martina—. ¿Cuándo?

—¡El mes que viene! En Civitella y lo celebraremos en casa, mamá ya ha pensado en cómo decorar el jardín y en el catering para no tener que encargarnos de todo y...

—Qué contenta estoy, Rita. Por ti y por Enzo, estoy segura de que seréis muy felices.

—Tienes que venir. —Martina se puso seria—. Te quiero allí a mi lado ese día, ¿me oyes?

—Te oigo. —Aceptó para hacerla callar—. Ahora sí que me muero de ganas por «brindar» con ese helado.

Locuras de verano

—Hacen muy buena pareja —comentó Beatrice.

—Sí, forman muy buen equipo. Y se aman, ¿qué más se le puede pedir a la vida? —dijo Etore al volante.

—Se casarán, llevarán juntos la ganadería —comentó su mujer—. Pronto tú y yo seremos un estorbo.

El señor Etore asintió sonriente, sin dejar de prestar atención a la carretera, imaginando a su hija y al que en poco tiempo sería su marido al frente de todo.

—Por fin Rita ha hallado su sitio en la vida —reconoció feliz—. Lo único que necesitaba era encontrar al hombre con quien compartir sus ilusiones.

Viajaban camino de la costa. Una escapada de fin de semana en pareja, planeada por él. Beatrice se merecía un descanso, ya que llevaba semanas tensa y agotada con los preparativos de la boda. Cuando le dijo que preparara un ligero equipaje para dos, su querida esposa lo sorprendió con el chocante deseo de bañarse de noche en el mar. Y él le prometió cumplirlo. ¿Cómo no iba a complacerla, con las alegrías que le daba con aquel rapto de renovada pasión que había convertido el dormitorio en el santuario de las picardías secretas? Y como su Beatrice le adelantó que las sorpresas no acababan ahí, condujo hasta las playas toscanas de Rosignano, imaginando qué nueva travesura le tendría preparada. Etore adoraba compartir con ella, si no los mejores, los días más juguetones de su vida matrimonial.

Beatrice le confesó su deseo secreto en la misma orilla, abrazada a él, bajo la luna y el rumor de las olas que iban y venían dejando una estela de espuma sobre la arena blanca. Etore comenzó a quitarle la ropa, entusiasmado con la idea de bañarse desnudos en una playa pública. Y tenía muy claro cuál sería la guinda salvaje que con la que pensaba rematar el chapuzón.

—¿Crees que somos demasiado viejos para este tipo de locuras? —dudó Beatrice, cogiéndole las manos antes de que le desabrochara el pantalón.

Etore miró el brillo joven de sus ojos de mujer madura y dio gracias por tener en los brazos después de tantos años a la misma chica que lo volvió loco con dieciséis.

—Nuestros cuerpos ya no son lo que eran —afirmó acariciándole la cara—. Pero hoy te quiero más que cuando empecé a rondarte con la moto a la salida del instituto.

Beatrice le rodeó el cuello y lo deleitó con un beso apasionado que concluyó porque ambos se echaron a reír, nerviosos y emocionados. Se quitaron la ropa a toda prisa, que quedó amontonada en la arena, y cogidos de la mano corrieron hacia la negrura cálida y quieta como una balsa. Con el agua a la altura del pecho, Etore agarró a Beatrice por la cintura, se colocó entre sus piernas y, a la vez que exigía un nuevo beso, la penetró con un ardor adolescente. Beatrice gritó de placer, el mar la hacía sentirse ingrávida y mucho más ágil. Se asió al cuello de su marido y se meció aumentando el ritmo conforme aumentaban los jadeos de ambos hasta que la explosión de placer la hizo ver lucecitas en plena noche. Etore se dejó caer de espaldas y flotó con ella abrazada a su pecho, hasta que la corriente los devolvió donde rompían las olas. Cogidos de la mano, regresaron a la orilla, sonrientes y más vivos que nunca.

Caminaron arriba y abajo por la playa para encontrar la ropa, algo desorientados hasta que vieron un bulto en la lejanía. Hasta que no llegaron hasta este, no entendieron por qué se veía tan pequeño desde la distancia.

—¡¿Nos han robado la ropa?! —bramó el señor Etore.

Y el bolso y el móvil y las llaves del coche y el dinero, contó mentalmente la señora Beatrice horrorizada ante lo peliagudo de la situación, pero evitó hacer un drama para no alterar más a su esposo.

—Al menos han dejado las zapatillas —comentó con la vista fija en el solitario par de playeras—. No debían ser de su número.

El señor Etore demostró que en momentos cruciales era capaz de ingeniárselas. Tardó un segundo en localizar a un grupo de bañistas nocturnos. Debían ser muchos y muy jóvenes, porque la algarabía de risas y gritos se escuchaba desde allí. Aguzó la vista y, desde la distancia, los vio muy entretenidos chapoteando lejos de la orilla. Sin pensárselo dos veces, se echó cuerpo a tierra y recorrió los cien metros con el culo al aire y el sigilo de un ninja. Una vez tuvo al alcance la ropa de aquellos infelices, agarró a la palpa dos camisetas y huyó más rápido que una bala. La señora Beatrice se unió a su carrera de ratero furtivo y no pararon hasta esconderse detrás de una caseta de baños.

—Aún estamos en forma, ¿eh? —resolló Etore.

Su mujer cogió aliviada la camiseta que le tendía en la penumbra, por el tacto y el tamaño supuso de algún equipo deportivo, y se la metió por la cabeza mientras su marido se calzaba las zapatillas que ella tuvo la precaución de agarrar antes de la huída. Beatrice dio gracias de que la juventud italiana estuviese bien alimentada porque las tallas eran tan grandes que al menos les tapaban las partes fundamentales. Se miraron el uno al otro, con ellas puestas y en playeras, daban el pego como un par de andarines *séniors* de los que salen después de cenar a pasear por la orilla.

Caminaron hasta el paseo marítimo y allí preguntaron al primer viandante por la comisaría más cercana.

—Del Inter —masculló el señor Etore, de camino—. Si al menos fueran seguidores de la Fiorentina.

—Aún te quejarás —lo regañó con una risa incrédula—. Ruega porque esos chicos no salgan del agua y nos las quiten a bofetadas cuando se den cuenta de que les hemos robado las camisetas.

En el puesto de los Carabinieri, Etore dejó claro que un Tizzi no se arruga ante nadie. Aguantó como un valiente la mirada de cachondeo del guardia que le tomaba declaración, con el humillante disfraz de forofo del Inter de Milán y el miembro viril rebozado de arena como una croqueta.

La señora Beatrice prefirió pasar el apuro en una salita contigua y se sentó junto a una viejecita que aguardaba sola en una fila de sillas de plástico naranja. La mujer le contó que se había despistado y no recordaba el camino de su casa.

—Ahora vendrá mi hijo y se enfadará. No le gusta que salga sola.

Por lo que contó, no era la primera vez que le ocurría. Beatrice sintió una ola de ternura hacia aquella anciana menuda como un pajarito que hablaba con tanto desparpajo y que, por culpa de los estragos de la edad, sufría pérdidas de memoria. Calculó que debía pasar ya de los noventa años.

Etore llegó con la copia de la denuncia en la mano, con los pómulos todavía sonrosados, dado el repertorio de preguntas malignas del Carabinieri, que no paró hasta hacerlo confesar el baño en pelotas y el sexo acuático cual parejita de delfines.

—Me han dejado llamar por teléfono. Enzo y Rita ya vienen para acá.

—¿Ustedes también tienen que esperar a que vengan a recogerlos? —intervino la ancianita.

Beatrice los presentó y comentó con su marido el motivo que retenía allí a la señora.

—Calculo que los chicos tardarán por lo menos una hora y media —dijo Etore a Beatrice—. Pero tendré que volver mañana o pasado con Enzo a buscar el coche. Menos mal que en casa guardo una copia de la llave —recordó, poniendo los brazos en jarras.

—Perdone, joven —dijo la anciana—. ¿Eso que asoma por debajo de la camiseta es lo que yo me imagino?

El señor Etore miró hacia donde señalaba el dedillo huesudo de la señora. Se bajó la prenda de un tirón y se apresuró a sentarse al lado de su mujer.

—Caramba con la abuela —murmuró por lo bajo—. Le fallará la memoria, pero la vista la tiene perfectamente.

—¿Conque Sodoma y Gomorra?

De brazos cruzados, sentado junto a su mujer en el asiento trasero del Lancia, el señor Etore aguantó como un campeón la puya vengativa de Enzo sin despegar los labios. Su mujer, en cambio, fue incapaz de quedarse callada.

—No sé a qué viene eso de Sodoma... —empezó a decir, y de pronto giró indignada hacia su marido—. Etore, ¿no le habrás contado al chico...?

—¡Mamá! —saltó Rita, girando hacia sus padres.

—¡Basta! ¡No! —saltó Enzo, haciendo un gesto tajante con las dos manos—. No quiero saber nada. No quiero visualizar, me niego a imaginar...

—Tú, no imagines tanto y conduce. —Barbotó el señor Etore, con una mirada mortífera.

Un paraíso bajo las estrellas

Massimo, a la sombra de la fachada del antiquísimo templo, reconstruido tras los bombardeos alemanes de la Segunda Guerra Mundial, respiró tranquilo al ver a Martina apearse del Seiscientos. El día anterior estuvo en vilo creyendo que no conseguiría que le dieran fiesta en la pizzería. Pero allí la tenía y fue sin perder tiempo a ayudarla a bajar.

—Dudaba si vendrías.

Ella lo miró sonriendo de medio lado, contenta por las ganas de verla que leía en su rostro.

—Por tu hermana haría lo que fuera. Incluso tragarme el orgullo y la vergüenza. ¿No me preguntas qué tal me ha ido el viaje? —preguntó, arrugando la frente a la vez que se alisaba la ropa.

—Estás aquí, ¿no? Y a tiempo. Eso quiere decir que te ha ido bien —dijo dando una palmada en el techo del cochecillo.

—Tuve mis miedos, pero ya ves que funciona.

Massimo rio por lo bajo, convencido de que aquel cacharrito vetusto pero resistente, reconvertido en cursilada rosa mariposa, era más seguro que cualquier último modelo.

—Déjame que te vea bien. Estás muy bella, Martina.

Mientras ella cogía el bolsito y cerraba el coche, él la admiró de arriba abajo. Estaba bonita de verdad con el ligero maquillaje, el pelo recogido, el vestido por encima de la rodilla. Massimo ensanchó la sonrisa al llegar a las sandalias y descubrir que tenía pequitas casi imperceptibles a la vista incluso en el empeine de los pies.

—El novio espera dentro al borde del infarto.

—¡Pobre Enzo!

—Déjalo que sufra un poco. —Martina se echó a reír al ver su mirada de amistosa maldad—. Y la novia, si no fallan los cálculos, debe estar punto de llegar. ¿Quieres ser mi pareja?

—¿Cuándo he dejado de serlo?

Martina lo cogió de la mano y entrelazó los dedos con fuerza. Massimo la llevó al interior de la iglesia justo cuando el coche de su padre y padrino hacía entrada en la plaza y la gente comenzó a vitorear a la novia.

Fue una ceremonia preciosa. Las humildes paredes de Santa María de Civitella fueron el marco perfecto para la boda de Rita y Enzo. No habría habido tantas lágrimas de emoción ni más sonrisas de alegría aunque se hubiera celebrado en el Duomo de Florencia.

Los novios estaban felices, las dos madres emocionadas y los dos padres exultantes de contentos. Los dos matrimonios habían hecho muy buenas migas desde el momento en que se conocieron y estaban satisfechos de saber que sus respectivos hijos formaban parte ya de una nueva familia tan sencilla como la suya y de gente de bien.

Varias horas después de la lluvia de arroz, partían juntos la tarta de tres pisos con la parejita de novios en lo alto.

Y mientras la madrina y la novia repartían las bolsitas de peladillas, el señor Etore agarró a Enzo por los hombros y lo llevó aparte. El recién casado imaginó que pretendía darle los consejos de rigor, pero comprendió que no era esa su in—tención cuando lo invitó a rodear el edificio y lo llevó hasta la puerta de la casa.

—¿Ves eso? —preguntó señalando el dintel.

—Sí, Villa Tizzi, no estoy tan mal de la vista —bromeó Enzo.

Su suegro lo miró con gesto solemne.

—Esta casa no siempre se llamó así.

—¿Ah, no?

El señor Etore señaló con la mano en redondo, refiriéndose a la ganadería y las tierras.

—No. Todo es de mi mujer. Y cuando yo me casé, pertenecía a mi suegro.

—Pero usted trabajaba aquí.

—Desde que era un chaval, sí.

Enzo le puso una mano en el hombro, con confianza.

—Entonces ya puede decir que es suya también, lo ponga en ese letrero o no. Se lo ha ganado con su esfuerzo.

—Eres abogado, Vincenzo —cuestionó con una mirada socarrona—. No me vengas con el cuento de «la tierra para quien la trabaja». La tierra es de quien la tiene a su nombre en el Registro de la Propiedad. Cuando mi suegro falleció...

Enzo puso los ojos en blanco.

—Historias de muertos hoy no, por favor —protestó; el día de su boda tenía que salirle también el espíritu de enterrador.

—Escúchame, te lo ruego. Durante siglos esta hacienda se llamó Villa Cagna. Cuando mi suegro nos dejó, mi cuñado Gigio encargó este cartel —explicó señalándoselo con el dedo—. Un día vi que quitaba el de toda la vida, el que llevaba el apellido de su familia, y que clavaba este que ves en el dintel. «Mi hermana es una Tizzi, tú eres un Tizzi; justo es», y no dijo más.

—Un bonito gesto.

—Un día esta hacienda se llamará Villa Carpentiere, como mi hija y como tú.

—Ya sabe que yo no necesito que todo esto sea mío...

—Y no esperaré a morirme —lo interrumpió—. Yo mismo mandaré hacer ese cartel en Arezzo y lo clavaré con mis propias manos ahí arriba.

Enzo estaba impresionado.

—No sé qué decir.

—Sólo tienes que decir que ese día aún estarás aquí.

Enzo lo abrazó. Su suegro necesitaba una promesa, tranquilidad para su alma, seguridad acerca del futuro de la hacienda y de su hija.

—Ese día, aquí estaremos. Rita y yo.

—Y algunas criaturillas también, espero.

Enzo rio como un canalla.

—Deme tiempo y verá.

A Massimo empezó a cambiarle el semblante cuando empezó el baile. No había comentado con nadie la llamada que recibida un rato antes. Ni siquiera a Martina que, a su lado, tenía a Iris sentada en el regazo. Massimo las miraba mientras ella, con el dedo, daba un poquito de nata de la tarta a la pequeña.

—¿Vamos? —la invitó, porque el baile estaba a punto de empezar.

Juntos, a la sombra de un castaño, ella con la niña en brazos, contemplaron a Rita girar en su primer baile de casada en brazos de su padre. La música la había elegido la novia y nadie entre los presentes supo por qué, en lugar del clásico vals, se le ocurrió escoger «That's amore» en la versión del supersexy Patrizio Buanne. Todos pensaron que debía ser un gesto de cariño hacia su padre, porque la letra hablaba de Nápoles. Y lo era. El secreto se desentrañó en la segunda estrofa cuando la balada cambió de ritmo de manera radical. El señor Etore soltó a la novia, hizo un par de movimientos profesionales y cambió de pareja tirando de la mano de Beatrice, ya que su hija no tenía ni idea de lo que era el swing y su mujer era una experta como él.

Tan entretenidos estaban con la exhibición paterna y en la explanada había tanta gente, que no se dieron cuenta de la persona que acababa de llegar. Massimo la descubrió al mirar por casualidad y lamentó no haber sido más previsor. Había omitido ante todos la llamada telefónica de Ada para no amargar la fiesta. Como de costumbre, no dio su brazo a torcer y se empeñó en presentarse en la hacienda para recoger a Iris en lugar de esperar al día siguiente que Massimo tenía previsto regresar a Roma con la niña, a sabiendas de que su presencia era incómoda y más en un día como aquel. Massimo sabía que andaba por Florencia con motivo de una sesión de fotos de joyería, pero sospechaba que fue el comentario involuntario de la boda de su hermana días atrás lo que la atrajo hasta allí.

Martina percibió, sin mirarlo, la tensión de Massimo y giró la cabeza. Al ver a Ada, le entregó a la niña para que la cogiera.

—Yo mejor me marcho —le dijo en voz baja; Massimo se lo agradeció con la mirada.

Massimo indicó a Ada con gestos que iba a por las cosas de la niña y caminó con Iris en brazos hacia la casa. Pero Enzo la vio desde lejos y no dejó pasar la oportunidad de soltarle alto y claro algo que le quemaba en la garganta. Con paso decidido, se acercó hasta allí. Se había quitado la chaqueta y la corbata, a esas horas ya, llevaba arremangada la camisa sin los gemelos. Rita, que lo vio alejarse de la zona donde todos bailaban, lo siguió para impedir que una discusión estropeara el día de su boda. Cuando llegó, alzándose el vuelo del vestido con las manos, Enzo ya se había plantado delante de Ada.

—Tú no me conoces mejor que mi mujer —le espetó con una mirada fría.

—Ya me lo imagino.

Enzo prefirió no replicar a su desafío. Aunque ella disimulara, ambos sabían que esas mismas palabras fueron las que Ada utilizó para envenenar a Rita y propiciaron una seria discusión pasada por agua.

Rita llegó y cogió a Enzo de la mano.

—Veo que estáis de enhorabuena —comentó Ada, con una sonrisa de cortesía—. Que seas muy feliz, Rita.

—Ya lo soy. Mucho.

Con idéntica sonrisa para salir del paso, marchó de vuelta al baile llevándose a Enzo con ella. Era su día, de ellos dos, y no iba a permitir malas caras que lo ensombrecieran.

Massimo llegó con Iris en ese momento y la abultada bolsa estampada de ositos que siempre la acompañaba de una casa a otra.

—Soy la madre de tu hija, ¿por qué no me han invitado? —exigió una explicación.

—La pregunta es absurda, Ada. Los novios invitan a quienes quieren.

Estaba de espaldas a la gente, por eso Massimo no se dio cuenta de la llegada de su padre hasta que no lo tuvo a su lado. Tan convencida estaba de su poder emocional sobre todos ellos, que Ada no tuvo reparos en encararse con él.

—Le preguntaba a Massimo que no entiendo por qué nadie me dijo nada. Al fin y al cabo, formo parte de esta familia.

Massimo abrió la boca, pero su padre lo detuvo con un gesto porque oírla decir que era su familia era más de lo que estaba dispuesto a escuchar.

—Nadie pretende ofenderte, Ada. Todo lo contrario. Eres la madre de mi nieta y por ello te respetaré siempre —enunció con calma y firmeza—. Las puertas de esta casa siempre estarán abiertas para ti. Pero es difícil olvidar. No esperes que te recibamos con banda de música.

Ada estuvo a un suspiro de decir algo, pero no lo hizo.

—Que tengas buen viaje —continuó el señor Etore para concluir; y señaló hacia el baile—. Si me disculpas, he de volver. Beatrice debe andar buscándome.

Cuando su padre regresó a la fiesta, Massimo intervino antes de que Ada añadiera alguna estupidez de las suyas. En el fondo sintió lástima de verla tan impactada al escuchar la verdad de un hombre que rara vez intervenía en asuntos ajenos. Pero aquel era distinto porque afectaba a todas las personas que quería.

—No te extrañes si no caes bien a mi familia. Te lo has ganado a pulso.

Massimo la vio clavar la mirada en alguien a su espalda. Giró la cabeza para ver quién era y cerró los ojos, suplicándose serenidad a sí mismo, al ver que el objeto de su interés no era otra que Martina. Por no alargar más aquella intragable situación, besó la frente de Iris, que se había adormilado reclinada sobre su hombro, y se la dio a su madre. Ella la cogió con cuidado y le besó la cabeza a la vez que le acariciaba la espalda.

—Te acompaño al coche.

—No es necesario, dame —pidió alargando la mano.

Massimo la ayudó a colgarse la bolsa al hombro.

—Buen viaje. Ya te llamo mañana o pasado.

—Perfecto.

Poco quedaba por añadir. Por tanto, Massimo dio media vuelta para regresar al baile. Martina le sonrió desde lejos y caminó para acudir a su encuentro. Él se había alejado un trecho cuando Ada lo llamó.

—Massimo. —Él se giró al escucharla—. ¿Qué tiene ella que no tenga yo?

No tuvo que pensar la respuesta.

—Me tiene a mí.

Consciente de que esas tres palabras marcaban un antes y un después, caminó hacia Martina y la cogió de la mano.

—Tranquilo —murmuró ella para que sólo lo oyera él.

—Ahora lo estoy.

Alzó sus manos unidas y le dio un beso intenso y prolongado en los nudillos. Martina caminó junto a él hacia la barra. Sabía que Massimo no la había cogido para enfurecer a Ada porque estaba mirando. Era su mano lo que necesitaba; la seguridad que le infundía porque los hombres valientes también tenían momentos bajos. Y se sintió dichosa de estar allí para dársela.

Tras horas de baile, la fiesta tocaba a su fin. Nadie esperaba que los novios escogieran la ciudad de Roma como destino para su luna de miel. Y aunque la elección resultara atípica, existiendo rincones románticos a montones dignos de visitar en la misma Italia o más allá de sus fronteras, para Rita y Enzo tenía su lógica. Habían alquilado un pequeño apartamento en el Trastevere, a dos manzanas de la casa de los padres de él. Puesto que en la Villa Tizzi, su nueva residencia de casados, tenían la intimidad justa de su propio dormitorio. Para sus desplazamientos a Roma prefirieron ser fieles al dicho de «el casado, casa quiere». Así, para no alojarse en el hogar de los Carpentiere, ya lleno de por sí, buscaron un estudio para los dos muy cerca de la familia que les permitiera estar juntos pero no amontonados.

Tanta ilusión había puesto Rita en la decoración de su nuevo hogar para escapadas, que ambos decidieron estrenarlo después de la boda. Cuando la fiesta acabó, partieron en el Ypsilon de Enzo, diciendo adiós a todos por la ventanilla, y ansiosos por encerrarse durante una semana en su romántica jaulita, que para ver mundo desconocido tenían los años venideros.

Poco a poco, los invitados fueron abandonando la hacienda. Y con ellos los propios dueños. Etore se guardó para ese día la sorpresa que llevaba semanas preparándole a su mujer. Cuando se presentó en la explanada de la fiesta al volante de una pick-up Toyota, algunos imaginaron que era un obsequio de boda para los novios. Rendida de emoción se quedó Beatrice cuando Etore se apeó del coche y le entregó la llave.

—Es tuyo —le dijo.

Ella la cogió con una sonrisa feliz y apurada al mismo tiempo, al saberse el centro de todas las miradas.

—¿Un regalo? Si yo no soy la novia.

—Tú siempre serás mi novia —afirmó su marido.

Temblando de tan contenta, se enganchó al cuello de Etore y ambos se fundieron en un beso apasionado que arrancó griterío y aplausos. Por supuesto, decidieron estrenarlo ese mismo día. Les bastó meter cuatro cosas en una bolsa de viaje; Beatrice se sentó al volante de su flamante pick-up y juntos partieron para una escapada improvisada, sin otro rumbo que dónde les llevara el corazón.

Ya no quedaba nadie y Martina se acercó a Massimo, que bebía un *limoncello* mientras los empleados del catering retiraban las mesas y los últimos rescoldos de la fiesta. Él se palmeó la pierna, invitándola, y ella se sentó en su regazo.

—Qué detallazo ha tenido tu padre. Me he emocionado yo también de ver a tu madre con lágrimas en los ojos.

Massimo le ofreció *limoncello* y ella dio un sorbito del mismo vaso.

—Esta vez le ha salido bien —comentó tras apurar de un trago el licor que Martina dejó—. Tenías que haber visto lo que pasó la última vez que compró un coche sin consultar con nadie.

—Cuéntamelo —pidió, peinándolo con los dedos.

—Aún vivía la abuela Marcelina, la madre de mi padre, que durante sus últimos años vivió aquí, con nosotros. El Seiscientos se quedó pequeño y mi padre decidió cambiar de coche. Sin comerlo ni beberlo, fue a Arezzo y, como estaba cansado de conducido encogido, encargó el modelo más grande y lujoso de la Fiat. Una tarde se presenta en casa con un 131 Supermirafiori, marrón oscuro y ranchera. Mi abuela que salió al patio y lo vio, se puso como loca por haber tirado el dinero en un coche de muertos. A Papá, que venía con toda la ilusión del mundo, le sentó como un tiro la opinión de su propia madre.

—Pobre.

—Papá discutiendo a grito pelado con la abuela en napolitano. Mamá salió en defensa de su marido, diciendo que era su coche y era libre de decidir a su gusto —continuó divertido—. Para acabar de arreglarlo, tío Gigio opinó que la abuela tenía razón, que el marrón de la pintura era feo y parecía un coche fúnebre. Mamá se encaró con él, furiosa, porque sólo le faltaba que su propio hermano se pusiera de parte de la supersticiosa de su suegra. Y entonces, se enzarzaron ellos dos a discutir en aretino.

Martina se echó a reír. Había observado que, cuando estaban solas, Patricia y Beatrice, e incluso Rita a veces, hablaban entre ellas el peculiar dialecto de la provincia.

—Imagínate el panorama, mi padre y la abuela por un lado, mi madre y su hermano por otro, y la tonta de mi hermana que tenía ocho años llorando y dando gritos en italiano porque papá y mamá se iban a divorciar. Tanto griterío en diferentes lenguas, esto parecía la ONU.

—Y tú, ¿pusiste paz?

—Aprovechando el lío, fui a la cocina y me comí media pastilla de chocolate que mamá escondía en la despensa. —Confesó, haciendo reír de nuevo a Martina.

Massimo tiró suavemente de su barbilla y calló su risa con un beso lento que Martina alargó sin ganas de que acabara.

—Sólo quedamos tú y yo —murmuró ella sobre sus labios.

Él echó la cabeza hacia atrás, mejor detener el juego antes de que pasara a mayores.

—Es mejor que te marches a Roma antes de que anochezca.

—¿Y tú? ¿Te quedas aquí solo?

—Me he comprometido a hacerlo. Le he dicho a mi padre que se marchara tranquilo, alguien tiene que hacerse cargo del ganado y hoy es domingo. Los empleados no trabajan y además estaban de boda. Cualquiera de ellos se habría quedado hasta mañana, de habérselo pedido mi padre, pero ¿para qué fastidiarles el fin de un día de fiesta?

Los del catering ya habían llevado prácticamente todo al camión. Sentada como estaba sobre él, Martina balanceó los pies con una idea en la cabeza.

—Yo podría quedarme a hacerte compañía.

—¿Y las clases? Recuerda que mañana también tienes que trabajar.

—Por un día que no vaya a la facultad no pasará nada. Podría marcharme antes de comer y a media tarde ya estaría haciendo pizzas.

—Como prefieras, pero ¿no te aburrirás?

—¿Aburrirme contigo? —cuestionó, castigando con un beso su tonta sugerencia.

—Te advierto que voy a estar ocupado con las vacas, es un trabajo pesado.

—Y yo estoy deseando ayudarte. Será divertido.

—Y sucio.

Martina sonrió con malicia y se inclinó sobre su oído.

—Qué bien. Yo te ducharé a ti y tú... ¡ay! —chilló al darle Massimo una palmada en el culo.

—Si me tientas se me quitan las ganas de trabajar. ¿Otro *limoncello* a medias y nos ponemos a la faena? —propuso, besándola en los labios.

El resto de la tarde pasó en un suspiro. Lo primero que hizo Martina, aconsejada por Massimo, fue cambiarse de ropa. El vestidito de cóctel y los tacones no era el mejor guardarropa para trajinar en las cuadras. Con unos vaqueros, botas katiuskas dos tallas más grandes y una camiseta vieja de él, lo acompañó en su recorrido por las naves. Ayudó a llenar los comederos de paja, a abrevar a las reses y a limpiar con una pala el estiércol hasta que su nariz dijo basta y las náuseas se impusieron a la buena voluntad.

Recorrió los campos subida en el remolque del tractor. Massimo conducía y ella iba echando balas de forraje cuando él le indicaba en algunos de los pastos vallados donde las vacas habían esquilmado la hierba. Martina puso mucho empeño en no caerse, ya que él estaba más pendiente de no perderla por el camino que del volante.

Ese día descubrió la dureza del trabajo con animales y aprendió a valorar la esforzada vida de quienes se dedican a ello. Mirándose las dos ampollas que le habían salido en la mano, pensó que cada bistec de ternera a la florentina, cuya materia prima era la ternera chianina autóctona como las que criaban los Tizzi, le sabría el doble de bien. Y pena también, mucha, se dijo al recordar cómo había disfrutado con un par de terneritos a los que alimentó con un biberón.

Acabaron enseguida, puesto que sólo se encargaron de las labores ineludibles, según le explicó Massimo. Al día siguiente, los trabajadores se encargarían de las vacunas y otros menesteres habituales, puesto que los peones sabían mejor que él qué tareas había pendientes y cómo se debían hacer. Sudados y malolientes, corrieron ansiosos a por esa ducha prometida. Martina no estaba acostumbrada a que la cuidaran y Massimo le desinfectó las ampollas de la mano con una delicadeza que la emocionó.

Empezaron a desnudarse despacio, entre besos divertidos que crecieron en intensidad y acabaron arrancándose la ropa el uno al otro con desesperación.

Se metieron en la ducha sin dejar de besarse y tocarse.

—¿Cómo te gusta el agua? —preguntó, pegándola a la pared.

—Ardiendo —jadeó acariciando con ahínco su miembro erecto.

—Tenemos un problema —murmuró lamiéndole el cuello como si no existiera golosina más dulce—. Yo la prefiero casi fría.

Massimo tanteó sin mirar el grifo, ajustó la temperatura en un término medio y echó atrás la cabeza para que el caudal le barriera el pelo. Con las caderas, aprisionó a Martina contra la pared; ella chistó un leve gruñido al sentir el frío de los azulejos. No hubo más preliminares, Massimo la levantó por las nalgas y la penetró con ahínco. Se arqueó, gozosa de recibirlo, e inclinó la cabeza ofreciéndole el cuello. Massimo lamió y besó la piel mojada, gimiendo bajo con cada empellón que lo hacía delirar y la arrastraba a ella al mismo éxtasis. Martina le besó el cuello, mordisqueó su mandíbula, exigió su boca. El roce de los pezones duros contra el vello de su torso era una tortura sensual que multiplicaba el placer.

—Siéntelo, amor… Conmigo —gruñó Massimo.

La levantó con un golpe duro y ella se unió a su éxtasis sacudida por un dulce temblor. Massimo temblaba también, ella le acarició la espalda y con la otra mano se apartó los mechones mojados de la cara.

—Bésame —pidió con la respiración agitada. Y Martina lo hizo.

Mientras le secaba la voluminosa melena, sentado en un taburete y ella en su regazo, se sentía laxa como una muñeca de trapo. Cuando hubo terminado, Massimo dejó el secador, la cogió en brazos y la llevó por el pasillo a oscuras. Había anochecido y la única luz se colaba por los visillos de la ventana del rellano de la escalera. Subió con ella un piso más. La habitación de Massimo estaba debajo del tejado. Martina apoyaba la cabeza en su hombro. Cuando él abrió la puerta, ladeó el rostro sin soltarse de su cuello. Al verla curiosear en el techo, Massimo le explicó el porqué del haz de luz que iluminaba la cama.

—Cuando me subí aquí arriba, aprovechando que cambiaron entonces parte del tejado, pedí a mi padre que instalaran esta claraboya.

La depositó con cuidado sobre la cama. Ella se incorporó y lo ayudó a retirar la sábana con las que cubrió a los dos una vez lo tuvo acostado a su lado. Massimo se tumbó boca arriba y ella se abrazó a su costado, con la cabeza en su hombro, una pierna doblada sobre sus muslos y el brazo envolviéndole en pecho.

—No puedes dejar de ver el inmenso azul —dijo, dándole un beso en la mejilla.

—Allí arriba soy feliz.

—Y yo cuando estás aquí en la tierra, conmigo.

Massimo rio por lo bajo, haciendo que su pecho vibrara bajo la mano de Martina.

—¿Puedo hacerte una pregunta? —curioseó ella, jugando con el vello de su pecho.

—Las que quieras.

—¿Cuál es tu postura preferida en la cama?

Massimo levantó la cabeza de la almohada y la miró con diversión porque no esperaba ese tipo de pregunta. Volvió a acomodarse, deslizó la mano con que la tenía abrazada y contorneó despacio las nalgas.

—Cualquiera en la que pueda verte la cara. —Ella no dijo nada; su silencio lo intrigó—. ¿Y la tuya?

—Esta —murmuró abrazándose a él con más fuerza.

No supo si tardó poco o mucho en quedarse dormida. Al amanecer, volvieron a hacer el amor con deliciosa pereza y volvieron a quedarse dormidos. Sobre las ocho prepararon juntos el desayuno. Cuando ya habían retirado las tazas, Massimo fue a la alacena y regresó con un tarro de su crema de chocolate preferida en la mano. Martina sonrió al verlo meter el dedo.

—¿Aún quieres más? —cuestionó; el desayuno había sido copioso.

—Yo siempre quiero más —aseguró mirándola con codicia. Señaló el pijama con la barbilla e indicó con un gesto que se lo quitara—. ¿No has oído decir que el desayuno es la comida más importante del día?

Martina, obediente y risueña, se desnudó y Massimo decoró su seno derecho con una media luna marrón que lamió hasta que no quedó ni huella. A la media luna, le siguió una estrella y una espiral y un tonto corazón... Acabaron pringa—dos por todas partes, devorándose el uno al otro sobre la mesa de la cocina hasta culminar en un explosivo orgasmo, envueltos en aroma a avellanas y chocolate. Después de una obligada ducha, en la que prolongaron el juego erótico, ella recogió sus cosas. Y cuando llegó la hora de marchar, se unieron en un beso pleno de palabras no escritas ni dichas, como aquel primero tan cómplice de Venecia.

Martina puso en marcha el Seiscientos. Antes de partir, Massimo la besó por última vez metiendo la cabeza por la ventanilla.

—Gracias por regalarme la mejor noche de mi vida —le dijo al oído.

Martina condujo todo el camino rememorando cada minuto que habían compartido desde que acabó la boda. Aún sonreía cuando llegó a Roma.

Lejos de ella

—No puedo creer que me estés haciendo esto Ada.

—¿Qué te esté haciendo?

—Que estés haciendo esto —rectificó Massimo—. ¿Has pensado por un momento en Iris?

Ella lo encaró con expresión dura y amenazante.

—Si estás sugiriendo...

Massimo reaccionó con furia; sospechaba que había mucho de venganza en aquel cambio de vida radical. Era mucha casualidad que aquello sucediera cuando él le había dejado claro que Martina era una parte muy importante de su vida.

—¡¿Cómo coño voy a disfrutar de mi derecho a tener a mi hija si te la llevas a la otra punta del mundo?!

—O bajas el tono o te estás largando ahora mismo —avisó señalándole la puerta—. Y no hagas un drama, por favor. Renzo es arquitecto...

—Ya lo sé.

Ada no perdía ocasión de restregarle por la cara su relación con el que, por lo visto, había pasado en muy poco tiempo de acompañante habitual a nueva pareja. Massimo asumió la bonanza sentimental de Ada con secreta alegría, pero la situación acababa de dar un giro inesperado.

—Dubái es un emirato floreciente. A Renzo le han escogido para un proyecto muy importante, una excelente oportunidad profesional. Y yo me marcho con él a Abu Dabi.

«Y con nuestra hija». Massimo calló la réplica, para no darle pie a que le recordara que, independientemente de la patria potestad, la custodia legal de Iris le correspondía a ella por orden de un juez.

—¿Por cuánto tiempo?

—No lo sé.

—¿Seis? ¿Doce meses?

Ada se miró las uñas.

—Años —puntualizó—. Se trata de un proyecto de construcción muy ambicioso.

Massimo se desesperó.

—¿Cuántos años? ¿Dos años? ¿Cuatro?

—No puedo responderte a eso. Por supuesto, es algo temporal. —Él la miró con dureza por encajarle el argumento que sin duda usaría ante un juez—. Volveremos a Italia, no tenemos planes de residir allí toda la vida.

Massimo apretó los dientes. Regresarían, sí, pero ¿cuándo? Puede que cuando eso sucediera él se hubiese convertido ya en un perfecto desconocido para Iris, al que sólo veía una vez al año.

—¿Qué pasa con mi régimen de visitas?

Ada adoptó una actitud afable.

—La tendrás en vacaciones, te doy mi palabra. ¡Por Dios! Cualquiera diría que pretendo apartarte de tu hija. Y puedes venir a visitar a Iris siempre que quieras, Massimo. ¿Cuándo te he impedido yo que la veas?

—¿A Dubái?

—A Dubái, sí. Hablaré con mi abogado, si quieres...

—Yo también lo haré, no lo dudes.

Miró hacia el pasillo pensando en Iris. A esas horas, la niña dormía en su cunita. Pero Massimo no entró a darle un beso, salió de casa de Ada sin mediar palabra.

Mientras subía en el ascensor, Massimo se consumía de frustración. Ada había tomado una decisión y libre era de intentar que la relación con el tal Renzo funcionara. Ojalá que así fuera. No le impedía visitar a Iris, pero sus obligaciones con el ejército no le permitían disponer de su tiempo con absoluta libertad. La tendría en vacaciones, recordó. Pero le robaba la posibilidad de ir a buscarla a la puerta del colegio, jugar con ella, ayudarla con los deberes, leerle un cuento por las noches aunque fuera un fin de semana de cada dos. Ada le estaba quitando la posibilidad de compartir con su hija las pequeñas cosas de cada día que alimentan el cariño y él no podía hacer nada salvo pleitear. La impotencia que sentía era aplastante.

Abrió la puerta de su casa y fue directo al comedor al oír que Martina lo llamaba.

—Mira, ¿qué te parece? —le preguntó mostrándole un vestidito de bebé con mariquitas rojas—. Lo he visto y no he podido resistirme.

—No hacía ninguna falta.

Martina sacudió la melena con una sonrisa ilusionada.

—¡Es que me he vuelto loca en esa tienda! He comprado también unos zapatitos a juego, Iris pronto empezará a andar...

Massimo apretó la mandíbula, ese momento seguro que se lo perdería también. Y la ira pudo con él.

—¡Te he dicho que lo dejes!

—Pero Massimo...

—Iris no es una muñeca para entretenerte cambiándole vestiditos. Basta ya de estupideces...

—Te estás pasando —avisó Martina.

—Y tú también —afirmó señalando la ropa infantil esparcida sobre la mesa—. Deja de jugar a mamás y papás, tener un hijo es algo más serio que todo eso.

Martina dejó sobre la mesa los zapatitos rojos de charol que aún sostenía en las manos y cogió su bolso del respaldo de la silla.

—Tienes razón —reconoció con un matiz de amargura en su voz que Massimo no fue capaz de notar—. Ser madre no es lo mío. No sabría ni por dónde empezar.

Se marchó del apartamento sin hacer ruido. Y Massimo no hizo nada por impedir que se fuera.

La siguiente semana Massimo apenas salió de la base, salvo para dormir. Estaban probando unos cambios en el Eurofighter que debían estar listos para el vuelo de prueba que iban a realizar hasta una base militar alemana donde permanecería durante otros siete días como mínimo. Las maniobras conjuntas con otros ejércitos del aire europeos eran rutina y esa vez le había tocado participar a su escuadrón.

Massimo se sentía más solo que nunca. Sin Iris, que ese fin de semana estaba con su madre, y sin saber de Martina desde que se marchó enfadada del apartamento. Había intentado hacer las paces sin resultado. Aquella tarde Martina pagó su mal humor. Quería disculparse con ella, pero no respondía a sus llamadas ni a la decena de mensajes que le había enviado.

Condujo hasta su apartamento. Cuando aparcó del coche y se apeó, alzó la vista y divisó luz en el balcón. Cabía la posibilidad de que lo echara de allí, pero tenía que intentarlo. Necesitaba contarle la impotencia que lo sublevaba cada vez que recordaba que Iris pronto viviría muy lejos de Italia. Llamó al timbre; ella abrió con aire despistado. Cuando alzó el rostro y vio que era él, Massimo notó que disimulaba su sorpresa. Al parecer, no lo esperaba. Sin decir palabra, se hizo a un lado y lo dejó pasar.

—Martina, tenemos que hablar.

—Yo no tengo nada que decir.

—Yo sí.

—Pues ve al grano, que estoy estudiando.

Massimo prefirió dejarlo para más tarde. Ella no estaba por la labor y él necesitaba a la Martina de siempre, la que sabía escuchar con el oído y el corazón. Se acercó a ella y la envolvió en sus brazos, suplicándole con la mirada que lo abrazara. Martina lo hizo y él bajó la cabeza despacio, dándole tiempo a que lo rechazara. No lo hizo y él apoyó los labios sobre los suyos. Martina entreabrió la boca, invitadora. Él profundizó el beso y la abrazó con mucha fuerza, dejándola hacer. Gimió cuando ella le sacó la camiseta del pantalón y le acarició la espalda buscando el contacto de su piel desnuda. Massimo la deseaba con locura, necesitaba sus caricias, unirse a ella, sentirla bajo su cuerpo y amarla sin pensar en nada más. La cogió por debajo de las rodillas y, en brazos, la llevó al dormitorio. Al dejarla sobre la cama, ella tomó la iniciativa.

—Martina…

Arrodillada sobre el colchón, le cogió la cara con las manos y los silenció con un beso profundo. Mientras él maniobraba para desabrochase la bragueta, Martina intercaló sus besos despojándose de la blusa y el pantalón corto. No había terminado de bajarse los pantalones cuando ella tiró hacia abajo de los calzoncillos y atrapó su sexo con los labios. Massimo cerró los ojos mientras su pene entraba y salía de su boca. Sintió el glande hinchado, no iba a durar mucho más; empuñando su miembro, echó la cadera atrás para que Martina lo liberara. Quería alargar el placer todo lo posible. Ella se quitó la ropa interior y le hizo sitio en la cama contemplando cómo Massimo terminaba de desnudarse. Cuando se tumbó junto a ella, Martina subió a horcajadas sobre él y le ofreció sus pechos para que los besara. Y Massimo lo hizo, lamió en círculos las areolas, succionó un pecho y otro. La besó abarcándolos con la boca, saboreándolos como un dulce manjar a la vez que la acariciaba entre las piernas y hundía un dedo en su sexo. La insistencia dándole placer enardeció a Martina que tomó su boca, avariciosa. Massimo la cogió con las nalgas, alzó las caderas y ella se dejó caer hasta empalarse como él le pedía. Se enderezó y, con las manos apoyadas en sus hombros, se movió en círculos hasta que Massimo le clavó los dedos en las nalgas. Entonces, cambió el ritmo y lo cabalgó con un vaivén enloquecedor. Él le recorrió la espalda con las manos, le apretó los glúteos, le besó la garganta, lamió sus pechos atrayéndola y dejándola ir. Martina estalló en gemidos y Massimo se derramó, arrastrado por las contracciones que lo oprimían dulcemente. Ella se dejó caer sobre él, con el corazón bombeándole rápido. Massimo la abrazó y se sumió en un dulce duermevela.

Cuando volvió a abrir los ojos, Martina ya no estaba con él. Miró hacia la puerta y vio una luz tenue en el comedor. Saltó de la cama y se vistió. Como suponía, la encontró en el comedor, sentada frente a la tabla sobre dos caballetes que constituía su improvisada mesa de estudio. Llevaba puesta una camiseta larga; el pelo se lo había recogido en un moño sujeto con un lápiz. Se acercó a ella y le acarició la nuca.

—¿Estás de exámenes?

—Preparo el examen de capacitación —respondió sin levantar la vista de los apuntes.

Massimo dejó de acariciarla y retiró la mano.

—Mañana me marcho a Alemania.

—Suerte y cuídate.

—Quería hablar contigo pero veo que no es el momento.

—Tengo que estudiar, ya te lo he dicho.

Descorazonado, prefirió no insistir.

—No te molesto más. Ya nos veremos cuando regrese.

—Sí, ya nos veremos un día de estos —dijo con desinterés.

Le dio un beso en el pelo de despedida. Martina ni se movió.

Massimo se marchó del apartamento más decepcionado que molesto. Ya en el coche, supo el motivo. Martina se había entregado como nunca, le había regalado la sesión de sexo más placentera de cuantas habían compartido. Pero no lo había mirado a los ojos ni una sola vez.

Detrás del silencio

Massimo intentó llamarla desde Alemania, sin resultado. Cuando regresó a Italia, el mutismo de Martina se hizo preocupante, parecía que se la había tragado la tierra. Se alarmó al no encontrarla en su estudio así que decidió ir al pisito de Rita y Enzo para preguntar si sabían algo de ella. Su sorpresa fue encontrarla allí y con una maleta.

—¿Te marchas a algún sitio? —inquirió—. ¿Qué significa esto, Martina? No das señales de vida y de pronto te encuentro en casa de mi hermana. ¿Me estáis ocultando algo entre los tres?

Martina miró hacia otra parte, con gesto de molestia y agotamiento.

—Siempre pensando que todos están contra ti. ¿Cuándo dejarás de creerte el centro del universo? —le espetó—. Lo siento, no puedo más... —miró a Rita con tristeza—. Perdonadme los dos, más tarde vendré a por la maleta.

—¿Pero a dónde vas? —preguntó Massimo, perdiendo la paciencia al verla pasar por su lado y largarse del apartamento sin más explicación.

—¡Massimo! —lo frenó Enzo, para que lo dejara de una vez.

—Desde luego, Massimo —le reprochó su hermana—. ¿Por qué siempre tienes que meter la pata?

—Pues que alguien me explique qué hacía Martina aquí y qué significa esta maleta. ¿Dónde se marcha, joder? —inquirió con tono acusador.

Enzo se encaró con él.

—Haz el favor de cerrar la boca —exigió—. Y cambia esa mirada sospechosa porque te recuerdo que estás en mi casa. Desde que has entrado por la puerta no has dejado de sugerir algo sucio y con ello no sólo me ofendes a mí —le señaló a Rita con la mirada.

Ella se lo agradeció con un beso en la mejilla.

—Voy a buscar a Martina —dijo a Enzo.

—Ve con ella —apoyó, devolviéndole el beso—. Seguro que te necesita.

Massimo fue hasta el sofá y se dejó caer, sin entender qué estaba pasando.

Una vez solos, Enzo le explicó lo sucedido en su ausencia.

—Hace dos semanas o tres que Martina acabó sus exámenes.

—No me lo dijo.

—De hecho, cuando tú te marchaste a Alemania, ya le habían dado las notas. Se ha graduado con la nota más alta de todo el alumnado. Nos llamó a Villa Tizzi para decírnoslo.

A Massimo le dolió que lo mantuviera al margen de sus éxitos.

—También realizó su examen de capacitación con excelente resultado, como era de esperar. Estaba esperando la nota cuando tuvo que marchar corriendo a Sicilia. La llamaron porque su abuelo había sufrido una angina de pecho. Cuando Martina llegó, el hombre ya se había recuperado y estaba en casa, pero el sufrimiento que pasó hasta que pudo comprobar que había sido poca cosa, ya puedes imaginártelo.

—Sí, lo imagino. Para Martina su abuelo es muy importante.

—Tan precipitada se marchó, que se dejó el teléfono móvil.

Massimo quiso pensar que ese era en parte el motivo de no responder a sus llamadas, aunque en el fondo sabía que era un tonto consuelo puesto que, una vez de vuelta en Roma, Martina tampoco le cogía el teléfono.

—¿Qué ha pasado entre vosotros, Massimo?

—Discutimos en mi casa y desde entonces nada es igual.

—¿Qué le dijiste?

Massimo no respondió. Habían reñido por culpa de una ropa que ella le había comprado a la niña. Recordó sus últimas palabras aquella tarde «Ser madre no es lo mío». Y entonces recordó que ella había perdido un niño, lamentó no haberse dado cuenta antes.

—Creo que la ofendí, es algo íntimo que no puedo revelarte, Enzo.

—¿Tiene que ver con su aborto?

Massimo levantó la cabeza de golpe y le lanzó una mirada inquisitiva.

—¿Qué sabes tú de eso?

—Nada, lo poco que Rita me ha contado.

—Entonces, ¿a qué vienen todas estas preguntas?

Enzo entrecruzó los dedos de las manos y se inclinó hacia delante.

—Trato de ayudarte a arreglar las cosas. A Martina le dieron su diploma y estuvo completamente sola, sin nadie de su familia para acompañarla. Si nos hubiese llamado, habríamos venido a celebrarlo con ella, pero ya sabes como es.

—Reservada como ella sola.

—No te voy a engañar —afirmó Enzo—. Cuando llegamos ayer, Rita la llamó y en vista de que no contestaba, fue a su apartamento. La encontró llorando, sentada en un rincón. Acababa de volver de Sicilia y ni siquiera había deshecho la maleta. La soledad le vino grande. Rita consiguió sacarle todo lo que te he contado, que se sintió muy sola sin poder compartir su éxito con nadie y si a eso le añades los nervios que pasó con lo de su abuelo... Rita decidió por ella, agarró la maleta sin deshacer, cogió a Martina y se la trajo aquí.

—Gracias por contármelo —murmuró, levantándose.

Massimo se marchó de allí sintiéndose culpable de no haber estado con ella ni en lo bueno, abrazándola por sus éxitos, ni en lo malo, cuando sufría ante la posibilidad de perder a su abuelo. No, no podía haberlo apartado de un modo tan radical por una simple riña. Debió sentirse ofendida en lo más profundo. Martina había perdido un hijo y él se mofó de su frívolo concepto de la maternidad. Un tema tabú para ella, del que jamás hablaba. «Lo estuve, pero no fue bien». Eso era cuanto le había dicho, aquella tarde en el bosque de Villa Tizzi. Pero un embarazo malogrado no podía causar un dolor tan hondo que no fuera capaz de mitigarlo ni el paso de los años. ¿O sí? Si ella le contara... Para eso se tenían el uno al otro, la ayudaría a sacar los demonios fuera. Quería que se desahogara con él, sujetarse en los momentos difíciles formaba parte del amor. Pero dudaba que Martina estuviera preparada para hablar de ello.

—Le prometí que cuidaría de ella y he faltado a mi palabra.

Transcurridos dos días desde que vio a Martina, Massimo pidió un permiso especial y tomó el primer avión a Trapani. Allí, ante la casa de campo que la vio crecer, conversaba con Giuseppe Falcone. Necesitaba llenar ese capítulo en blanco en la historia que ella nunca le había revelado.

El anciano no tuvo reparos en contarle esa parte de la vida de su nieta, tal vez porque confiaba que hablar en voz alta de ello era el mejor modo de expiar las culpas y alejar para siempre los malos recuerdos que acechan en la mente como demonios ávidos por robarnos la vida. Se hallaban sentados en el patio, frente a la fachada, en un par de sillas de carrasca tallada y encordado de pita.

—Todos cometemos errores. Dicen que de ellos se aprende y yo así lo creía —confesó Giuseppe—. Con la experiencia que me dan los años, ya no estoy tan seguro de ello. Yo dejé que mi nieta se equivocara, convencido de que lo mejor para ella era que se hiciera fuerte con cada tropiezo. Hoy no lo permitiría.

—Culparse no sirve de nada —opinó Massimo, con la vista fija en la bicicleta infantil oxidada, abandonada en un rincón del porche por la niña que creció y se olvidó de ella.

—Mi mujer nos dejó cuando Martina tenía doce años. Nos quedamos solos y siempre he lamentado no haber sabido darle a mi nieta ese tipo de afecto femenino que una pequeña mujer necesita.

—Tenía a sus padres.

Giuseppe sonrió con tristeza.

—Tenía sus cartas —matizó—. Martina tuvo que conformarse con saber que la querían y con verlos un par de veces al año. Mi hijo era un soñador y encontró en Alicia a su alma gemela. Querían cambiar el mundo. Y en ese empeño perdieron la vida. Cuando ellos murieron en África, Martina estaba a punto de cumplir los dieciséis.

—Una edad difícil.

—Lo fue —aceptó el anciano, dándose una palmada en la rodilla—. Dos años muy difíciles, Martina reaccionó con rebeldía. Todo le parecía mal, todo esto dejó de gustarle, se aburría. Incluso yendo cada día al instituto en Trapani, decía que se sentía agobiada en una ciudad tan pequeña. Y entonces apareció Viviana, en el peor momento. Qué mal hicieron sus padres confiándoles el cuidado de Martina.

Le confesó su sorpresa cuando supo que su hijo y su nuera habían legado a Martina la casa familiar, dejando en usufructo del palacete a la hermana de su madre con la condición de cuidar de su hija. Massimo escuchó de boca de Giuseppe el relato de lo que parecía un truco de encantador en toda regla. La recién nombrada tutora legal se presentó allí haciendo sonar ante sus ojos las llaves que acababa de comprarle, por todos los regalos que nunca le había hecho, aunque Martina eso no supo discernirlo en ese momento. Y le contó maravillas de la vida cosmopolita, hasta que llenó su cabeza adolescente de fantasías que la hicieron asociar Roma con un mundo de ensueño, y aquel rincón en el cabo Lilibeo de Sicilia con el tedio de la vida rural.

—Un mes después, ya se había instalado en Roma, en el hogar que compartió con sus padres antes de que ellos se embarcaran en esos proyectos de cooperación internacional —continuó Giuseppe—, y sabía que Martina pasó de la disciplina que yo pretendía imponerle a vivir un descontrol absoluto, acorde con el ritmo de vida de su tía. Pero a pesar de ello estaba tranquilo, mi nieta siempre ha sido extremadamente responsable. Acabó el bachillerato con unas notas excelentes, como siempre, y empezó la carrera de Asistente social. No me enteré hasta mucho después de que abandonó sus estudios en el segundo año.

El abuelo se quedó pensativo y Massimo respetó su silencio. No hacía falta que le explicara que el abandono coincidió con la aparición en su vida de Rocco Torelli.

—Él estaba casado.

—Lo sé, Martina me lo contó. Y también que estuvo embarazada y perdió el niño.

—Ese hombre era un miserable. Una de las amistades de Viviana, casi le doblaba la edad. Si yo hubiera sabido...

—No se culpe —aconsejó Massimo.

—No quiso saber nada de ella —masculló con rencor—. Y ella, tonta inocente, que creyó que iba a dejar a su esposa por ella.

—Martina era muy joven. Con veinte años, no es extraño que creyera que el cuento de princesas se haría realidad.

—Cuando todo ocurrió, Viviana se encontraba de viaje y él, se limitó a meterla en un avión hacia Palermo. En cuanto aterrizó, en qué estado estaría que desde el mismo aeropuerto la trasladaron de urgencia al hospital. Embarazo extrauterino, creo que así llaman al problema que tenía, no entiendo de esas cosas. Lo único que sé es que mi nieta no murió de milagro.

Al escuchar aquello, Massimo se tapó la cara con las manos temiéndose lo peor. Él sí sabía qué significaba y los riesgos que entrañaba. El peor de ellos, salvar la vida a cambio de la esterilidad.

—Me avisaron desde el hospital, Martina estaba tan grave que no creyeron que llegara a tiempo de despedirme de ella. Pero se salvó, es fuerte, muy fuerte. La encontré tendida en una cama de hospital, como una muñeca rota. Acababan de decirle que nunca podría tener hijos. Y sólo tenía veinte años.

Massimo fue incapaz de seguir escuchando. Todo encajaba, su pasión por los niños, su inmenso cariño por Iris, sus silencios... Acababa de descubrir el porqué de la sombra triste que siempre veía en los ojos de Martina. Ella nunca podría disfrutar de la incertidumbre y la alegría de la espera, viendo crecer su vientre día a día. Recordó la carita arrugada de Iris cuando abrió los ojos a la vida por primera vez y sintió un terrible dolor, como si le arrancaran algo dentro, al pensar que Martina jamás conocería la dicha de arrullar en sus brazos un hijo recién nacido, ni susurrarle plena de alegría «Bienvenido al mundo, pequeño mío». Todos esos anhelos y sueños se los robaron, se los arrebató el destino que unas veces nos mira con agrado y otras nos convierte en blanco de sus dardos.

Massimo se mesó el cabello con los dedos. Necesitaba llevarse consigo un retazo de su inocencia infantil, esa que para ella significaba Sicilia.

—Yo... Yo querría ir a un lugar, ¿usted me haría el favor de mostrarme el camino? Ella me contó que en verano su esposa y usted la llevaban a una playa.

El abuelo sonrió con el recuerdo de aquellos días.

—No está lejos, pero ¿seguro que no perderá el avión?

—Aún me quedan unas horas, no se preocupe por eso.

No sólo le indicó el camino, Giuseppe Falcone se empeñó en acompañarlo. Massimo condujo por los caminos de tierra durante quince minutos escasos, hasta la cercana aldea de Casa Santa. Aparcó en la carretera y salió del coche, seguido por el anciano. La idílica playa que Martina recordaba no era más que un palmo de arena donde se amontonaban las barcas de pesca; entre tantas playas paradisíacas, encadenadas unas tras otras en el cabo occidental de la isla desde Módena a Castellammare, a nadie se le ocurriría plantar la sombrilla en aquel desierto rincón. Massimo caminó hasta el borde del agua de azul tan claro que blanqueaba en la orilla. Y la imaginó con un cubo en la mano entre las rocas, con la naricilla pecosa y enrojecida por el sol, sonriendo en busca de anémonas y estrellas de mar.

Massimo tuvo que respirar hondo al recordar lo que el señor Giusepe acababa de contarle. Martina nunca tendría hijos. Una realidad que sentía por los dos, por las alegrías que nunca podrían compartir; por la impotencia de saber que nunca dejaría de ver en sus ojos la sombra gris de la tristeza, ya que Martina anhelaba el único regalo que él no le podía dar. Cuánto habría deseado tenerla allí y confortarla con un abrazo, en aquella playa de juguete que para ella simbolizaba la inocencia. Apretarla muy fuerte y decirle al oído que la vida va y viene, como una marea imprevisible de malos y buenos momentos. Massimo deseaba tanto llenar su cara de besos y convencerla de que los días felices vienen y se van, pero nos dejan la esperanza de retornar. Como las olas, que olvidan en la arena su rastro de espuma para recordarnos que siempre regresan.

—La vida no se acaba ahí —murmuró convencido, pese a lo abatido que estaba por ella—. No entiendo por qué nunca me lo dijo.

Giuseppe captó el sentido de sus palabras. No hizo falta que Massimo matizara que estaba hablando de la imposibilidad de su nieta para concebir; y suspiró con impotencia.

—Porque mi nieta todavía se culpa de lo que le pasó.

—Es absurdo —murmuró.

El anciano asintió.

—Cuando le dieron el alta en el hospital, la traje aquí conmigo e hice cuanto pude por devolverle la alegría. Hasta que un día, estos campos volvieron a parecerle muy pequeños y le entraron las ansias de libertad. Regresó a Roma y durante los últimos seis años vegetó en esa casa que era suya. —Massimo supuso que el hombre ya estaba al tanto de que Martina había donado el palacete a una Fundación—. Retomó los estudios, volvió a dejarlos... Se enrocó en aquellas cuatro paredes. Imagino que por respeto a la memoria de sus padres se negaba a que acabara en manos de su tía. ¿Qué podía hacer yo? Es una mujer adulta y era su decisión.

Massimo decidió poner punto final, no quería escuchar más. El resto de la historia ya la conocía. Martina regresó a la universidad, con empeño, y había logrado su meta: su pasaporte para una vida diferente. Llevó a Giuseppe de regreso a su casa, se despidió agradecido por su sinceridad y por no haber hecho preguntas acerca de su relación con su nieta.

Mientras conducía hacia el aeropuerto el coche alquilado, meditó sobre ese pasado que Martina cargaba como una culpa y llegó a una conclusión: si no se había sido capaz de confiarle su imposibilidad para concebir hijos, era por miedo a que la rechazara. Y si pensaba así, era porque desconocía el alcance de sus sentimientos hacia ella. Martina no sabía cuánto la amaba, no sabía hasta qué punto.

Acudió directo al apartamento de Martina. Ella le franqueó la puerta, ocupada en no olvidar nada para su viaje y con el equipaje a medio hacer. Dijo que tenía intención de marchar unos días con su abuelo, pero no mostró emoción alguna cuando él le contó que precisamente acababa de llegar de Sicilia.

—¿Por qué no me lo contaste todo?

Trató de abrazarla pero ella lo rechazó. No hizo falta que le explicara a qué se refería ni quién se lo había revelado.

—¿Para qué? ¿Qué te importa a ti? Si piensas que como madre nunca daría la talla.

—Eso no es cierto.

—¿Qué te ha hecho cambiar de opinión? ¿Ahora te doy pena y has venido a contarme un cuento de hadas para que me sienta mejor?

Sin esperar respuesta, apretó los labios y se entretuvo en guardar algunas prendas en la maleta del montoncillo de ropa doblada que había sobre la mesa.

—¿Quieres que hablemos cuando vuelvas de Trapani? —continuó ella con lo que estaba haciendo sin responder a su pregunta—. No es necesario parir a un hijo para quererlo. —Añadió Massimo.

—¡Ya lo sé! No es algo que tengas que recordarme. Puede que algún día esté preparada para recurrir a la adopción o a la acogida temporal. He pensado en ello —reconoció, e hizo una pausa antes de continuar—: Puede que más adelante. Hoy por hoy necesito centrarme en valorar varias ofertas laborales y en escoger la que más me convenga.

—Y yo necesito que me perdones. Sé que no es excusa pero aquel día pagaste tú toda la rabia que llevaba dentro porque Ada acababa de decirme que se marcha a vivir a Abu Dabi con su nueva pareja. Por supuesto, se lleva a Iris.

Por primera vez, Martina lo miró a los ojos.

—¿Por qué no me lo dijiste? ¿Y eres tú el que me acusa de guardarme secretos?

—Intenté hacerlo aquella noche, aquí mismo —le recordó, señalando a su alrededor—. Pero tú te negaste a escucharme.

Martina calló. Era absurdo replicar porque Massimo decía la verdad.

—Yo... yo lo siento de verdad. Y Ada, ¿cuándo decidió mudarse? No entiendo que haga algo tan drástico de hoy para mañana.

Massimo se guardó su opinión.

—Veo que el cariño de mi hija se me escapa y que no puedo hacer nada por evitarlo. Pero Iris crecerá y algún día será libre de decidir si quiere pasar más tiempo conmigo. —reflexionó—. Prefiero no hablar de ello. Necesito vivir el día a día y no torturarme pensando en lo lejos que está.

Martina desvió la mirada, lo sentía de verdad. Massimo continuó antes de que volviera a la desabrida actitud de hacía un momento.

—Cuando te ofendí de aquella manera no conocía el alcance de mis palabras —explicó—. Si yo hubiese sabido el daño que te hacía, jamás las habría pronunciado. Ojalá hubiera sabido entonces todo lo que sé.

—Si has venido a hacerme reproches por no habértelo contado, ya puedes marcharte por donde has venido.

—Martina, déjalo ya. No cometas el mismo error que yo. No conviertas tu dolor en un arma. Yo lo hice y mira las consecuencias. Simplemente te estoy preguntando por qué. ¿Pensaste que te querría menos por eso? No te lo reprocho, en cualquier caso, soy yo quien ha fracasado al no ganarme tu confianza.

—¿Has acabado?

—No, todavía no. Déjame terminar y no volverás a oírme —pidió cogiéndole las dos manos—. Estoy orgulloso de ti, Martina. Enzo me contó que superaste el examen con calificaciones excelentes y me habría gustado compartir contigo esa alegría. También me habría gustado ser tu apoyo cuando lo pasabas mal, aunque dudo que me creas. Persigue tu sueño, mi pequeña luchadora. El futuro es una página en blanco que está por escribir, yo sé que con tu tesón la llenarás de éxitos.

A Martina se le escapó una lágrima, pero antes de que Massimo llegara a rozarle la mejilla, ella se la secó con el dorso de la mano.

—No llores, ven aquí —rogó abrazándola con fuerza.

—Llevo años aguantándome las lágrimas —sollozó con el rostro apoyado en su hombro.

Massimo la besó en la sien y apoyó la barbilla en su cabeza.

—Perdóname por no haber sabido hacerte feliz —murmuró—. Prefiero saber que sonríes lejos de mí que verte llorar a mi lado.

«No soy un hombre sin alma. Soy humano, como cualquiera». El caza esperaba ya en cabeza de pista en posición de despegue y el capitán Tizzi se recordó a sí mismo que era un soldado adiestrado para dejar el corazón en tierra y, con él, los pensamientos oscuros que le restaban concentración. Tenía el deber de pilotar con el cerebro, temple firme y los sentidos alerta para no cometer el más mínimo fallo que pusiera en riesgo su vida y la de otros. Recibió las últimas instrucciones mientras se colocaba la máscara de oxígeno y el casco. Ascendió hasta la cabina del Eurofighter Typhoon y pulsó el cierre de la cubierta de cristal. Le habían encomendado la misión de escoltar un Hércules cargado de víveres, medicinas y material médico hasta Filipinas. Su misión era asegurar la llegada de un soplo de esperanza a las víctimas del tifón, que todo lo habían perdido.

A él sólo le quedaba su valor y las ganas de volar.

Asió los mandos del caza para acomodar los guantes a la vez que encendía los motores. Se tocó el bolsillo del mono donde guardaba el paquete de M & M's de Martina que lo acompañaba en cada vuelo y alzó el dedo pulgar mirando al personal de tierra. Aceleró por la pista y despegó rumbo a las estrellas.

Buenos días tristeza

Después de un largo paseo, Martina se había sentado en un banco del parque de Villa Mercedes, enfrente de la casita de cuento convertida en biblioteca.

Llevaba horas dándole vueltas a lo sucedido entre ella y Massimo desde el día que abandonó su casa dispuesta a no verlo más. Era lo bastante honesta para reconocer que no estuvo a la altura. Se dejó llevar por el rencor y cerró los ojos a la realidad que entonces sacudía a Massimo. Enfrascada en lamerse sus propias heridas, le dio la espalda cuando más la necesitaba. Massimo apostó por el amor, por ella, y a cambio perdía a Iris. Le remordió pensar que, por su propia actitud, las había perdido a las dos.

No sintió remordimiento alguno, en cambio, por un hecho que Massimo desconocía. Una noche, mientras él se duchaba, cogió su teléfono sin permiso y anotó el número de Ada Marini. Entonces tenía la esperanza de conversar tranquilamente algún día con ella, aunque Massimo se pusiera furioso, por mucho que pretendiera mantenerla al margen. Allí sentada en el parque, con el móvil en la mano, se alegró de haber hecho algo tan feo a sus espaldas, porque ese día acababa de llegar.

—Martina Falcone, ¿sabes quién soy? —dijo a bote pronto en cuanto escuchó su voz al otro lado de la línea.

—Sí lo sé. ¿Le ocurre algo a Massimo? ¿Ha sido él quien te ha dado mi número?

Martina no respondió porque no venía al caso. Tenía que ser breve e ir al grano, porque el tono desabrido de Ada indicaba que le iba a colgar el teléfono de un momento a otro.

—Sólo quería decirte que yo ya no soy un estorbo. Ya no es necesario que te lleves a Iris lejos de su padre.

—¿Pero tú que te has creído? —le espetó enfurecida—. ¿Qué os habéis creído los dos? ¡Como si yo tuviera que decidir mi vida pensando en él! ¿Tan importante se cree? Pues dile de mi parte que no lo es. Y dile también que está enfermo de soberbia y es un retorcido si cree que me voy a con Renzo a Dubái como una especie de revancha.

—Si te he molestado...

—Me importa muy poco si está contigo o con una pájara distinta cada día. Nada, para serte franca. Yo tengo a Renzo, un hombre maravilloso, que me adora, ¡que me regalaría la luna atada con un cordel si yo se lo pidiera! Y vale mil veces más que Massimo Tizzi.

Martina improvisó una parca disculpa antes de colgar. Su intento conciliador no había servido de nada, él ya se lo advirtió. Guardó el teléfono triste y asumiendo la realidad. Ella había sufrido mucho en las últimas semanas pero, de los dos, Massimo era el gran perdedor.

Un día después, Martina viajó a Sicilia. El abuelo Giuseppe, viéndola tan afligida, dejó que sacara toda la pena que llevaba dentro. Martina lloró durante un buen rato, sentada a su lado en el sofá del viejo comedor, con la cabeza apoyada en su regazo. Le puso un pañuelo en la mano y respetó su llanto hasta que la vio más tranquila.

—Cuéntame, niña mía —la invitó acariciándole el pelo—. ¿Qué es eso tan terrible que te roba la alegría?

—No quiero volver a cometer más errores. Tomo decisiones que luego me pesan demasiado.

—Todos nos equivocamos. Unos más, otros menos —le recordó—. Hay quien se los calla y los valientes lo reconocen en voz alta, como tú acabas de hacer. Ese es un acierto.

—De los errores sólo he aprendido que siempre regresan para enturbiar el presente. ¿Por qué no fuiste más severo conmigo?

El abuelo suspiró ante un hecho para el que no había remedio. Siempre supo que algún día su nieta le reprocharía a él sus propias faltas.

—Porque entonces tú no me hacías caso. Pero dejemos de remover agua pasada, ¿qué ha sucedido para que regreses a casa en busca de consuelo?

—Fingí una frialdad que no siento. Me creí fuerte y no lo soy —reconoció.

—Sí lo eres.

—Aparenté indiferencia y me arrepiento. No hago nada bien.

—¿No eres tonta, verdad? No me decepciones respondiendo que sí. El peor error que puedes cometer es permitir que pesen más en la balanza los errores que los aciertos. Haz una lista de las decisiones atinadas y siéntete orgullosa de ti misma. ¿Has decidido qué empleo aceptarás de los que te han ofrecido?

Martina movió la cabeza con un gesto afirmativo y le reveló su decisión de aceptar una beca de colaboración en una ciudad pequeña al sur de la Toscana.

—Estaré lejos y sola, como siempre —concluyó sin poder evitar de nuevo las lágrimas.

—No lo estás. Me tienes a mí. Distancia no significa soledad —argumentó.

—Sólo quedamos tú y yo.

—¿Has olvidado que la abuela y tus padres cuidan de nosotros desde allí arriba?

—A veces pienso que nos han olvidado.

El abuelo sonrió convencido.

—Esa clase de amor no se olvida, se lo llevaron con ellos —dijo señalando el techo. Nunca han dejado de quererte y yo, algún día, me reuniré con tu abuela y con mi hijo. También te querré desde allí.

—¡No digas eso! —lo riñó

Giuseppe le acarició el hombro.

—Tu tristeza y tu soledad tienen que ver con el capitán Tizzi. —Martina respondió con un suspiro hondo—. Vino a verme. Le conté toda la verdad, cosa que debiste hacer tú.

—Un error más que añadir a mi lista.

—Deja de lamentarte o me enfadaré —ordenó, obligándola a incorporarse para poder hablar cara a cara—. Has escogido qué quieres hacer a partir de ahora. Pues hazlo y manda callar a tu conciencia. Deja que te arrastre el viento y vuela hacia el cielo infinito, ¿te acuerdas de la canción?

Martina se sabía la letra de memoria de tanto escucharla. Volare siempre le recordaba a Massimo. Se preguntó si su abuelo, sin decirlo a las claras, le estaba hablando de él.

—Lo haré si lo haces tú —pidió—. No quiero volver a sufrir si te pones enfermo.

—Una angina no es un ataque cardiaco, sólo lo parece. Estoy sano y fuerte como un olivo milenario.

Martina le lanzó una mirada severa para que se dejara de excusas.

—Júrame que vendrás a pasar largas temporadas conmigo y yo te prometo venir a Trapani a pasar todos los veranos a partir de ahora.

El abuelo le cogió las mejillas entre las manos arrugadas por la edad.

—A un hombre de ley le basta con su palabra, pero por ti soy capaz de jurar. En la Toscana, en Roma, donde quiera que vayas me tendrás a menudo hasta que te canses de oírme refunfuñar por todo.

Martina sonrió dudosa.

—Me has dado tu palabra.

—La tienes —confirmó con rotunda solemnidad.

—Pero antes te cansarás tú que yo. En cuanto eches de menos tu isla.

El abuelo rio con ganas.

—Eso es verdad.

Mientras Martina se debatía con su propio corazón, mil setecientos kilómetros al norte de Tapani, en Lombardía, Massimo asumía por fuerza esa absurda paradoja que algunos llaman destino. Horas después de la terrible noticia, aún se hallaba embotado por la incredulidad. La madre de su hija había muerto.

Cuando Carina lo llamó para informarle de que Ada y Renzo habían fallecido en un accidente de circulación, voló sin perder un minuto a Milán para recoger a Iris. Estaba confuso; aliviado y afligido a la par. Porque a la alegría de saber que su hija no iba en el coche con ellos y que estaba viva, se sumaba la tristeza de asumir que Iris había perdido a su madre. ¡Era tan pequeña! No era justo que la vida le hubiera concedido un año con ella. Un año nada más para disfrutar de su amor.

En el avión sólo pensaba en las paradojas que nos depara el destino. Jamás deseó que le sucediera a Ada nada malo; a pesar de todos los desencuentros y de su insufrible relación. Pero la realidad era la que era: el azar le regalaba aquello que creyó perdido. Una muerte había dado a su vida un vuelco radical. A partir de entonces tendría a Iris, la vería crecer, sin discusiones ni malas caras, sin tener que dar más explicaciones ni someterse a decisiones caprichosas. La tranquilidad tenía un precio demasiado alto: su hija se había quedado huérfana de madre.

Ya en Milán, en casa de Carina, esta le explicó los pormenores del accidente ocurrió en Bolzano. No entendía la distante relación familiar de los Marini. Mientras escuchaba a la única hermana de Ada, su melliza, se preguntaba con triste decepción por qué no lo avisaron para el funeral. Por encima de los malos momentos, a Ada y a él los unía una hija en común.

Massimo dio un vistazo de reconocimiento a la casa. Un piso antiguo en el centro del que habían derribado casi todas las paredes. Pensó que el ambiente carente de calor era el reflejaba a la perfección el hieratismo de su dueña. Aquella decoración minimalista en blanco y acero daba escalofríos.

—La culpa fue de ellos —continuó Carina con el relato—. Ya sabes cómo son esas carreteras de montaña. Los Carabinieri dijeron que iban demasiado rápido. Prefiero no recordar, fue todo muy desagradable.

¿Desagradable acababa de decir cuando no hacía ni dos días que había incinerado a su hermana? Massimo no daba crédito, ni a sus palabras ni a sus ojos secos impecablemente maquillados.

—Tu hija estaba en el hotel con una canguro, fue una suerte.

—Sí lo fue —dijo Massimo, estrechando con cuidado a Iris que se había quedado dormida en sus brazos.

—Fue la familia de Renzo la que me localizó —narró con un suspiro, más que de tristeza, de aceptación—. Aún no entiendo cómo. Ya sabes que mi hermana y yo nunca nos llevamos bien. La última vez que nos vimos fue cuando nació la niña.

Massimo recordaba su rápida visita al hospital para cumplir con el expediente y la incomodidad entre las hermanas. Nunca entendió que una rivalidad profesional entre modelos estuviera por encima del afecto.

—Dejé mis compromisos y me hice cargo de la tu hija hasta que tú llegaras, ¿qué otra cosa podía hacer?

Lo dijo con tal desapego que Massimo agradeció que la niña tuviera un año y no se enterara de nada. Él había visto bondad en Ada; con él podía mostrarse implacable e incluso cruel, pero a Iris le profesaba un amor infinito. En cambio, en aquella mujer tan parecida físicamente a la madre de su hija, sólo veía una belleza distante. Y aunque no le incumbía, fue incapaz de callar.

—¿Vino tu padre al funeral?

—Cuando lo llamé, cogió el primer avión desde Nueva York. Aunque Ada y él no se hablaban, vino a despedirla. Y conoció a Iris —aquella diosa de hielo, por primera vez sonrió al mirar a la niña—. Dijo que se parece a nuestra madre y tiene razón.

—¿Ya habéis decidido que haréis con las cosas de Ada? Me refiero al piso de Roma.

—Tendré que ir algún día —meditó con un gesto de fastidio que incomodó a Massimo—. ¿Por qué lo preguntas?

—Si no te importa, me gustaría que Iris tuviera algunas fotografías de la familia de su madre. Algún recuerdo de ella.

—Dame tu e-mail y escanearé algunas. Yo conservo fotos de mamá. Era muy guapa, ¿sabes? Si las encuentro, te enviaré también alguna de nosotras con mis padres, cuando éramos pequeñas.

Procurando no despertar a Iris, sacó una tarjeta de la cartera y se la tendió a Carina.

—Ahí está mi dirección de correo electrónico y la de mi casa de Roma. Tienes mi teléfono también.

Carina la dejó sobre la mesa, sin demasiado interés.

—Cuando vaya a Roma, ya te llamará para darte las joyas de mi hermana, imagino que estarán en su casa. Qué menos que tu hija las tenga —dijo con un matiz que, voluntario o no, sonó avariento—. Y cuando Iris crezca, estaría bien que me enviara una felicitación por Navidad.

Un puñado de alhajas y, de tarde en tarde, una postal. Nada de visitas, ni mención de volver a verla por parte de su tía o de ese abuelo al que él no conocía y había visto a su nieta sólo una vez. Eso era todo el interés que Iris podía esperar de su familia materna, asumió Massimo con amargo desánimo.

El cielo puede esperar

Martina fue hasta el Trastevere para despedirse de Enzo y Rita antes marcharse de Roma. Después de mucho pensarlo, había decidido aceptar la oferta de Grossetto. En un semana debía incorporarse como becaria para trabajar en el área de los Servicios sociales de la localidad. Según le habían asegurado, durante un año pasaría por todos los departamentos, desde tercera edad, a familia y menores con riesgo de exclusión social. No le aseguraron nada en firme, pero el responsable de área le dio a entender que existían altas posibilidades de incorporarse a la plantilla como personal contratado, una vez acabado su período de prácticas.

No fue ese el único motivo de elegir Grossetto. Martina quería alejarse de Roma y en el sur de la Toscana sentía más cercanos a los Tizzi, una familia extraordinaria que la había acogido con los brazos abiertos. Villa Tizzi era el lugar donde tanto afecto había recibido y Martina les tenía un enorme cariño. Saber que los tenía cerca le infundía seguridad en este nuevo vuelo en solitario.

Se alarmó cuando Rita abrió la puerta del estudio. Estaba recién casada, se suponía que debía disfrutar de los días más felices de su existencia, y en cambio, la recibió llorando.

Martina la abrazó y Rita se recompuso, secándose los ojos.

—Pasa, por favor —la invitó, después de darle dos besos—. Acabo de hablar por teléfono con mi madre y mira cómo hemos acabado las dos.

A Martina la inquietó la posibilidad de que algo grave hubiera ocurrido en Civitella.

—¿Ha pasado algo malo? Rita, estoy empezando a asustarme.

Con los ojos de nuevo llenos de lágrimas, esta le indicó que la acompañara hasta el sofá y, una vez sentadas las dos, le confesó el motivo de su pesar.

—Massimo ha vuelto a casa con la niña. No sé si has hablado con él...

—No.

—Entonces, creo que aún no sabes lo de Ada —conjeturó, mirando a Martina que la escuchaba sin despegar los labios—. Murió. Un accidente de tráfico en Bolzano. Ella y el hombre que conducía el coche fallecieron en el acto. Es un golpe terrible.

La noticia dejó a Martina con la boca seca. Se pasó la mano sin pensarlo por el antebrazo porque tenía la piel de gallina. Había hablado con aquella mujer hacía apenas unos días y ahora estaba muerta.

—¿Cuándo ocurrió? —murmuró, apenas le salía la voz.

—Cuando te marchaste a Sicilia a pasar unos días a casa de tu abuelo.

Rita le explicó la maraña de sentimientos contradictorios en que se debatía toda la familia. Ninguno de ellos le tenía a Ada la menor simpatía, pero no le deseaban mal alguno. Y todos sentían su muerte por la pequeña Iris que, de un modo tan inesperado y terrible, acababa de quedarse huérfana de madre.

—No voy a fingir, ahora que está muerta, un afecto que no sentía por ella —se sinceró Rita—. No soy tan hipócrita. Pero Iris es tan pequeña —gimió cerrando los ojos—, es injusto que tenga que crecer sin una madre. Nadie mejor que tú sabe lo que eso supone.

Martina se miró las manos, pensativa. Alargó la derecha para coger la de Rita e infundirle ánimos.

—Es injusto y cruel, pero Iris tiene un padre que la quiere con todo su corazón. Nunca le faltará su cariño.

Rita tuvo que volver a usar el pañuelo, porque de nuevo las lágrimas le inundaron los ojos.

—Ese era el motivo de la llamada de mi madre —aclaró con tristeza—. Massimo ha vuelto a casa con la niña. Quiere dedicarle toda su atención, volcarse en su hija ahora que sólo lo tiene a él.

—Es un padre excelente, no esperaba otra cosa de él.

—Martina, ¿tú crees que mi hermano puede compaginar todo el tiempo de atención que requiere una niña tan pequeña con un trabajo como el suyo?

—Hay muchas maneras, y todos vosotros estáis ahí para echarle una mano.

—Eso por descontado —reconoció—. Pero Massimo no quiere dejar la responsabilidad de criarla en manos de otros.

Martina pensó en sus propios padres, que la quisieron con locura pero siempre asumieron su labor humanitaria como prioridad antes que sus obligaciones con ella. Durante la infancia no sintió tanto su ausencia, pero ahora que era una mujer adulta sabía que hay veces que el amor no basta.

—Mi madre se ha echado a llorar al decirme que mi hermano está decidido a dejar el ejército.

Las palabras de Rita provocaron en Martina una terrible sensación de angustia. Massimo iba a renunciar a su mayor pasión, lo que más feliz le hacía en el mundo por el bienestar de su hija.

—¿Va a renunciar a algo por lo que lleva toda la vida luchando? ¡No puede hacer eso!

—Sí puede —contradijo Rita—. Los militares de cuerpos de élite aceptan un compromiso de permanencia en el ejército de doce años. Y en el caso de mi hermano, ese plazo está a punto de cumplir.

—Las decisiones en caliente no son buenas, Rita. Lo conozco y sé que se arrepentirá —argumentó, aunque le habría gustado tener a Massimo delante para que la escuchara—. Además de dinero, ¿qué beneficios crees que le traerá dedicarse a la aviación civil? ¿Crees que tendrá más tiempo para su hija? Seguirá teniendo que ausentarse de casa continuamente.

Rita cabeceó, abrumada.

—No lo sé, Martina. El tiempo dirá.

Martina no lo pensó dos veces. Una hora después, se hallaba de camino al Valle del Chiana. Tuvo por delante dos horas largas de carretera en las que no hizo otra cosa que pensar en el modo de convencer a Massimo para que no tirara por la borda su carrera militar. Había muchas maneras de conciliar su responsabilidad como padre con la aviación y estaba dispuesta a hacerle ver que miles de personas criaban a sus hijos en condiciones mucho más complicadas que las suyas, obligados por la necesidad, las carencias económicas e infinidad de problemas graves. Durante sus prácticas como asistente social, había conocido casos de relaciones familiares conflictivas con ambos progenitores en el hogar, y otros muchos en los que la ausencia paterna no implicaba desatención ni carencias afectivas para los hijos.

Y la más importante decisión que tomó durante aquel recorrido en solitario, tras reconocer ante sí misma que le había fallado no estando a su lado cuando más la necesitaba, fue jurarse firmemente que durante el resto de su vida no lo volvería a abandonar.

Al llegar a Civitella, los saludos alegres de los trabajadores de la hacienda que encontró al pasar entre los vallados, contrastaban con la tristeza disimulada que se respiraba en el interior de la casa. A Martina le dolió ver a Beatrice y a Etore tan preocupados; ni el afecto que mostraron al verla allí de improviso pudo disimular la inquietud que reflejaban los ojos de ambos. Iris se le echó a los brazos en cuanto la vio, Martina la achuchó y besuqueó con muchísimas ganas. Su alegría inocente era lo único en aquella casa que no parecía empañada por algún amargo pensamiento.

Iris devolvió a la niña a los brazos de su abuela y por ella supo dónde encontrar a Massimo. Rodeó la casa y caminó por el sendero que conducía hacia el bosque. Desde lejos lo vio, sentado a la sombra de un ciprés en la linde entre dos prados. Tenía un libro abierto en el regazo y la mirada perdida en ese tapiz verde salpicado de manchas blancas que, a esa distancia, semejaba en el ganado que pastaba bajo el sol.

Cuando la vio llegar, Massimo la invitó a sentarse a su lado.

—Necesitaba un respiro —le explicó cerrando el libro para dejarlo sobre la hierba—. Quiero a Iris con locura, pero una niña pequeña agota a cualquiera.

Más que el cansancio propio de seguir el ritmo de un bebé, Martina intuyó que era la situación la que lo superaba y que por eso había ido hasta allí en busca de silencio y de paz.

—Rita me contó lo de Ada.

Massimo cogió una ramita con la que trazó unos cuantos garabatos en la tierra y luego la lanzó a lo lejos.

—Yo nunca quise esto —confesó—. Reconozco que Ada fue la peor complicación de mi vida y que nos llevábamos a matar. Pero nunca le deseé nada malo.

—Eso lo sabemos todos, Massimo. No tiene que remorderte.

Él insistió, con gesto de dolor.

—Luché por ver crecer a mi hija, pero nunca quise que fuera de esta manera.

—No puedes devolverle a su madre. Quiérela, es lo mejor que puedes hacer por ella.

—Ahora yo la tendré siempre. Y ella a cambio se ha perdido a su madre. Ada podía ser mejor o peor persona, pero quería a su hija —reconoció con dolor—. Me consta que la quería.

—Me duele verte así.

Massimo giró la cabeza y la miró de frente.

—¿Has venido para darme palmaditas en la espalda? No merece la pena recorrer más de doscientos kilómetros para eso.

—Si fuera al revés, tú habrías recorrido medio mundo para estar conmigo.

Él sonrió al ver que lo conocía mejor de lo que suponía.

—Yo no tiro millas por carretera en un Seiscientos que tiene más años que yo.

Martina aprovechó esa leve fisura en su actitud defensiva para hacerse escuchar. Lo miró muy seria porque había conducido desde Roma para abrirle los ojos y hacer cuanto estuviera en su mano para impedir que Massimo tomara una decisión equivocada que iba a pesarle toda la vida.

—No puedes renunciar a tu mayor pasión, has consagrado años a ser lo que eres. No abandones ahora.

Massimo hizo una mueca.

—Debo hacerlo.

—Me niego a que lo hagas.

—Ahora que voy a dejar la disciplina militar, resulta que tengo que acatar tus órdenes.

—No uses la ironía conmigo —lo detuvo para que no continuara por un camino que no llevaba a ninguna parte—. Lo que para ti son órdenes, yo los llamo consejos.

—Tampoco te los he pedido —avisó igual de tajante; se pasó las manos por el pelo y respiró hondo—. Martina, gracias por venir, pero será mejor que me dejes solo antes de que uno de los dos empiece a decir cosas de las que nos arrepentiremos, como siempre nos pasa, cuando sea demasiado tarde.

—Tienes razón en eso. Y sí, me habría gustado mostrar otra actitud cuando viniste a verme. Pero estaba dolida, muy dolida.

Él cabeceó al recordar, con una expresión en la cara que tanto tenía de incredulidad como de cansancio.

—Te hirieron unas palabras fruto de la ira. Hasta el punto de desaparecer, de no responder a mis llamadas ni de no contarme lo que le sucedía a tu abuelo. De no quererme a tu lado el día de tu graduación —reprochó—. A mí también hay cosas que me han dolido y me las he callado.

—No lo hagas.

Ella estaba arrepentida de haber callado algo crucial que debió contarle.

—Muy bien. —Massimo se cruzó de brazos y continuó sin ganas de guardarse nada dentro—. Nunca escuchas. Te encierras en tu dolor y los sentimientos de los demás dejan de contar para ti. Yo quise hablar contigo, intenté explicarte algo que, de tan evidente, cae por su propio peso. Intenté hacerte ver la diferencia entre las palabras que son fruto de un mal momento y las que se dicen con saña, con ganas de hacer daño. ¿Y qué hiciste tú esa noche? Demostrarme que follamos de maravilla y nada más.

Martina le cogió la mano, porque todo cuanto acababa de decir era cierto, por muy desagradable que resultara de oír. Y no le importó que se desahogara lanzándole las verdades a la cara.

—Lo sé, Massimo. Y sé que no debí atacarte con mi indiferencia —reconoció con humildad—. Quise que lo pasaras tan mal como yo lo estaba pasando por aquello que dijiste sobre mi incapacidad para ser madre.

—Te repito que…

Martina le puso dos dedos los labios para impedirle continuar. No quería disculpas puesto que no hubo intención de ofensa por parte de él.

—He pensado mucho en nosotros y tienes razón, no quiero volver a usar mi dolor como arma. Déjame estar contigo para siempre.

Massimo tensó la mandíbula.

—Ahora que Ada ya no está para complicarme la vida, ¿verdad? Cuando todo era negro y difícil, me diste la espalda. Un tipo demasiado problemático para ti. Y cuando Iris iba a marcharse lejos, qué curioso, averiguaste que estabas mejor sola que conmigo. Pero todo ha cambiado de repente y el canalla cruel ya no tiene una tercera en discordia. Y además está su hija —detalló con inclemencia—. Una niña muy pequeña sin una madre que siempre te relegaría a ser la segunda en su corazón. ¿Si Iris no existiera, estarías aquí?

Martina apoyó la cabeza en su hombro.

—Tarde o temprano habría vuelto contigo porque no puedo renunciar a ti. No puedo cambiar lo sucedido ni dar marcha atrás —reconoció—. Ya sabía que dirías algo parecido porque siempre piensas lo peor de mí. Siempre, y pese a ello te quiero.

Massimo bajó la cabeza, en un mudo gesto de disculpa. Estaba frustrado y hundido, pero Martina tenía razón, siempre la pagaba con ella.

—Adoro a Iris, Massimo. —Siguió, sin ofenderse por la dureza de sus reproches—. No me quites la posibilidad de quererla y verla crecer. Quiero tanto a esa niña que incluso me asusta.

Él le rodeó los hombros y la atrajo para darle un beso en la mejilla al notar que se le quebraba la voz. La niña también la adoraba. Se sentía un canalla al robarle a Martina el cariño de la niña, porque no imaginaba una madre mejor para su hija.

—¿Crees que no lo sé? —dijo con los labios sobre su pelo—. Pero resulta que yo también voy en el pack. Quiero ir en el mismo lote, ¿comprendes? No me conformo con compañía y sexo, necesito más que eso.

Ella le cogió la barbilla para que la mirara a los ojos.

—Massimo, sabes que mi amor lo tienes.

—¡Confianza! —barbotó con los dientes apretados—. Eso es lo que quiero de ti. ¿De qué sirve tanto amor si desconfías del hombre que amas? Yo nunca te he ocultado nada, Martina. Desde el primer momento me abrí a ti y te confié mis problemas con Ada, mis miedos, la tensión que me agobiaba sólo de pensar que podía perder a mi hija. En cambio, yo tuve que enterarme de lo que te ocurrió por tu abuelo. ¿Por qué no me lo contaste?

—Tenía miedo.

—¿Miedo a que te rechazara? Yo me enamoré de una mujer, no de una hembra de cría. —Massimo calló de repente porque hasta a él le sonó insultante—. Perdóname, Martina, siento haberlo dicho de un modo tan crudo. Pero si confiaras en mí, sabrías que te amo tal como eres.

Ella se llevó la mano de Massimo a la boca y le besó la palma.

—¿Quieres que te diga la verdad?

—Por favor.

—Me daba miedo pensar que nunca compartiremos la experiencia de ver nacer a un hijo tuyo y mío, nunca podremos compartir la ilusión de la espera por ver su cara y darle el primer beso y mirarnos diciendo, «Míralo, es nuestro hijo, lo hemos conseguido».

—A mí me importas tú más que cumplir ese deseo. Siento que tú no lo veas así.

—No he venido en un buen momento, ¿verdad? —asumió, viendo la decepción en su cara.

—No lo es, no —confirmó—. Me siento como si el viento me empujara en dirección contraria. Todo ha cambiado de un día para otro por algo tan trágico… Pero debo tirar adelante con todas mis fuerzas. Por mi hija, aunque mi futuro sea tan confuso que no sé a dónde me va a llevar.

—Yo quiero compartir ese futuro contigo, por incierto que sea. Quiero ayudarte a criar a tu hija; déjame darle todo mi amor, sin suplantar a su madre. Yo la enseñaré a mirar las estrellas todas las noches y, antes de dormir, le señalaré la más brillante para que sepa que tiene a su mamá en el cielo, y en la tierra nos tiene a ti y a mí para velar por ella.

A Massimo se le hizo un nudo en la garganta. Se negó a oírla suplicar, no era lo que pretendía.

—Y nadie lo haría mejor que tú —reconoció acariciándole la mejilla—. Pero, ¿qué hay de mí? No estoy seguro de querer compartir ese futuro con una mujer que dice amarme y, en los malos momentos, huye de mi lado. Me dejaste solo cuando más te necesitaba, Martina.

Ella bajó la cabeza. Durante los días que pasó en Sicilia reflexionó mucho y estaba de acuerdo, cegada por su propio dolor no supo ver que Massimo se consumía de impotencia porque Ada estaba decidida a llevarse a Iris a vivir a otro país.

Martina estaba harta de lamentarse por el pasado. Había decidido encarar cada nuevo día con ilusión y ganas de ser feliz; que Massimo lo hiciera también, era cuestión de tiempo. Le dio un beso en la mejilla y se levantó.

—Tengo que marcharme —anunció—. Pero te aseguro que volveré.

—Mientras no aprendas a perdonarte a ti misma, no serás capaz de perdonarme —dijo mientras ella se sacudía la falda.

Martina se incorporó y lo miró convencida.

—No tengo nada que perdonarme, ni tampoco nada que perdonarte a ti.

—Te lo diré de otra manera —aceptó con gesto meditativo—. Mientras no te aceptes tal como eres, no serás capaz de aceptarme como soy. Por mucho que lo intente, no siempre diré la palabra adecuada ni reaccionaré de la forma más justa.

—No me importa, yo tampoco soy perfecta. Nadie lo es.

Massimo sacudió la cabeza, con renuente insistencia.

—Regresa a Roma, Martina. Dedícate a ese nuevo trabajo, que estoy seguro que harás muy bien, y el día que seas capaz de mirarme sin rencor en tu corazón si vuelvo a equivocarme, ya sabes que aquí, en la Toscana te espero.

No albergaba resentimiento alguno, pero Martina prefirió no insistir. En esos momento tan confusos, Massimo no era capaz de darse cuenta. Ni ánimos tenía de levantarse del suelo para despedirla.

—Voy a decir adiós de tus padres —anunció; acuclillándose al lado de Massimo—. ¿No vas a darme un beso y desearme buen viaje?

Massimo la cogió por la nuca y la acercó a su boca. Se besaron con ternura. Massimo cerró los ojos y apoyó la frente en la de Martina, agonizando por dentro de saber que, por propia decisión, corría el peligro de no volver a verla.

—Acuérdate de parar en cada área de servicio, ¿me oyes? El Seiscientos no es un Ferrari. Vigila la aguja que el radiador se calienta enseguida.

Martina se enderezó de nuevo y lo miró con una sonrisa de despedida plena de confianza. Toda la que Massimo había perdido, a ella le sobraba. Tenía fe en ellos dos y en el futuro que les esperaba.

—Pararé muchas veces, te lo prometo. Pero no te preocupes que si mi cochecito rosa me ha traído desde Roma hasta aquí, también será capaz de llevarme hasta Grossetto.

Massimo apenas prestó atención a sus últimas palabras acerca de pagar el alquiler del piso y la fianza antes de mudarse. La vio alejarse por el sendero. Absorto en las zapatillas de Martina, dos manchas blancas que se fundían poco a poco en el azulón de las matas de lavanda, no dejaba de repetirse una palabra. «Grossetto».

Había dicho Grossetto. A él en ningún momento se le pasó por la cabeza que Martina pudiera escoger un empleo lejos de Roma. Se preguntó si era ese el lugar donde la esperaba su nuevo trabajo y se preguntó también porque no le había hablado de ello. En cualquier caso, Rita debía saberlo. Tenía que llamarla para confirmar lo que creía haber entendido. Se cogió la cabeza con las manos y apoyó la frente en las rodillas. Justo cuando había tomado una decisión…

Le entraron ganas de reír y llorar a la vez, porque sus posibilidades acababan de dar un giro inesperado. Martina, le acababa de servir un futuro distinto en bandeja. Y ella ni siquiera lo sabía.

Esa cosa llamada amor

Llevaba unas horas en Roma, cuando Massimo escuchó el mensaje por cuarta vez. Martina se lo había dejado en el buzón de voz del teléfono móvil esa misma mañana.

Te pido por favor que no borres esta mensaje y que lo escuches hasta el final. Confío en tu palabra de que me esperarás, porque yo te necesito en mi vida y me niego a perderte. No me siento menos mujer porque mi vientre sea estéril, pero quiero que me digas muchas veces que te vuelve loco mi pelo, cuánto te gusto, que bailo mejor que ninguna y lo bonita que soy, porque me siento única sólo si me lo dices tú.

Me niego a perder a Iris porque se ha metido en mi corazón y no va a salir nunca de él. Y aunque no quieras reconocerlo, yo sé que tú también me necesitas. Necesitas una mujer que sepa que no eres perfecto, que reconozca tus virtudes y tus defectos, y que, por muchos errores que cometas, te quiera cada día un poco más. Y esa mujer soy yo. Te amo, mi héroe imperfecto. Aunque te equivoques mil veces, te amaré siempre.»

Llegado ese punto, Massimo cerró los ojos.
—No sé si merezco que me quieras tanto —murmuró.
Y continuó escuchando la voz de Martina.

Tal como me dijiste, he aprendido a quererme y pienso en mí hasta el punto de ser egoísta. Sí, Massimo, soy muy egoísta en lo que se refiere a ti. Te quiero a mi lado en lo bueno y en lo malo. Cuando esté triste, y también cuando esté enfadada y cuando esté contenta y cuando no tenga ganas de hablar. Quiero despertar cada mañana y mirarme en el azul infinito de tus ojos como un cielo bordado de estrellas. Me da igual que suene empalagoso pero lo oí en una canción que cada vez que la escucho hace que me acuerde de ti, de un disco de vinilo del festival de San Remo, que guarda mi abuelo de cuando mi padre aún no había nacido.

Por cuarta vez, Massimo volvió a sonreír al escuchar esa parte.

Quiero una vida llena de color, Massimo; verde como los cipreses, amarilla como los girasoles, celeste, terracota, naranja luminoso, carmín y... No me resigno a vivir en ese gris que lo nubla todo cuando no estoy contigo. Quiero darle a Iris todo el amor que daría a esos hijos que nunca podré tener. Quiero que me dejes amarte sin distancias que nos separen. Quiero el amor de tu familia, porque yo los quiero a ellos y porque me lo merezco a cambio del que me ha faltado durante muchos años. Tu padre te decía que para volar no hacen falta alas, son ganas lo que se necesita. A mí me sobran las alas, si te tengo conmigo. Para ser feliz sólo necesito que esperes mi regreso. He decidido dejar Grossetto cuando se me acabe la beca y buscar trabajo en Roma, cerca de ti y de Iris. Espérame en Roma. Quiero que volvamos a la Toscana, muchas veces, siempre juntos los tres, y que nunca dejes de llevarme de la mano hasta ese lugar donde las hojas son de un centenar de colores y el viento susurra mi nombre.

Después de un segundo de silencio, Massimo ya sabía que Martina diría, como era costumbre en ella, la última palabra «Y ahora, ya puedes borrar el mensaje».

Pero no lo hizo. Pulsó la pantalla del móvil y se lo acercó a la oreja para escucharlo por quinta vez.

Como Rita le había dicho que Massimo estaba en Roma para ultimar los detalles antes de dejar su casa, Martina fue a verlo a pesar de que se había jurado no hacerlo mientras no recibiera respuesta a su mensaje. Ella, por su parte, también debía recoger lo poco que le quedaba en el apartamento antes de marchar definitivamente a Grossetto. En una semana debía incorporarse a su puesto de trabajo y no quería andar yendo y viniendo a Roma con viajes innecesarios.

Llegó a vía Regina Margherita, el cartel en el balcón que anunciaba el apartamento en alquiler, confirmó las peores sospechas de Martina: su mensaje no había causado efecto alguno en él y Massimo continuaba adelante con su decisión de abandonar las fuerzas aéreas. De no ser así, no dejaría el apartamento. Tocó el timbre repetidas veces pero no había nadie estaba en casa. Le mandó un WhatsApp preguntándole donde estaba y un segundo después recibía su respuesta diciéndole que había bajado al supermercado a hacer unas compras. No hizo falta que le diera la dirección, Martina dio la vuelta a la manzana y entró en el Súper Élite que ya conocía de la semana que estuvo viviendo allí al cuidado de Iris.

Lo encontró en el pasillo de los pañales.

—¿Se puede saber qué estás haciendo?

Él le levantó la barbilla y le dio un suave beso en los labios.

—Ya lo ves, de compras. ¿Verdad, cosa bonita? —dijo a la pequeña que iba sentada dentro del carro—. ¿A que es muy divertido llenar el carro con papá?

En cuanto vio a Martina, Iris levantó los bracitos y se puso a parlotear para que la cogiera en brazos. Ella la sacó de allí de inmediato y le besuqueó la mejilla con mucho ruido para hacerla reír. Massimo empujó el carro pasillo adelante, Martina lo siguió con la niña en brazos hasta que paró y se puso a remirar los paquetes de pañales en la estantería.

—¿No escuchaste mi mensaje?

Massimo giró la cabeza y la miró directamente a los ojos.

—¿Tú qué crees?

Ella le sostuvo la mirada sin saber qué pensar. Pero él retornó la atención a los pañales y giró con un paquete distinto en cada mano.

—¿Estos o estos? No sé cuáles son mejores, me hago un lío con tantas marcas y tallas.

Martina cogió el que llevaba en la mano izquierda y lo lanzó al carro, empezando a perder la paciencia.

—He visto que tu apartamento se alquila. —Massimo no respondió—. Eso significa que vuelves a Civitella y que sigues empeñado en abandonar el ejército.

—Deja de preocuparte tanto, que sé lo que me hago.

Iris jugueteaba con sus rizos y Martina tuvo que sujetarle la manita porque le dio un estirón de pelo. La pequeña estaba para comérsela, Massimo la había vestido con un conjunto en color morado y blanco. Hasta llevaba unas diminutas zapatillas Converse a juego. Jamás habría imaginado que tuviera tanto acierto para vestirla. A Martina le dio la impresión de que Massimo se las apañaba muy bien sin ella.

—No puedo evitar preocuparme —murmuró caminando a su lado por el pasillo.

Massimo paró de nuevo y cogió dos paquetes de toallitas húmedas y los echó dentro del carro.

—¿Sigues sin confiar en mí?

—¡Claro que confío en ti!

—¿Seguro?

—Seguro.

Aunque no estaba en absoluto segura de que Massimo estuviera haciendo lo mejor para él.

—¿Y todavía me quieres?

—Qué pregunta —protestó, apoyando la cabeza en su hombro—. Pues claro que te quiero.

—Pues no te lo calles —exigió, besándole el nacimiento del pelo—. Por cierto, ya que estás aquí, ¿puedes quedarte un par de horas con Iris? Tengo que acudir a la base sin falta.

En Pratica di Mare, fue el coronel Tafaro en persona, máximo oficial al mando, quien le dio la noticia.

—Conste que apoyé su solicitud porque el ejército ha invertido mucho dinero en su formación —advirtió, mostrándole en la mano la orden del Estado Mayor de Aviación que aprobaba su cambio de destino—. Lo prefiero en el 4º Escuadrón de Caza que en la aviación comercial.

Massimo lo escuchaba de pie. El coronel Tafaro, a cuyo mando llevaba años de servicio, se levantó de su sillón y rodeó el escritorio para entregarle el documento oficial.

—Mi coronel, sabe que existen razones familiares que a punto han estado de obligarme a renunciar al uniforme.

El coronel hizo un gesto con la mano, dándole a entender que sobraban las explicaciones. Ya le explicó su situación en la anterior visita a su despacho, el deber ineludible de atender a su hija en solitario, a raíz del fallecimiento de la madre de la pequeña y el alivio que iba a suponerle un destino más cerca de su familia.

Lo que el coronel desconocía era que con aquel traslado le regalaba un futuro muy largo junto a la mujer de su vida.

—Espero que todo le vaya bien, capitán —dijo tendiéndole la mano.

Massimo agradeció con un apretón el gesto de su superior durante tantos años, lejos de la formalidad del saludo marcial. Y dio gracias una vez más por haber realizado el curso que lo acreditaba como instructor de vuelo, grado que decidió obtener en la peor época de su relación con Ada, por si algún día se veía obligado a dejar de pilotar, en previsión de que ella argumentara ante un juez su incapacidad para ocuparse de Iris debido a sus frecuentes misiones en el extranjero.

Empezaba una nueva etapa de su vida, ya no volaría fuera del espacio aéreo italiano. No volvería a cruzar el cielo en un Eurofighter, pero adiestraría a otros que, cómo él, lucían las alas de oro en el uniforme para pilotar aviones de caza, fieles a su honroso y preciado *Virtute siderum tenus*, con valor hasta las estrellas.

—Gracias una vez más, señor. Espero servir igual o mejor a mi país como instructor del 4º Escuadrón.

—No olvide presentarse en su puesto antes del miércoles —le recordó el coronel—. En la comandancia de Grossetto ya están avisados de su llegada.

Martina condujo por la autopista en dirección Génova, pendiente de la aguja que marcaba la temperatura del agua. Siguiendo el consejo de Massimo, que había vuelto a recordárselo esa misma mañana cuando ella lo llamó para despedirse; a la altura de Santa Severa tomó el desvío hacia el área de servicio. Sólo llevaba sesenta kilómetros de viaje y le esperaban alrededor de ciento veinte hasta llegar a Grossetto. Pero no se arriesgaba a quemar el radiador del viejo cochecito.

Pidió un café en la barra y, para hacer tiempo hasta que el Seiscientos se enfriara, fue a la tienda a hojear alguna revista y de paso aprovisionarse de chicles. Cogió una cajita de caramelos, una botella de agua mineral de la nevera y dos paquetes de chicles, uno de fresa y otro de fruta tropical. En ese momento no había en la tienda más que dos personas pagando en caja unas latas de refresco, una barra de pan y salami envasado. Ella aguardó en la cola detrás de estos y cuando llegó su turno, depositó sobre el mostrador las chucherías y la botellita de agua.

—No puede llevarse estos caramelos —informó la cajera.

Martina la miró sin entender.

—¿Están caducados?

—Tengo orden estricta de no venderle nada dulce salvo cacahuetes bañados en chocolate con cobertura de colores —explicó depositando ante ella un envoltorio amarillo que sacó de debajo del mostrador.

Martina se quedó mirando el paquete de M & M's y, poco a poco, sonrió.

—Massimo y Martina —murmuró emocionada—. ¿Puedo saber quién le ha dado esa orden?

—Por supuesto —afirmó la dependienta con una sonrisa misteriosa—. Ese hombretón de allí que es clavadito a Supermán.

Ella miró hacia la salida y corrió, corrió como loca hacia Massimo que le sonreía con Iris en brazos. Se abrazó a él y escondió el rostro en su cuello.

—Tranquila, pequeña —murmuró acariciándole la espalda, pero ella no podía dejar de temblar—. ¿Creías que iba a dejarte escapar?

Iris, fascinada siempre con sus rizos anaranjados, empezó a tirarle del pelo. Massimo apartó la mano de la niña y se hizo atrás para verle la cara a Martina.

—No tenías que venir a acompañarme.

—Es que no vengo de escolta. ¿Aún no te has dado cuenta de que nos vamos contigo? Para siempre.

—¿Siempre significa...? —preguntó, tragando saliva.

—Siempre significa siempre.

—¿Y qué pasa con tu trabajo?

—Era hora de cambiar y empezar una nueva etapa.

Ella escuchó emocionada y confusa la noticia de su nuevo destino en Grossetto, y el cambio de actividad que eso iba a suponerle.

—Ya no tendré que irme tantas veces de casa ni tan lejos —añadió acariciándole la cara—. ¿Cuántas habitaciones tiene ese apartamento que has alquilado?

—Una —confesó asimilando el vuelco que acababa de darle la vida; la de los tres, en realidad.

—No importa, nos las arreglaremos hasta que encontremos algo más grande. Tendrías que ver como llevo el maletero por culpa de esta princesita: cuna plegable, carrito, trastos, más trastos, ropa a montones...

Martina lo hizo callar con ese beso que tanto deseaba darle y él se recreó con la caricia de su boca, ansioso por besarla hasta perder la noción del tiempo. Iris se encargó de romper la magia, removiéndose en brazos de su padre para que la bajara al suelo.

—Espera, que aún no has visto lo mejor —dijo Massimo, cogiendo a la niña por el tirante del peto vaquero cruzado a la espalda.

Se alejó un par de metros y la bajó despacio hasta que apoyó los pies en el suelo.

—¿Ya anda? —preguntó Martina, llevándose las manos a la boca de la emoción.

—Quédate ahí y verás.

La pequeña miró hacia arriba como dándole el visto bueno a su padre y Massimo la soltó. Con un ligero tambaleo, Iris movió primero una zapatilla Converse. Después dio otro pasito y, viéndose segura en su recién descubierta posición vertical, se lanzó a una torpe carrera y se cogió a las rodillas de Martina con los dos brazos como si acabara de llegar a la meta de los cien metros.

Ella la alzó en el aire y le dio una docena de besos de premio.

—No me digas que me he perdido sus primeros pasos —gimió mordiéndose los labios.

—Si te sirve de consuelo, yo también me los perdí. El único testigo de la hazaña fue mi padre y con la preocupación por si se caía, ni se le ocurrió sacarle una foto.

—Tengo muchas ganas de verlos. Los echo de menos.

Massimo la besó en los labios.

—Espera a que nos instalemos. Además, yo tengo que presentarme en la base mañana sin falta.

Iris salió corriendo a gatas y su padre la cogió del suelo. La pequeña, contrariada, se puso a lloriquear para que la dejara de nuevo investigar aquel sitio desconocido a sus anchas. Como no lograba hacerla callar, Martina la cogió en brazos y empezó a mecerla.

—Massimo, esto es tan repentino —dijo Martina, mirándolo algo preocupada—. Yo no quiero que cambies de vida por mí.

—¿Mi opinión no cuenta? —cuestionó arrugando el ceño.

Martina protestó con la mirada, en absoluto pretendía imponer su opinión ni su voluntad.

—Ya te dije que regresaría a Roma cuando se me acabase la beca. Es sólo un año.

—No llevo bien las esperas largas.

—¿Estás seguro?

Iris acababa de dormirse con la cabeza apoyada en el hombro de Martina; su padre le acarició la cabecita.

—Es increíble —comentó con ternura—. En lugar de amodorrarse con el ruido del motor como todos los niños, se queda dormida cuando la saco del coche.

Sin dejar de acariciar la cabeza de su hija, miró a Martina para responder a su pregunta.

—La vida le ha arrebatado a su madre, yo no voy a quitarle a la mamá que ella ha escogido. Iris te ha elegido, Martina —murmuró, a ella se le humedecieron los ojos—. Y yo también soy egoísta, muy egoísta. No pienso renunciar a ti. Quiero todo ese amor que guardas aquí para darme —dijo poniendo un dedo sobre el pecho de Martina—. Haznos un hueco en tu vida, tu corazón es tan grande que hay amor en él de sobra para los dos.

Ella miró hacia arriba para que no se le escapara una lágrima, respiró hondo y lo miró con una sonrisa feliz.

—Veo que escuchaste mi mensaje.

—Hasta aprendérmelo de memoria. Y no lo borré.

—Pues yo preferiría que lo hicieras, la verdad. Cada vez que pienso en ello, suena tan... —farfulló—. Da igual, llámame tonta romántica.

Massimo rio con suavidad al ver que sonrojaba y envolvió a sus dos chicas en un abrazo.

—Te quiero, tonta romántica.

—Yo más —murmuró dándole un beso que Massimo alargó mucho más de lo apropiado en una tienda que empezaba a llenarse de jubilados que acababan de bajar de un autocar.

—¿Nos vamos o qué? —dijo él, acariciándole los labios—. Llevamos aquí un buen rato y la Toscana nos está esperando. A los tres.

Con la niña en brazos, Martina le pidió que la acompañara a la caja y Massimo pagó el importe de las chucherías y el agua.

Antes de que se llenara de gente, la dependienta se despidió de Martina guiñándole un ojo.

—Las hay con suerte —murmuró.

Ella sonrió feliz, muy feliz, y besó la cabecita de Iris. El cielo acababa de ponerle un ángel en los brazos y tenía a Massimo. No podía pedirle más a la vida.

Massimo la esperaba ya en el exterior, se había puesto las gafas de sol.

—Tú delante y nosotros iremos a tu paso. Sin correr, ¿de acuerdo? No tenemos prisa y no quiero que quemes mi coche que le tengo mucho aprecio.

—Me lo regalaste. —Le recordó con una mirada estrecha—. Ahora es mío, no lo olvides.

—Por lo que veo, cuando estás contenta te gusta mucho dar órdenes —dijo, haciéndole cosquillas en la cintura.

Ella se removió y Massimo la rodeó con el brazo para que caminara a su lado.

—No es eso. —Se disculpó con tono cariñoso—. Pero no esperes que de mí un «Sí, mi capitán», aunque seas capitán.

—Y aunque sea tuyo —completó Massimo, sonriendo de medio lado—. Venga, dilo, que lo estás deseando.

Martina se detuvo y le cogió la barbilla.

—Aunque seas mío, capitán Tizzi.

Y lo premió con un beso.

EPÍLOGO
Juntos, nada más

Era el colmo de la mala suerte. Martina ojeó de refilón el reloj y apretó el acelerador. Vaya fastidio pinchar una rueda precisamente ese día, con la prisa que tenía por llegar. Había sido cosa de Massimo, poco sabía de aquel adelanto imprevisto de la boda de Sandro, un amigo de cuando iba al colegio en Civitella, militar como él, a la que ambos estaban invitados, y según rezaba en la invitación se celebraba a mediados de junio, no a principios de mayo.

Aprovechando un permiso, hacía una semana que Massimo había marchado a la hacienda con la niña. Ella debía reunirse con ellos dos el viernes cuando acabara de trabajar. Pero él le había comunicado por teléfono el cambio de planes justo la tarde anterior. Lo único que Martina sabía era que el motivo de anticipar la celebración se debía a que Sandro debía partir en misión a Sudán como integrante del contingente italiano de Cascos Azules de la ONU, esa fue la explicación que Massimo le dio.

—Entonces, ¿la boda es mañana viernes? —le preguntó aún sorprendida por la premura de todo aquello—. ¿Y qué me pongo?

—Cualquier cosa.

—¡No puedo ponerme cualquier cosa! Es una boda, aún no me he comprado un vestido…

Marina aún recordaba que lo oyó reír al otro lado de la línea.

—Ponte ese que tienes largo con flores en el bajo —sugirió Massimo—. Me gustas mucho cuando te lo pones.

—No sé…

—Estarás preciosa, siempre lo estás.

Después de aquello, Massimo cambió de tema y, antes de despedirse, le contó que Iris se había caído jugando pero que el problema se había solucionado con agua oxigenada, un besito curativo en el arañazo de la rodilla y una tirita.

Martina suspiró con la vista fija en la carretera. Hacía una semana que Massimo y la pequeña se habían marchado. Su primera separación desde que vivían juntos y nunca imaginó que los echaría tanto de menos. Se moría de ganas de verlos, de coger a la niña en brazos y comerse a besos a los dos.

Un tractor se incorporó a la carretera y Martina se desesperó. Tocó el claxon, pero el conductor se limitó a sacar la mano por la ventanilla haciendo un gesto para que adelantara. Ella lo intentó pero desistió en cuanto vio el tráfico de cara por el carril contrario en aquella carretera tan estrecha. Y maldijo su suerte, debía darse prisa porque por culpa del pinchazo y la lentitud del tractor iba a llegar tarde a la boda. Incluso había adelantado medio día el viaje. Tuvo que pedir permiso a sus jefes, pero la ilusión que notó en Massimo por que lo acompañara merecía cualquier esfuerzo. A ella también le apetecía estar a su lado en un momento especial para él y brindar por la felicidad de su amigo Sandro. Martina lo había conocido, a él y a su novia Bettina, un par de meses atrás, y le pareció que hacían una pareja encantadora, de las que duraban para siempre.

En vista de que el tractor no se desviaba por ningún camino rural, decidió parar en un bar de carretera que se veía a unos doscientos metros a la derecha. Aprovecharía para tomar un café *macchiato* y para cambiarse de ropa; dada la hora que era, no iba a darle tiempo a parar en la finca para arreglarse.

En cuanto aparcó el coche frente a la fachada del bar, envió un mensaje a Massimo explicándole el motivo de su retraso. La respuesta de Massimo no se hizo esperar: «Perfecto, acude directo a Civitella. En la puerta de la iglesia nos vemos. No olvides que te quiero». Como despedida, un dibujito de un beso.

Martina guardó el móvil, sacó del asiento trasero la bolsa con el vestido y las sandalias de tacón, y entró en el bar que en ese momento estaba completamente vacío. Un hombre secaba vasos detrás del mostrador. Ella pidió un *macchiato*, pero lo pensó mejor y, rectificó para pedir un zumo de naranja. Entre el calor y los nervios por el retraso, necesitaba algo fresco que le quitara la sed. Pidió también la llave del baño y hacia allí se encaminó dispuesta a hacer lo posible por lograr un aspecto aparente.

Cuando salió de los diminutos aseos, completamente transformada, con el traje largo hasta los tobillos y encaramada en aquellas sandalias de tiras finas, el hombre dejó el paño sobre el mostrador y, con una mirada de aprobación, tomó la llave que Martina le tendió a la vez que le daba las gracias.

—Ahora me entero de que en los aseos de señoras se esconde una fábrica de princesas.

Martina agradeció el cumplido con una tímida sonrisa al ver que no le quitaba los ojos de encima. Fue a la mesa donde la aguardaba el zumo; tras dar un trago largo que fue una bendición para su garganta reseca, sacó el neceser del bolso y, tras mirar a un lado y a otro, se dispuso a maquillarse ante la presencia del curioso camarero.

Mientras hacía casi malabares para verse en el espejito minúsculo del estuche de colorete, vio por el rabillo del ojo que el hombre entraba en la cocina. Sin prestar atención a lo que decían, lo oyó hablar con una mujer. Un instante después, la que Martina intuyó que era la esposa del hombre, se acercaba hacia ella con un espejo de dos caras.

—Tenga, con este se verá más cómoda —comentó, depositándolo sobre la mesa— Yo uso la parte de aumento porque, sin gafas, ya no me veo ni en el espejo.

—Me acaba de salvar la vida —confesó, Martina infinitamente agradecida—. Pintarse los ojos con este espejito en una mano y el rímel en la otra es una tortura.

—Lo sé, querida. Por eso llevo siempre conmigo este tan grande, aunque mi marido se ría porque mi bolso parece el de Mary Poppins —dijo sonriéndole antes de volver a la cocina.

Una vez terminó con dos brochazos de colorete, que siempre dan aspecto de buena salud, Martina decidió prescindir del lápiz de labios y apenas se aplicó un poquito de brillo. Tenía unas ganas locas de ver a Massimo, echarle los brazos al cuello y besarlo hasta que le doliera la boca. No tenía intención de contenerse por culpa del pintalabios.

Tras un último vistazo en el espejo, se percató de que el dueño del local continuaba observándola acodado en la barra como si aquella sesión de maquillaje a corre prisas fuera el espectáculo más interesante de la mañana. Martina se quedó mirándolo fijamente y alzó las cejas en un gesto de muda pregunta. El hombre sonrió de medio lado.

—¿Qué tal estoy? —preguntó levantándose para devolverle el espejo.

Martina caminó hacia el mostrador con repentina coquetería; lo cierto es que le apetecía escuchar un piropo. El hombre le dio un repaso visual que empezó en la horquilla con una libélula de strass que le recogía el pelo y acabó en las sandalias.

—Sin duda será la reina de la fiesta, señorita —afirmó con ojo masculino—. Harán cola para sacarla a bailar.

—Me conformo con uno —dijo ella guiñándole un ojo.

—Sin duda, es un hombre muy afortunado.

Ella pagó el zumo y se despidió con una sonrisa agradecida. Recogió de la mesa la bolsa con la ropa y el neceser y, al ver las deportivas, salió del local sabiendo que no podía conducir con aquellas sandalias de tacón. Pero decidió no ponérselas hasta llegar al coche. ¿Con zapatillas y aquel vestido tan bonito?... ¡Ni hablar! Toda mujer merece su minuto de gloria y a ella le encantaba sentirse como Cenicienta a punto de ir a la fiesta. Aunque su carroza no fuera más que un cochecito rosa chillón, aparcado en un bar de aquella carretera perdida en el corazón de la Toscana.

Llegaba tarde. ¡Tardísimo! Aparcó fatal y en doble fila, se miró en el retrovisor del coche y, con las manos se ahuecó los rizos como pudo. Fue al abrir la puerta y poner un pie en el suelo cuando se dio cuenta de que llevaba puestas las deportivas. Con el culo en el asiento y con los pies en la acera, se desató los cordones. Tras lanzar a lo loco zapatillas y calcetines al asiento trasero, echó el brazo atrás y agarró a tientas la bolsa de las sandalias del asiento del copiloto. Una vez puestas, la bolsa también fue a parar al tuntún a la parte de atrás.

Por poco no olvidó el minibolsito de seda a juego. Miró el reloj, tenía que apurarse. Una vez cerró el coche, se remiró en el escaparate de un kiosco, con un par de giros rápidos y mal disimulados. Poco le importó que dos señoras que salían de la Caja de Ahorros se la quedaran mirando como si fuera una niñata presumida de las que se adoran a sí mismas en el reflejo de los cristales. Como pasaron por su lado mientras estaba entretenida en guardar las llaves del coche, no pudo evitar escucharlas.

—Desde luego, ¡qué mal trago para el pobre chico! —comentó una de ellas.

—Ya ves tú.

—Casi una hora llevan todos esperando dentro de la iglesia.

—Esa lagarta ya no se presenta —comentó la otra mujer.

—Vaya bochorno que la novia lo deje a uno plantado en el altar. Con toda la familia presente...

Martina miró hacia la puerta del templo y caminó todo lo rápido que pudo. Por lo que acababa de oír aún iba a llegar antes que la novia. A saber qué debía haberle ocurrido. Qué par de exageradas, Massimo le había hablado de Sandro y Bettina algunas veces y estaban muy, pero que muy, enamorados el uno del otro. Seguro que el retraso se debía a alguna avería con el coche.

Pensó en el pobrecillo del novio, hecho un manojo de nervios y en el cura con cara de circunstancias. Cuánto le gustaba a la gente darle a la lengua e imaginar lo peor. En fin, no había mal que por bien no viniera: tanto sufrir por tener que taconear en la iglesia con la ceremonia empezada, al final iba a entrar antes que la novia.

Debía estar a veinte escasos metros de la fachada principal cuando vio a Massimo bajo la arcada que desde la distancia le regaló su mejor sonrisa y acudió a su encuentro. Martina sonrió como una tonta porque estaba guapísimo. Al llegar junto a ella, la agarró por la nuca para besarla a conciencia. Ella se perdió en sus labios igual de ansiosa, ¡lo había echado tanto de menos! Massimo se separó de ella con un gruñido de placer.

—Por fin estás aquí, me tenías preocupado —dijo cogiéndola por ambas manos.

—Ya te dije en el mensaje lo del pinchazo... —se excusó, con prisas—. ¿Cómo estoy?

—Preciosa.

A Martina le encantó oírlo. El vestido era bonito a rabiar y, para qué negarlo, le sentaba de maravilla. Pero le encantaba saberse hermosa a los ojos del hombre que amaba. Recordó la hora que era y apretó la mano de Massimo.

—Vamos adentro —rogó—. Madre mía, pobrecillo Sandro. He oído que lleváis un buen rato esperando a la novia...

En lugar de seguirla, Massimo tiró de ella para que no se moviera del sitio, como si no tuviera ninguna prisa por regresar a la iglesia. Martina lo miró contrariada.

—Sí, están muy impacientes.

—¡Pues vamos! ¡Rápido! ¡Antes de que llegue!

Massimo la sujetó por la cintura.

—Cariño, la novia eres tú.

Martina abrió la boca pero no le salió ni una palabra. Alrededor de ellos dos el tiempo se detuvo, incluso el viento guardaba silencio.

Hasta que un Vespino rompió la magia al cruzar la plaza con un petardeo que espantó a una bandada de palomas.

—¿Qué has dicho? —susurró casi sin voz.

No sabía si el zumbido que tenía en los oídos era el batir de alas sobre sus cabezas o los latidos sin control de su propio corazón.

—Antes de que salgan a buscarnos... Martina Falcone, te amo como nunca creí que sería capaz de amar —aseveró con el corazón en la mirada—. Eres la mujer de mi vida. ¿Quieres concederme el honor de ser mi esposa?

Tan perpleja estaba, que en lugar de responder, su subconsciente mareado se perdió por el camino de las preguntas ilógicas.

—¿Y Sandro y Bettina?

—En Génova, supongo, agobiados con los preparativos de la boda. No están aquí porque, para nosotros, quería una ceremonia íntima. Sólo la familia. Espero que no te importe.

Martina, en lugar de pensar en todas las personas tan queridas que llevaban esperándola impacientes desde hacía una hora, sufrió un ligero ataque de coquetería femenina.

—No llevo un vestido de novia.

—No sé si te he estropeado el sueño de una boda vestida de blanco y yo con el uniforme de gala, ceremonia con órgano y cientos de invitados. ¡Yo te veo bellísima! —afirmó, con la mirada en el vestido que llevaba puesto—. Para mí eres y siempre serás la novia más hermosa del mundo.

Martina sonrió, la verdad es que no desentonaban nada vestidos tal cual. Massimo tampoco llevaba corbata, pero la americana azul marino sobre la camisa blanca le quedaba de maravilla. Dios, ¡Dios! Así que el pinchazo del Seiscientos la había hecho llegar tarde... ¡a su propia boda!

—Todo esto lo has preparado... ¿Cuándo? ¡¿Por qué no me has dicho nada?!

—Martina —pronunció despacio para que le prestara atención—. Te he hecho una pregunta y espero que respondas que sí porque hace tres semanas que llevan colgando las amonestaciones.

Ella tragó saliva, ¡Massimo lo tenía todo absolutamente controlado! Se preguntó cuánto tiempo debía llevar preparando aquella boda sorpresa.

—¿Ah, sí?

—No te imaginas cuánto papeleo llevan estas cosas... —dijo pasándose la mano por el pelo—. Por favor, decídete de una vez, porque si no, no sé qué vamos a hacer con los siete kilos de peladillas de colorines cursis que ha comprado mi madre, ni con tanta comida, ni sé cómo voy a explicarles a todos y... —recordó señalando con la cabeza hacia la puerta de la iglesia—. Cásate conmigo o este lío que he montado será la cagada más grande de mi vida.

Martina se echó a reír. La situación era de locos, pero bendita fuera la locura de un hombre enamorado. Se agarró a sus hombros y sonrió a punto de morir de felicidad.

—Sí... ¡Sí! ¡Sí quiero! ¡Claro que sí!

—Esta es mi chica, sabía que no me fallarías —murmuró buscando su boca.

La envolvió en sus brazos y la besó como si aquel fuera el último beso de su vida. Cuando le liberó los labios, Martina miró por encima de su hombro, el cura los aguardaba plantado en el dintel del templo y se señalaba el reloj que llevaba en la muñeca. Ella asintió con la cabeza. El hombre les lanzó una mirada torva y se fue para adentro haciendo aspavientos con las manos.

—¿También has pensado en los anillos? —comentó con media sonrisa traviesa, recordando la reprimenda silenciosa del cura.

—Iris los lleva. —Massimo exhaló aire con fatiga—. Pero hemos tenido que pegarlos a la bandejita de plata con cinta adhesiva porque no para quieta ni un segundo.

Martina rio bajito al verlo tan agobiado. ¡Y quería ver a la nena vestida como una princesita! Aquello que le estaba pasando era lo más increíble de su vida. Pero lo cierto es que amaba con todo su corazón a un hombre increíble, de los que aparecen una vez en la vida de las mujeres con suerte. Y ella era la más afortunada, porque de entre todas las del mundo, sólo ella tenía el amor de Massimo.

—Espero que no se te haya olvidado el ramo de novia —murmuró. Él respondió con una sonrisa—. ¿Cuándo vas a dármelo?

Giró con ella en brazos y la obligó a mirar hacia la iglesia. El cura había regresado con una cara de impaciencia que asustaba. Pero no fue la presencia del párroco la que provocó que el corazón le diera un salto, si no la del hombre que aguardaba junto a él.

—He pensado en todo, bella —comentó Massimo, dándole un beso en la cabeza—. El ramo lo guarda un caballero que te quiere mucho y ha venido desde Sicilia para ponerlo en tus manos.

Martina notó que dos lágrimas le resbalaban por las mejillas al ver a su abuelo, tan elegante de traje oscuro y corbata, sin saber qué hacer con aquel buqué de azahar y rosas blancas. Lo vio aproximarse, a la vez que Massimo le secaba la cara con sus propias manos.

—No quiero verte llorar —susurró—, por favor.

—Tantas emociones...

—Venga, sonríe —exigió; ella lo hizo sorbiendo por la nariz—. Así te quiero siempre. Mi amor, tengo que marcharme. Te espero al lado de mi madre, que por cierto lleva un tocado verde de plumas espantoso. Yo creo que deben haber desplumado al menos a dos loros, mi padre opina que a tres —comentó divertido.

—No seas malo —lo reconvino; seguro que Beatrice estaba elegantísima.

—No soy malo, soy realista —contradijo mirando el reloj—. Ahora sí que me marcho, cariño. No tardes. —Rogó guiñándole un ojo.

El abuelo Giuseppe se cruzó con él a mitad de camino y, le dio un par de palmaditas en el hombro, animándolo a que regresara a su lugar en el altar. Al llegar junto a su nieta, le dio un beso en la frente.

—Has venido... —repetía Martina, agarrada a sus hombros.

Mirándola de arriba abajo con admiración, Giuseppe Falcone le entregó el ramo de novia y, como un caballero de los que ya no quedan, le ofreció su brazo. Pero antes de caminar con ella hacia la iglesia, puso la mano sobre la de Martina que lo asía.

—¿Lo has pensado bien? Nadie te obliga a hacerlo, ni es necesario que te precipites —afirmó—. Ya conoces mi opinión, soy un hombre chapado a la antigua y el paso que vas a dar es para siempre. Si no estás segura, ahora mismo damos media vuelta y nadie te juzgará. No habrá reproches.

A Martina le entró una risa nerviosa, se llevó el ramo a la nariz y aspiró con los ojos cerrados. Cada vez que oliera el maravilloso aroma de las flores de azahar, recordaría el día más feliz de su vida. Luego miró a su abuelo.

—¿Piensas que será otro de mis errores?

—No, nada de eso —dijo sonriente—. Creo que ese hombre te ama, creo que esa niña necesita que la quieran como tú la quieres, y yo te quiero a ti.

—Yo también te quiero —murmuró—. Muchísimo.

—Soy un viejo sentimental y creo que los tres os merecéis un final feliz como los de aquellas antiguas películas en blanco y negro.

Martina sonrió con infinito amor.

—Esto no es el final, abuelo —enmendó, convencida—. Es el principio.

—¿Vamos entonces? —dijo, invitándola a emprender el corto camino hacia el templo.

Y ella fue la que dio el primer paso.

—¡Vamos! No los hagamos esperar más.

Gracias, hoy y siempre

La escritura es un proceso solitario, pero en esta ocasión han sido muchas las personas que me han acompañado y apoyado desde las redes sociales mientras progresaba la historia de Massimo y Martina. A todo ellos, mi agradecimiento inmenso por leer mis libros y por esperar con impaciencia más novelas con final feliz.

Y esta no sería la que es sin la ayuda de muchos de ellos. Gracias a Amaia Bermúdez por echarme una mano con el inglés, a Marcos Cano por ser mis ojos en Trapani, a Anabel Botella por contarme detalles de la Toscana y a Alfredo Sánchez por su visión del carácter napolitano. A Mar Rodríguez, Marta Roldán Henao y Marianchu Rodríguez por inspirarme con anécdotas personales y frases inolvidables que quedan para siempre en estas páginas.

Gracias a mi querida Mariangela Camocardi, gran dama de la romántica italiana, por brindarse encantada a que Martina sea una de sus fieles lectoras.

Mi agradecimiento de corazón al grupo de Las Happys de Olivia Ardey. Vuestro cariño y cordial exigencia son un estímulo para mí, tan aficionada a dejarlo todo para el último momento. Vuestras locas ocurrencias *wasaperas* ya forman parte de este libro. A Laura, Cristy, Marga, Martita, Judit, Vicen y Amparo, que adoran las alcachofas; a Cris, Soraya, Ana Ma, Amanda, Teresa y Anabel, que prefieren las *crêpes*; y a Sergio, fan entusiasta de las frases inconvenientes como título de una novela.

Y os diréis, ¿por qué de nuevo títulos de cine en cada capítulo? Existen dos películas maravillosas, ambas ganadoras del David de Donatello, el Oscar a la Mejor Película Extranjera y numerosos galardones internacionales, que se rodaron en los dos lugares que Massimo y Martina asocian con la inocencia infantil. *La vida es bella* se rodó en Arezzo y alrededores, y *Cinema Paradiso* en los parajes del cabo Lilibeo de Sicilia. Este es mi pequeño homenaje al cine italiano y a las dos obras de arte fílmico que inmortalizan la tierra de la felicidad de mis protagonistas.

En la Toscana te espero, de Olivia Ardey,
se terminó de imprimir y encuadernar en junio de 2015
en Programas Educativos, S.A. de C.V.
Calzada Chabacano 65 A, Asturias
DF-06850, México.